Von Claretta Cerio
Rom und deine Liebe

Claretta Cerio
Chrysanthemen auf Capri
Roman

Verlag Vierunddreißig

CIP-Kurztitelaufnahme der Deutschen Bibliothek

Cerio, Claretta
Chrysanthemen auf Capri: Roman / Claretta Cerio
München: Verlag Vierunddreißig, 1982
ISBN 3-88406-019-8

ISBN 3-88406-019-8

© 1970 by Franz Schneekluth Verlag KG, München
Lizenzausgabe mit Genehmigung des Schneekluth Verlages, München
Gesamtherstellung Mohndruck Graphische Betriebe GmbH, Gütersloh
Printed in Germany 1982

Meiner Mutter

Verzeichnis der wichtigsten vorkommenden Personen:

LADY PENROSE	eine seit über dreißig Jahren auf Capri ansässige, verwitwete Engländerin
DIANA NICHOLLS	ihre Nichte
DR. VITTORIO FUSCO	Polizeikommissar auf Capri
FRITZ STEIGLEDER	
MADELEINE LÉGER	} herbstliche Feriengäste der Insel
CARMINE STRENA	Nachbar von Lady Penrose
ANNINA STRENA	seine Frau und seit ihrer Kindheit im Dienst bei Lady Penrose
DOMENICO STRENA	der achtjährige Sohn von Carmine und Annina
BENITO VITALE	Gärtner von Lady Penrose
RÜDIGER	
VON PLATTENBERG	
KÄTHE REUCHLIN	} auf Capri ansässige Ausländer
JAN FRANCO	
TOTÒ ARCUCCI	Barbesitzer
GELSOMINA	seine Frau
DR. LIVIO DELLA VALLE	junger Physikdozent aus Rom, Mieter von Lady Penrose
'U RAS	Besitzer einer Badeanstalt an der Marina Piccola
ORT DER HANDLUNG	Capri
ZEIT DER HANDLUNG	Gegenwart

Vorspiel

Rückblickend schien es, als ob sich an jenem Dienstagnachmittag, dem 26. Oktober, ungewöhnlich viel in der Villa Maja zugetragen hätte.

Alfonso, der Aufseher der Villa Solitude gleich nebenan, hatte deutlich gehört, daß Lady Penrose heftig mit ihrer Nichte stritt.

»Sehr heftig, und der Signorina waren die hellen Tränen über die Wangen gelaufen«, ergänzte er seine Aussage. Da er jedoch, wie er zugab, von der Grenzmauer aus nur die streitenden Stimmen vernehmen konnte, mußte man dieses letzte Detail mehr seiner südländischen Vorliebe für theatralische Effekte als der Wirklichkeit zuschreiben.

Herr Fritz Steigleder, der etwas später, um vier Uhr herum, einen Spaziergang zum Belvedere machte, hatte gesehen, wie Benito Vitale, der Gärtner von Lady Penrose, in dem Geräteschuppen der Villa Maja verschwunden war.

»Das Gehaben des Burschen wirkte verstohlen«, gab Steigleder zu Protokoll und achtete darauf, daß dieses Eigenschaftswort italienisch sinngemäß übersetzt wurde, nämlich: furtivo.

Benito Vitale hatte, als er nach einer Viertelstunde den Schuppen verließ, bemerkt, daß sich Lady Penrose mit Plattenberg in der kleinen Bibliothek aufhielt. Benitos Bericht war besonders kurz. Wie er aus Erfahrung wußte, sollte man der Polizei am besten sowenig wie möglich erzählen, denn »die versuchen einen an jedem Wort aufzuhängen, dafür werden sie ja bezahlt«.

Baron Rüdiger von Plattenberg seinerseits gab an, er habe seinen Besuch bei Lady Penrose vorzeitig abgebrochen, da jemand, der Lady Penrose sprechen wollte, über die große Terrasse hin in das Wohnzimmer gekommen sei. Wer das gewesen war, wußte Plattenberg nicht zu sagen. Als man in ihn drängte, ob er nicht wenigstens eine Vermutung über die Identität des unsichtbaren Besuchers aufstellen könne, schien er das wie ein Bezweifeln seiner vorbildlichen Erziehung aufzufassen und betonte, er hätte sich sofort verabschiedet und aus Diskretion den Nebenausgang durch die Gartenpforte gewählt.

Rückblickend gewannen diese Geschehnisse eine besondere Bedeutung. Die Capresen standen am nächsten Morgen in kleinen Gruppen auf der Piazza und debattierten jede Einzelheit. Wie verschieden ihre Schlußfolgerungen auch ausfielen, so waren sich doch alle einig in ihrer Verwunderung darüber, daß auf diesem letzten, sonst gänzlich einsamen Stück des schmalen Pfades, der zum Belvedere führte, wo nur die Villa Maja, das einfache Bauernhaus des Carmine Strena und die jetzt leere Villa Solitude lagen, ein so reger Betrieb gewesen war, und das zu dieser Jahreszeit, der »stagione morta«. Und die Bezeichnung »tote Saison« gewann in ihren Stimmen einen besonders ominösen Klang.

Doch, wie gesagt, rückblickend werden auch die gewöhnlichsten Ereignisse aufgebauscht, und in Wirklichkeit muß dieser Nachmittag des 26. Oktober so ziemlich wie jeder andere Spätherbstnachmittag auf Capri ausgesehen haben.

Die Insel stand kurz vor dem Winterschlaf. Die meisten Villen, die italienischen Industriellen und Filmleuten oder nicht auf Capri ansässigen Fremden gehörten, waren längst nicht mehr bewohnt. Der kleine Dampfer aus Neapel schüttete zwar jeden Morgen einen Schub Touristen auf den Hafendamm der Grande Marina, doch die fuhren am Nachmittag mit dem Vier-Uhr-Schiff schon wieder ab. Die wenigen Feriengäste, wie Fritz Steigleder oder Madeleine Léger, konnte man fast an den Fingern einer Hand abzählen, und die wären auch sehr empört gewesen, hätte man sie zu den üblichen Capribesuchern, dem Saisongesindel, gerechnet. Wer im Spätherbst nach Capri kommt, wenn der hektische, frivole und oft recht dubiose Sommertrubel überstanden ist, wenn alles nüchterner, splittriger, abgeblätterter, rissiger, aber deshalb auch echter aussieht, der liebt die Insel wirklich.

Der Nachmittag des 26. Oktober war also im Grunde genommen ganz gewöhnlich, und niemandem wäre es eingefallen, in ihm etwas Besonderes sehen zu wollen, wenn nicht am nächsten Morgen in der Villa Maja, zwischen den Chrysanthemen, dicht an den unteren Stufen der zur Terrasse führenden Treppe, die tote Lady Penrose gelegen hätte.

1

Wie üblich war 'U Ras auch an diesem Morgen schon früh zu seiner kleinen Badeanstalt an der Piccola Marina hinuntergestiegen. Viele Badegäste waren Ende Oktober, trotz des herrlichen Wetters, nicht zu erwarten, aber der füllige deutsche Herr und die hagere Französin, die beide bei Carmine Strena auf der Via del Belvedere wohnten, würden bestimmt kommen. Für alle Fälle stellte er ein paar Liegestühle auf. Im übrigen gab es für ihn jetzt mehr als genug zu tun: er mußte die hölzernen Kabinen abbrechen, um sie den Winter über aufzubewahren, und einige Bohlen der Holzpromenade auswechseln, sonst riß ihm der nächste Sturm alles herunter.
Er streifte sein Hemd ab und warf dabei einen Blick in den Spiegel neben seiner Bartheke: es war nicht zu leugnen, »der schwarze Schwan«, wie ihn seine nordischen Freundinnen vor zwanzig Jahren getauft hatten, war nicht mehr so straff

wie dazumal. Unwillkürlich zog er den Bauch ein, wenige Sekunden lang, dann ließ er die Muskeln mit einem Seufzer wieder erschlaffen: unnütze Anstrengung, die liebehungrigen Nordländerinnen flogen ihm auch so immer noch richtiggehend zu. Daß sie es ihm so leicht machten, hatte er früher für ein Göttergeschenk gehalten; in reiferen Jahren jedoch enttäuschte ihn die Erkenntnis, nur die Rolle des Eroberten statt des Eroberers zu spielen. Jetzt hielt er sich lieber an das Lokalprodukt, da war wenigstens etwas Nervenkitzel dabei.

Die Inselmädchen hatten fast immer einen Verlobten oder zumindest einen Bruder oder Vater, vor dem man sich in acht nehmen mußte, und mit den verheirateten Frauen war es noch riskanter, da die Capreser Ehemänner nichts von Hörnern wissen wollten.

'U Ras strich nachdenklich über das Pflaster, das seine ohnehin nicht breite Stirn verklebte. Gerade das Risiko gab dem Unternehmen Geschmack, denn bekanntlich: »l'uomo è cacciatore«, ist der Mann ein Jäger, aber Jagderlaubnis in einem Zoo macht keinen Spaß.

Als »schwarzer Schwan« hätte seine Karriere von ihm aus auch heute enden können, doch 'U Ras wollte er noch lange bleiben. Diesen Spitznamen hatten ihm die Capresen aufgehängt, weil sein Aussehen und sein Erfolg bei der Weiblichkeit so etwas wie einen Abessinierhäuptling in ihrer Vorstellung heraufbeschwor.

Ecco, da kam die Französin!

»Buon giorno, Signorina, schönes Wetter wieder!«

»Ja, dieser Herbst ist einfach herrlich.« Sie legte das Kleid ab, das sie über dem Strandanzug trug.

»Sie haben es bestimmt auch gehört, die arme Lady...«

»Ja, ich weiß. Bitte, rücken Sie mir den Liegestuhl dorthin, so ... danke!«

Sie war nie gesprächig gewesen und verfügte über eine höflich bestimmte Art, unerwünschten Mitteilungen auszuweichen.

'U Ras hatte, als er vorhin auf dem Wege zu seiner Badeanstalt bei Carmine Strenas Weinberg vorbeigekommen war, von diesem die aufregende Nachricht erfahren. Wenige Worte nur, von der Anhöhe mehr mit Gesten als Lauten heruntertelegraphiert. Zu gern hätte er jetzt das Ereignis ausführlicher besprochen, doch die Französin schien nicht den gleichen Wunsch zu haben; so nahm er enttäuscht seine Werkzeuge und begann am Ende der Plattform eine morsche Bohle loszubrechen.

Mit Steigleder würde sie mehr Geduld aufbringen müssen, dachte Madeleine Léger resigniert, während sie das Sonnenöl aus dem Beutel nahm und bedächtig ihre mageren Glieder einzureiben begann.

Er würde wohl bald erscheinen. Obwohl sie beide in dem kleinen Haus von Carmine und Annina Strena wohnten und auch beide morgens bei schönem Wetter die Sonne an dem Strand der Piccola Marina genossen, kamen sie immer getrennt herunter. Fritz Steigleder benützte die Via Mulo, die Abkürzung; Madeleine Léger hingegen wählte die Fahrstraße, die sich in breiten Schlaufen vom Castiglione zum Solaro bis ans Meeresufer schlängelte und daher einen viel reicheren Genuß des Panoramas bot.

Sie tat das Sonnenöl wieder in den Beutel und begann das Bulletin durchzublättern, das gestern vom Institut des Archives et Bibliothèques aus Straßburg eingetroffen war. Montag würde sie wieder nach Straßburg zurückfahren und die gewohnte Arbeit in dem Institut aufnehmen, an dem sie, Altphilologin aus Beruf und Berufung, seit zwei Jahrzehnten wirkte. Zerstreut überflog sie das Mitteilungsblatt. Heute war ihr fünfzigster Geburtstag und der fünfzehnte, den sie auf Capri verbrachte, beides runde Zahlen, zwei Jubiläen auf einmal, genaugenommen gab es noch ein drittes: vor fünfundzwanzig Jahren, Ende Oktober, das genaue Datum hatte man nie erfahren, war ihr Verlobter André im Krieg gefallen.

Heute wollte es ihr nicht gelingen, sich zu konzentrieren, aber sie tat das Bulletin auch nicht weg, als sich Steigleder atemlos in den Liegestuhl neben ihr fallen ließ. Er trug nur ein Paar kurze Hosen, das Hemd hatte er bereits unterwegs ausgezogen. Wie zu erwarten, legte er gleich los.

»Also, die Sache sieht ja ganz verteufelt aus!« Er wischte sich mit dem Taschentuch über den blanken Schädel. »Verteufelt, sage ich Ihnen ... Zu allem Überfluß hat Diana Nicholls auch noch versucht, die alte Dame aufzurichten, und hat so die ursprüngliche Lage verändert. Das hätte sie nun wirklich bleiben lassen sollen, denn jetzt ...«

»Aber ich bitte Sie, Steigleder!« unterbrach Madeleine Léger ihn ungewohnt heftig, »wenn Sie Ihre Tante im Garten auf der Erde liegend vorfänden, würden Sie doch zuerst eine leichte Verletzung oder Ohnmacht vermuten und ihr Hilfe bringen wollen!«

»Ja, Pustekuchen! und dann ist es weder eine leichte Verletzung noch Ohnmacht, und man hat die ersten Voraussetzungen für die polizeilichen Untersuchungen verschlamasselt.«

Madeleine Léger besann sich darauf, daß sie geduldiger sein wollte und sagte versöhnlich:

»Lady Penrose hatte bereits ein hohes Alter. Mit achtzig Jahren kann man leicht schwindlig werden, verliert das Gleichgewicht, und ein Fall ist dann oft tödlich.«
»Lady Penrose wäre hundert Jahre alt geworden, wenn es an ihr gelegen hätte. In ihrem Fall ist der Fall tatsächlich tödlich gewesen, da es sich nicht um einen Schwindelanfall, sondern Mordfall zu handeln scheint!«
Fräulein Léger verbarg ihren Unwillen. Kalauer waren ihr schon immer zuwider gewesen, in dieser Verbindung nun bekamen sie ihr noch weniger. Doch Steigleders grobe, aber wohlmeinende Art durfte man nicht wörtlich auffassen. Sie kannte ihn nun schon so lange wie sie nach Capri kam und wußte, was sie von ihm zu halten hatte.
»Was läßt denn auf einen Mord schließen?« fragte sie höflich.
»Sie scheinen nicht sehr informiert zu sein.«
»Nein, das bin ich tatsächlich nicht. Ich habe nur von Annina Strena heute früh gehört, daß Diana Nicholls gegen acht Uhr die Polizei von dem plötzlichen Tod ihrer Tante benachrichtigt hat.«
»Da kann ich Ihnen ja ein bißchen mehr Auskunft geben...« er unterbrach sich einen Augenblick. »Buon giorno, buon giorno«, erwiderte er hastig den Gruß von 'U Ras und wartete, bis dieser wieder außer Hörweite war, bevor er mit gedämpfter Stimme fortfuhr: »Vorsicht, die Leute hier haben scharfe Ohren! Vorläufig ist es besser, diese ganze Angelegenheit bleibt unter uns.«
«Unnütze Vorsicht, 'U Ras ist bereits informiert.«
»Es ist nicht zu glauben! Möglicherweise sogar von einem von der Polizei, ich würde mich nicht wundern, diese Südländer sind ja unglaublich leichtsinnig...«

»Sie wollten mir doch Auskunft geben...«
»Ja, also hören Sie gut zu: Diana ist gestern abend gegen neun Uhr nach Hause gekommen, und da in dem Zimmer der Tante kein Licht brannte, hat sie angenommen, Lady Penrose sei schon schlafen gegangen...«
»Sie ging immer zeitig schlafen und stand früh auf.«
»Nun unterbrechen Sie mich nicht, sonst bringen Sie mich aus dem Konzept. Um die alte Dame nicht zu stören, ist Diana hinten um das Haus herum in ihr Zimmer gegangen, das wie alle Räume der Villa Maja auch zum Garten einen Eingang hat. Heute morgen ist sie dann früh aufgestanden, um mit der Tante zu frühstücken. Die Tür des großen Wohnzimmers, in dem Lady Penrose auch zu schlafen pflegte, stand zum Flur hin offen. Diana ist eingetreten, hat aber niemand angetroffen, und weil auch die breite Glastür zur Terrasse sperrangelweit offen war, hat sie eben gedacht, daß die Tante wie gewöhnlich schon in den Garten gegangen sei, um nach ihren Pflanzen zu sehen. Lady Penrose war ja, wie Sie wissen, ganz verrückt mit ihrem Garten.«
»Ja, sie war eine leidenschaftliche Pflanzenliebhaberin und was hatte sie immer für herrliche Blumen! Ihre Hibiskussträucher sind sogar um diese Jahreszeit noch zauberhaft, und die Zwerggranatbäumchen, die sie selbst durch Kreuzungen erzeugt hat...«
»Fabelhaft«, unterbrach Steigleder, der nicht gewillt war, sich von seinem Bericht abbringen zu lassen. »Wo war ich stehen geblieben? Also, es war niemand im Wohnzimmer. Da ist Diana in die Küche gegangen, hat das Wasser für den Tee aufgesetzt und den Frühstückstisch hergerichtet. Tee und Toast waren schnell zubereitet, und sie ist fix durch das Wohnzimmer über die Terrasse gelaufen, um die Tante zu

rufen. Keine Antwort. Sie ist die Treppe bis zum Absatz hinabgestiegen, und da lag Lady Penrose seitlich von dem unteren Stufenteil, mitten im Chrysanthemenbeet! Diana ist hinuntergestürzt und hat versucht, sie aufzurichten, doch die Arme war schon ganz kalt und steif...« Steigleder machte eine kleine Kunstpause, bevor er sagte: »Ihr dunkler Rock hatte auf der Höhe des rechten Schenkels einen Riß und war blutdurchtränkt!«

»Sie wird sich beim Fallen den Rock aufgerissen und dabei das Bein verletzt haben, vielleicht an einer Kante oder einem Stein«, warf Madeleine Léger ein.

Steigleder schien auf diesen Einwand gewartet zu haben: »Ganz ausgeschlossen! Die Stufen aus schwarzem Tuff sind vollkommen eben und das Beet ist mit einer Reihe festgefügter Backsteine eingefaßt, kein Mensch bringt es fertig, sich daran den Rock aufzureißen, von der Wunde ganz zu schweigen!«

»Sie könnte ein Gartengerät in der Hand gehabt haben, mit dem sie sich selbst verletzt hat, als sie hingestürzt ist.«

»Könnte, gewiß, dann müßte es da sein. Es ist aber nicht da!«

»Wie kann man das so schnell schon sagen! Vielleicht liegt es zwischen den Chrysanthemen. Alles scheint mir wahrscheinlicher, als daß Lady Penrose ermordet worden ist! Wer sollte sie denn schon umbringen wollen? Sie war eine prachtvolle alte Dame, ein Charakter, wie er jetzt immer seltener wird. Sie wurde von allen Capresen sehr geschätzt...« Madeleine Léger legte aufseufzend ihr Bulletin in den Beutel; es sah nicht so aus, als ob sie heute morgen noch damit weiterkommen würde.

»Auch prachtvolle alte Damen erleiden manchmal ein gewalttätiges Ende«, erwiderte Steigleder unbeirrt. »Ich habe übrigens bereits so einige Indizien.«

»Ist das nicht ein bißchen verfrüht, wo Sie doch noch nicht einmal an Ort und Stelle gewesen sind?«

»Man soll das Eisen schmieden, solange es heiß ist«, gab er kurz zurück. Ein heißes Eisen in Verbindung mit einer leider ganz kalten Leiche schien Madeleine Léger ein besonders mißglückter Vergleich. »Außerdem«, fuhr er etwas pikiert fort, »wenn ich auch nicht, wie Sie sagen, an Ort und Stelle war, was ich weiß, habe ich aus allersicherster Quelle.«

»Das wollte ich auch nicht bezweifeln...«

»Ich habe nämlich mit Diana selbst gesprochen, während ich mit ihr und Annina Strena vor dem Gartentor der Villa Maja auf den Polizeikommissar gewartet habe, der, sage und schreibe, erst nach neun erschienen ist! Die Leute lassen sich hier ja bekanntlich zu allem Zeit. Er hat den maresciallo mitgebracht, wissen Sie, den netten dicken Sizilianer, bei dem die Ausländer immer ihre Aufenthaltsverlängerung beantragen...«

»Musdeci, den Schwager von Annina?«

»Ja, Musdeci, und noch so ein junger Mann war dabei. Dann sind sie alle in den Garten der Villa Maja gegangen. Der commissario hat auch Annina aufgefordert mitzukommen, wahrscheinlich soll sie ihm über dies und jenes Auskunft geben. Sie war ja schon als Kind bei Lady Penrose im Dienst und weiß bestimmt mehr über ihre Angewohnheiten als Diana, die erst vorgestern angekommen ist.«

»Wie lange war die Nichte denn nicht mehr auf Capri?«

»Über zwei Jahre, glaube ich, und ihr Bruder kommt seit mindestens vier Jahren nicht mehr in die Villa Maja. Früher waren sie häufiger hier, die Schulferien haben sie immer bei

der Tante verbracht. Ich habe die beiden schon als Kinder gekannt. Diana war mir ja immer besonders sympathisch, aber auch David, zwei Jahre älter, ist ein netter Kerl, sehr eigenwillig, als kleiner Junge war er manchmal recht trotzig und bockig. Aber das lag auch vielleicht daran, daß er elternlos aufgewachsen ist. Jedenfalls sehr gescheit.«
»Sie haben sehr früh die Eltern verloren, soviel ich weiß.«
»Ja, das war ganz furchtbar. Kurz nach dem Krieg, durch ein Flugzeugunglück. Der Vater, Thomas Jerome Nicholls, der um mindestens fünfzehn Jahre jüngere Bruder von Lady Penrose, war ein bekannter Biologe. Meine Frau und ich haben ihn vor dem Krieg hier bei seiner Schwester kennengelernt. Damals war er noch nicht verheiratet. Ein wirklich charmanter Mann, meine Frau war fast ein bißchen verknallt in ihn. Diana ist ganz der Vater. David soll mehr seiner Mutter ähneln, einer sehr begabten Sängerin; sie war Irin. Wir haben sie leider nicht mehr gekannt...«
»Lady Penrose soll sich nach dem Tode des Bruders und der Schwägerin in rührender Weise der beiden Kinder angenommen haben, hat mir Annina erzählt.«
»Das bestimmt, sie ist darin vorbildlich gewesen. Diana hat mir heute morgen wieder bestätigt, wieviel die Tante ihnen bedeutet hat. Annina stand dabei und schluchzte herzzerreißend. Diana, die mehr Selbstbeherrschung besitzt, hat sich nicht so gehen lassen, aber man konnte ihr wohl ansehen, wie tief sie diesen plötzlichen Verlust beklagte. Lady Penrose hat beide Kinder auf ihre Kosten in England erziehen lassen. In den besten Schulen, standesgemäß. Diana ist ja jetzt selbständig – sie arbeitet als Dolmetscherin in Brüssel, wenn ich nicht irre – aber David, der die Universität besucht, wurde noch von der Tante unterstützt.«

»Das war sehr großzügig«, Madeleine Léger machte eine nachdenkliche Pause. »Lady Penrose war wohlhabend, nehme ich an...«

»Das glaube ich kaum«, sagte Steigleder kopfschüttelnd, »gewiß, sie wird von ihrem Mann, Sir Horace Penrose, der als Botschafter in den Ruhestand versetzt wurde, eine ganz anständige Pension gehabt haben, aber die Villa Maja hat sie bereits vor zehn Jahren an Arcucci gegen eine Leibrente verkauft.«

»An den Totò Arcucci, der die Bar gleich neben der Piazza hat?« fragte Madeleine Léger erstaunt.

»Ja, an den. Meine Frau und ich haben uns seinerzeit über diesen Handel krankgelacht. Als der Arcucci nämlich damals das Geschäft abschloß, litt Lady Penrose an einem Magengeschwür und schien dem Tode nahe. Der Gemeindearzt, Dottore Salvia, sagte: ›Die arme Lady schafft es nicht mehr bis zum Frühling...‹ Statt dessen ist sie nach Neapel gefahren, ich weiß es noch genau, Annina hat sie hinbegleitet, und dort hat sie sich operieren lassen. Und danach ist sie aufgeblüht, kann ich Ihnen sagen, wie, na, wie eine ihrer Prachtdahlien. Sie hatte ihre Meerbäderkur wieder aufgenommen und stieg zu Fuß den Monte Solaro hinauf, wenn sie botanisieren ging. Der Arcucci muß sich all diese Jahre schön gegiftet haben. ›Die trägt uns noch alle zu Grabe‹, hat er Annina immer wieder versichert.«

»Dann gibt es auf der Insel wenigstens einen, der Lady Penrose nicht nachweint.«

»Das wird sich noch herausstellen. Erst muß die Todesursache geklärt werden, und vielleicht hat dann gerade er nichts zu lachen.«

Madeleine Léger erkannte, daß Steigleder wieder zu seiner

Mordtheorie zurückkehrte, und versuchte das Gespräch auf eine harmlosere Bahn zu lenken. Den Hang der meisten Menschen, aus Sensationslust ganz harmlose Geschehnisse aufzubauschen, pflegte sie grundsätzlich nicht zu ermutigen.
»Ja, wenn Lady Penrose ihr Haus gegen eine Leibrente verkauft hat, wird sie kaum sehr vermögend gewesen sein. Soviel ich von Annina weiß, hatte sie auch eines der Zimmer an einen jungen römischen Physiker vermietet...«
»Stimmt, seit dem vorletzten Frühjahr. Er bringt hier seine Sommerferien zu, kommt aber auch dann und wann übers Wochenende auf die Insel. Im vorigen Jahr habe ich ihn einmal flüchtig gesehen. Soll nett sein, sagt Annina. Nein, also wohlhabend war die alte Dame nicht, aber sie hatte gewiß ein Stück Geld beiseite gelegt: die Pension ihres Mannes, dazu die ganz anständige Leibrente – über anderthalb Million Lire jährlich, hat man mir gesagt – dazu die Miete für das Zimmer, einen kleinen Fonds aus Vorkriegszeiten wird sie ohnehin gehabt haben, rechnen Sie das alles zusammen, damit kann man schon ganz schön tanzen... Außerdem lebte sie selbst ja denkbar einfach: sie wohnte allein, Annina ging täglich ein paar Stunden zum Saubermachen hinüber; ihre Garderobe, zwar sehr gepflegt und adrett, ist, jedenfalls seitdem ich sie kenne, unverändert geblieben. Ein paarmal im Monat empfing sie den einen oder anderen ihrer alten Bekannten zum Tee, gutem englischen Tee und Biskuits...«
»Ja, Lapsang Souchong mit dem rauchigen Duft und Kekse von Huntley and Palmer«, nickte Madeleine Léger lächelnd. Sie entsann sich gut an die Gastlichkeit von Lady Penrose: alles sehr abgemessen, aber mit Stil und einer gewissen

Würde angeboten, die eine Teestunde bei ihr, trotz der fast kargen Einfachheit, genußvoll machten.
Steigleder schien den gleichen Gedankengang zu verfolgen: »Verschwenderisch war sie bestimmt nicht, kultiviert sparsam, könnte man sie bezeichnen. Einen gewissen Luxus erlaubte sie sich nur mit ihren Pflanzen, ihrer einzigen Marotte...«
»Eine noble Liebhaberei, würde ich doch sagen«, korrigierte Madeleine Léger. »Es ist rührend, wenn eine alte Dame mit einer häuslichen Stundenhilfe auskommt, selbst ihre Mahlzeiten zubereiten muß und nachtsüber keinen in ihrer Nähe weiß, sich aber aus Liebe zu ihren Pflanzen einen Gärtner hält. Sie kennen ihn doch, den Benito Vitale?«
»Klar kenne ich den! Montag, Mittwoch und Freitag waren seine Arbeitstage bei Lady Penrose, nicht wahr?«
»Ja, das kann sein«, antwortete Madeleine Léger zerstreut.
»Und was hatte er da gestern nachmittag, an einem Dienstag, im Garten der Villa Maja zu suchen?« fragte Steigleder triumphierend.
»Wahrscheinlich wollte er einen Augenblick mal schnell Lady Penrose umbringen.«
»Sie brauchen mich gar nicht auf den Arm zu nehmen!« sagte Steigleder ärgerlich. »Zu Ihrer Information kann ich Ihnen mitteilen, daß ungefähr neunzig Prozent aller Morde ungeklärt bleiben – in Italien wahrscheinlich noch mehr – und wissen Sie warum?«
»Nein, diese Art Statistiken gehört nicht in mein Ressort...«
»Weil zuviel Leute so leichtsinnig und oberflächlich denken wie Sie!«
»Aber warum muß es denn gleich ein Mord gewesen sein?

Nichts spricht dafür. Und außerdem: exerzieren Sie mir das mal vor, wie man jemand mit einer Verletzung ausgerechnet am Oberschenkel umbringt.«
»Herzlich gern, aber eine Leiche dürfte wohl für heute morgen genug sein«, sagte Steigleder sauer.
»Da haben Sie recht!« stimmte Madeleine Léger lachend zu. Sie hatte Steigleder nicht verstimmen wollen und ließ ein paar Minuten verstreichen, bevor sie versuchte, ein anderes Gesprächsthema anzuschneiden.
Was seit seiner Ankunft bis zum heutigen Tage seine Gedanken bewegt hatte, war die bevorstehende Geburt seines ersten Enkelkindes. Dieses Jahr war er allein nach Capri gekommen, denn seine Frau, die ihn sonst immer begleitet hatte, war bei der Tochter geblieben. Nun wartete er stündlich auf das ersehnte Telegramm. Wenn es nach ihm gegangen wäre, hätte auch er diesmal lieber auf die Ferienreise verzichtet, doch Frau und Tochter hatten darauf bestanden, daß er unbedingt wie gewohnt nach Capri fahren sollte. Den aufgeregten zukünftigen Großvater wohlversorgt im Ausland zu wissen, mußte für beide eine begreifliche Erleichterung sein, dachte Madeleine Léger amüsiert.
»Was gab's Neues heute mit der Morgenpost? Hatten Sie Nachrichten von zu Hause?«
»Nein. Evchen wird übermorgen, Freitag also, in die Klinik eingeliefert, schrieb meine Frau gestern. Heute habe ich nur von meiner Sekretärin Geschäftspapiere der Fabrik bekommen.« Er zog einen Umschlag aus der Hosentasche, auf dem »Steigleider, Konservenfabrikant, Stuttgart« stand, entfaltete mehrere Bogen und versenkte sich in die Zahlenreihen.
Madeleine Léger holte ihr Bulletin aus dem Beutel und machte sich jetzt ernsthaft an die Lektüre.

2

Dr. Vittorio Fusco, commissario di P. S. (Pubblica Sicurezza, öffentliche Sicherheit), trank seinen ersten espresso beim Erwachen. Zu diesem Zweck stand der kleine Kaffeekocher auf seinem Nachttisch bereit. Mit dem gleichen Streichholz zündete er, noch halb verschlafen, sowohl die erste Zigarette wie die Spiritusflamme an.

Den zweiten espresso trank er, kurz nach acht, in der Bar von Totò Arcucci. Der espresso bei Arcucci war auf Capri der beste, aber dennoch nicht mit dem der Bars in Neapel zu vergleichen. Das muß am Wasser liegen, vermutete Fusco, der sich jeden Tag von neuem darüber ärgerte. Überhaupt, es gab auf dieser Insel rein gar nichts, das sich mit Neapel vergleichen ließ, fand er. Capri war schon ein trauriges Nest, un camposanto, ein wahrer Friedhof, wie er sich ausdrückte.

In Neapel geboren und aufgewachsen, war er vor genau einem Jahr nach Capri versetzt worden, und seit genau einem

Jahr wünschte er sich nur eins: wieder Polizeikommissar in Neapel zu sein, ganz gleich in welchem Stadtviertel, das elegante Chiaia war ihm genauso recht wie das verrufene Forcella. In Neapel war überall immer etwas los; hier auf dieser öden Insel geschah nie was.
Am Mittwoch, den 27. Oktober, betrat Dr. Vittorio Fusco, wie gewohnt, kurz nach acht die Bar von Totò Arcucci. Gelsomina, Arcuccis Frau, eine rundliche, gar nicht übel aussehende Person, saß hinter der Kasse und lächelte ihm entgegen:
»Buon giorno, signor commissario!« Dem jungen Mann hinter der Espressomaschine rief sie befehlend zu: »Il solito caffè speciale per il dottore!«
»Und wo ist Totò, wieder fischen gegangen?« erkundigte sich Fusco. (Gelsomina ist nicht zu verachten, und sie wäre auch nicht abgeneigt, doch wie kann ich mich in meiner Stellung mit einer Hiesigen einlassen? Das würden bald alle Spatzen von den Dächern pfeifen..., dachte er verdrossen. Für einen ledigen commissario, der unbedingt ledig bleiben wollte, war es auf Capri schon ein Elend...)
»Nein, er ist heute zu Hause geblieben. Er fühlte sich nicht wohl.« Sie wandte sich einem neuen Kunden zu: »Buon giorno, sindaco!«
Der vor einem Monat gewählte Bürgermeister De Tommaso grüßte leutselig. Er war der reichste Mann der Insel, ihm gehörten zwei große Hotels, die Schlächterei, mehrere Geschäfte, alle Autobusse und der neue Weinkeller an der Grande Marina, in dem der berühmte Capriwein hergestellt wurde, der einzige wirklich echte, wie auf dem Etikett zu lesen stand.
Fusco und De Tommaso tauschten die letzten Neuigkeiten

aus. Es gab kaum welche. Unten am Hafen war ein Motorboot gestohlen worden; wahrscheinlich nur eine Finte des Besitzers, um die Versicherung einzustecken und sich ein neues, besseres zu kaufen: jetzt im Herbst war das Angebot groß. Das Ehepaar Esposito hatte wieder versucht, sich gegenseitig die Köpfe einzuschlagen; das war nicht weiter ernst zu nehmen, sie bekamen einmal in der Woche Krach und jedes Jahr ein Kind. Die Kommunisten hatten gestern in einem Lokal Radau gemacht. Das war noch weniger ernst zu nehmen, die Kommunisten machten prinzipiell Radau, dadurch gewannen sie ihre Existenzberechtigung.
Als Fusco und De Tommaso gerade den seit Jahrzehnten geplanten Fahrweg zur Tiberiusruine besprachen, stürmte der maresciallo Musdeci in die Bar. Gelsomina Arcucci, der Bürgermeister und der Junge hinter der Bar spitzten die Ohren, um mitzukriegen, was der aufgeregt gestikulierende Musdeci dem commissario zuflüsterte. Als die beiden gleich danach die Bar verließen, hatte jeder etwas anderes verstanden und beharrte hitzig auf seiner Version.
Auf der Straße sagte Fusco: »Also, wiederhole jetzt alles, möglichst der Reihe nach.«
Musdeci holte tief Atem und gestikulierte noch bevor er den Mund öffnete: »Die Nichte von Lady Penrose hat im Kommissariat angerufen. Sie wissen doch, Lady Penrose, die alte Engländerin, die auf der Via del Belvedere wohnt – das heißt wohnte, sie ist nämlich tot...« er ließ die erhobenen Mittel- und Zeigefinger rasch in der Luft kreisen, eine für jeden Süditaliener unmißverständliche Geste, die besagte, daß eine arme Seele zum Himmel aufgeflogen war.
»Musdeci, der Reihe nach!«
»Ja, dunque: Diana Nicholls, so heißt die Nichte – ich kenne

sie seit ihrer Kindheit, ein liebes Mädchen – hat im Kommissariat angerufen. Sie war sehr verstört und hat gesagt, daß sie gerade eben die Leiche ihrer Tante im Garten, auf der Erde, mitten im Chrysanthemenbeet vorgefunden hatte.«
»Wann war das?«
»Vor fast einer Stunde, aber ich habe erst auf Peppino und Costanzo warten müssen, damit jemand im Kommissariat blieb.«
»Was hat die Nichte sonst noch gesagt?«
»Sie hat zuerst gemeint, die Tante sei nur ohnmächtig. Deshalb hat sie versucht, sie aufzurichten, und da hat sie erst gemerkt, daß Lady Penrose schon seit mehreren Stunden tot sein mußte. Dann ist ihr ein Riß oder Schnitt im Rock aufgefallen und auch, daß der dunkle Stoff ganz blutverklebt war.«
»Wer war sonst noch im Haus?«
»Niemand.«
Sie blieben am Eingang des Kommissariats stehen.
»Geh Peppino rufen und sag Costanzo, er soll am Telefon bleiben.«
Zu dritt durchschritten sie die Via Nuova und erstiegen die Anhöhe, die zur Via del Belvedere führte. Inzwischen ließ sich Fusco von Musdeci über Lady Penrose unterrichten. Er hatte sie wohl einige Male gesehen und erinnerte sich, wie sie aufrecht über die Piazza geschritten war, die dichten weißen Haare von einem unsichtbaren Netz zusammengehalten, was ihrem Kopf das Aussehen eines prächtigen Blumenkohls verlieh, und in der Hand einen dünnen Spazierstock, auf den sie sich nie stützte; doch Näheres war ihm nicht bekannt. Musdeci hingegen, der seit Jahrzehnten im Amt war, wußte über sie wie über alle Capribewohner eingehend Bescheid.

»Lady Penrose hat sich vor über dreißig Jahren mit ihrem Mann auf Capri niedergelassen. Er war ein englischer Diplomat und wollte hier sein Lebensende verbringen, doch da sollte nichts mehr draus werden: Villa Maja war gerade fertig geworden – während das Haus gebaut wurde, haben sie bei Carmine Strena gewohnt, damals war Carmine noch nicht mit Annina verheiratet, die übrigens meine Schwägerin ist, die Schwester meiner Frau – also, Villa Maja war gerade fertig gebaut, da ist er an einem Herzschlag gestorben. Er liegt im Fremdenfriedhof begraben. Lady Penrose« (wie die meisten Capresen sprach auch er den Namen »Lediperrosa« aus) »ist, soviel ich weiß, nach dem Tode ihres Mannes nur einmal nach England zurückgekehrt, damals, als ihr Bruder und ihre Schwägerin, das waren Dianas Eltern, bei einem Flugzeugunglück starben. Während des Krieges ist sie nicht wie die anderen Engländer interniert worden, vielleicht weil sie mit unserem ehemaligen Botschafter in London befreundet war, sie mußte sich nur einmal in der Woche bei uns melden. Wir haben nie Scherereien mit ihr gehabt, nie in all diesen Jahren. Una vera signora, eine Dame durch und durch, das ist sie...« Er stockte und verbesserte: »War sie.«

Die drei Männer bogen in die Via del Belvedere ein. Der schmale, ungepflasterte Pfad verlief in sanften Windungen zwischen Weingärten und herbstlich bunten Hecken.

»Uè, Domenico!« rief Musdeci einem etwa achtjährigen Jungen zu, der ihnen mit einem Schulranzen auf dem Rücken entgegenkam.

»Buon giorno, zio«, grüßte das Kind und musterte im Vorbeigehen neugierig den commissario.

»Ärgere deine arme Lehrerin nicht!« sagte Musdeci mahnend und setzte erklärend hinzu, nachdem Domenico weitergegangen war: »Das ist mein Neffe, das jüngste Kind von Annina und Carmine. Sie haben zwei erwachsene Töchter und diesen Nachkömmling.«

»So«, sagte Fusco zerstreut. Wer weiß, vielleicht brachte ihm die Lady Glück und es war ein richtiger Mord, mit dem man etwas anfangen konnte. Wenn das der Fall war, würde er den Schuldigen schon ausfindig machen und dann... dann konnte er mit einer Beförderung rechnen. Vielleicht Vizequästor in Neapel. Und wenn auch nicht Vizequästor, Hauptsache, er kam wieder nach Neapel. Doch er wagte kaum zu hoffen, daß auf dieser tristen Insel ein anständiger Mord stattfinden konnte. Was passierte hier schon! Lächerliche Lappalien, mit denen man nur Ärger hatte: ein bißchen Zigarettenschmuggel, lästige Trunkenheit, Sommergäste, denen die Capriluft zu Kopf stieg und die dann zuweilen eine Orgie veranstalteten und wegen ihres obszönen Benehmens verwarnt wurden – sonst kaum was, kein richtiger Diebstahl oder Überfall, nicht einmal ein Betrug, geschweige denn ein Mord. Einen Mord hatte es auf Capri seit Menschengedenken nicht gegeben.

Diana Nicholls stand mit Annina Strena und Steigleder wartend am schmiedeeisernen Gittertor, dem Haupteingang zur Villa Maja. Sie hatte einen niedergeschlagenen, verstörten Ausdruck, wirkte aber sonst beherrscht im Gegensatz zu Anninas geschwollenem Gesicht und verrutschtem Kopftuch.

Fusco verbeugte sich kurz. Nicht mein Typ, aber reizend, dachte er dabei, eine junge Ingrid Bergman, ganz gute Seife, gute Erziehung und Vitamine, empfindsam und dezent.

Steigleder war inzwischen weggegangen, und auch Annina wollte in ihr Haus zurückgehen, aber Fusco hielt sie zurück.

»Begleiten Sie uns bitte. Wie mir der maresciallo gesagt hat, kannten Sie die arme Lady schon seit vielen Jahren. Sie werden uns vielleicht Auskunft geben können.« Wie alle Neapolitaner sprach auch er den Namen eines kürzlich Dahingeschiedenen pietätvoll mit dem Eigenschaftswort »povero« aus.

Diana hatte das Eisengitter geöffnet und ging voran, den Gartenweg entlang, der an Weißdornhecken mit flammendroten Beeren vorbei um ein Rondell bunter Pompondahlien zur Treppe führte. Sie stieg ein paar Stufen hinauf und blieb vor der langausgestreckten Gestalt von Lady Penrose stehen. Ein Fuß der alten Dame berührte noch die Stufe, während der ganze übrige Körper in dem sanft zum Haus hin ansteigenden Beet gelber Zwergchrysanthemen wie auf einem wohlgepolsterten Sofa gebettet lag. Die hellblauen Augen waren weit offen und gaben dem Gesicht einen verwunderten Ausdruck, den die fest zusammengepreßten Lippen mit einer mißbilligenden Nuance ergänzten.

Auf den ersten Blick hin war Lady Penrose nichts Ungewöhnliches anzumerken: die weißen Haare wurden ordentlich von dem feinen Netz zusammengehalten; die Seidenbluse mit dem Jabot, das eine Brosche aus Rubinen zierte, der dunkle Rock und das dazu passende Jäckchen waren adrett, als habe sie sich eben angekleidet. Sie wirkte so ganz »vornehme alte Dame«, daß sie fast wie eine Theatertype für ein Gesellschaftsstück aussah. Aber die kräftigen Hände mit den kurzgeschnittenen, rissigen Nägeln, die mit Erde, Dornen, Gartengeräten und Dünger vertraut waren, verbaten sich auch im Tode noch energisch, daß man ihre Besitzerin als Schablone abtat.

Erst bei näherer Betrachtung entdeckte Fusco einen wenige

Zentimeter langen Riß in dem Rock, mehr ein glatter Schnitt, ungefähr auf der Höhe des rechten Schenkels. Der dunkle Wollstoff mußte viel Blut aufgesaugt haben, jetzt fühlte er sich hart und trocken an. Auch in der Erde erkannte man eine schwarze feuchte Stelle, in der das Blut versickert war.

Fusco ließ sich von Diana wiederholen, wann sie die tote Tante aufgefunden hatte, während Musdeci und Annina in gedämpftem Tonfall Ansichten, Vermutungen und Erinnerungen an die Verstorbene austauschten.

»Führen Sie mich durch den Garten und das Haus«, sagte Fusco. »Peppino, du bleibst inzwischen bei der Toten.«

Von Diana geleitet gingen sie durch den Garten.

»Dort ist der zweite Eingang, den meistens nur der Gärtner Benito Vitale benützt«, sie wies auf eine kleine Holzpforte am Ende eines von niedrigen Oleanderbüschen eingesäumten Weges.

»Vitale? Arbeitet er jeden Tag hier?«

»Nein, nur dreimal wöchentlich. Heute morgen ist er wie immer gegen acht Uhr gekommen...« leiser setzte sie hinzu: »Ich hatte gerade meine tote Tante gefunden...«

»Und?«

»Da habe ich ihn weggeschickt.«

»So.« Fusco warf einen Blick in den Schuppen, in dem Gartengeräte wohlgeordnet auf Regalen lagen oder an Haken hingen. In einer Ecke war ein Humushaufen.

Sie stiegen die Treppe aus dunklem Tuffstein hinauf, die zu einer halbrunden Terrasse mit sechs Säulen führte, und traten in einen großen Raum.

»Das war das Zimmer meiner Tante. Hier schlief sie und hier aßen wir auch.«

Fusco zündete sich eine Zigarette an und ging langsam von

einem Möbelstück zum anderen. Alte, etwas verschlissene, aber unverkennbar echte Teppiche; Möbel aus Nußbaum und Mahagoni, unterschiedlich in Stil und Wert, allem Anschein nach Familienstücke, die seit Generationen gewohnt waren, sich gut zu vertragen. Vor dem Kamin ein Tigerfell.
»Den hat mein Onkel erlegt«, sagte Diana, »mein Onkel dort«, sie wies auf das Ölgemälde eines alten Herrn mit Spitzbart.
Fusco betrachtete die Gegenstände, die auf den Regalen, Borten und Tischchen standen: einige chinesische Plastiken, javanische Masken, zwei Tanagrafigürchen... Diana folgte seinen Blicken:
»Viele der Gegenstände hier sind Andenken an die Länder, in denen meine Tante gelebt hat, als mein Onkel im diplomatischen Dienst stand. Zuletzt war er Botschafter in Syrien; dieser Krug stammt aus Damaskus.«
Fusco blieb vor einem kleinen Sekretär stehen, auf dem geöffnete Briefe, Federn, Stifte, Pflanzenkataloge, ein großer, ungeschliffener Malachit, der als Briefbeschwerer diente, und sonst noch allerlei bunter Krimskrams lagen.
»Wo verwahrte Ihre Tante ihre Wertsachen?«
»In der Schublade dieses Schreibtisches.«
»Und der Schlüssel dazu?«
»Der ist dort, in dem Kästchen auf dem Nachttisch.« Diana nahm den Schlüssel aus einer roten Lederschachtel, die mit goldenen Schriftzeichen, Versen des Korans, verziert war und reichte ihn Fusco. Es schien ihm, als sei sie dabei leicht errötet.
Sie traten in den Flur und ein kleiner, struppiger Hund unbestimmter Rasse kam ihnen bellend entgegen. Er hinkte ein wenig und trug einen Verband am linken Hinterbein.

»Daisy, bist du wieder da!« sagte Annina verwundert und streichelte das Tier, das freudig bellend an ihr hochsprang.
»Ja, heute morgen lag sie auf einmal wieder auf ihrer Matte in der Ecke beim Herd«, sagte Diana und fügte für Fusco erklärend hinzu: »Diese herrenlose Hündin ist meiner Tante vor ungefähr fünf Jahren zugelaufen. Meine Tante hing sehr an ihr.«
»Ja«, warf Annina ein, »die arme Lady konnte Daisy seit Montag nirgendwo finden und machte sich Sorgen.«
»Ruhig, Daisy, ruhig«, wiederholte Diana. »Hier links ist mein Zimmer.«
Fusco sah sich kurz um. »Wohin führt diese Tür?«
»In den Garten. Alle Zimmer haben zwei Türen, eine zum Flur und eine zum Garten.«
Die Küche, zwei Badezimmer, ein kleiner Abstellraum.
»Und hier?« Fusco war vor einer verschlossenen Tür stehen geblieben.
»Dieses Zimmer bewohnt ein Mieter meiner Tante; ich kenne ihn nicht.«
»Il dottore Della Valle«, sagte Annina, »er lebt in Rom und kommt seit zwei Jahren in den Sommerferien her. Manchmal aber auch über das Wochenende. Das letzte Mal war er Ende September hier. Wollen Sie das Zimmer sehen? Er läßt den Schlüssel immer an diesem Haken beim Mantelständer, damit ich saubermachen und lüften kann.«
»Ja, machen Sie auf.« Fusco sah sich um. Auf dem Sessel lag ein Taucheranzug; in einer Ecke standen ein Gewehr für Unterwasserjagd und ein Sauerstoffgerät. »Geben Sie Musdeci nachher die Adresse des dottore Della Valle, Signora Strena.«
Sie waren bei dem letzten Raum des Hauses angelangt, einer

kleinen Bibliothek, die an das Wohnzimmer grenzte, aber wie die anderen Räume nur mit dem Flur und dem Garten verbunden war.
»Diese Bücher hat alle mein Onkel gesammelt; es sind sehr seltene, wertvolle Werke darunter«, sagte Diana. »Meine Tante machte sich nichts aus Büchern, aber sie hat alles so gelassen, wie mein Onkel sie geordnet hatte, als Andenken an ihn. Nach ihrem Tode sollten sie der Britischen Akademie in Rom übergeben werden, hat sie mir einmal gesagt, alles, auch die Regale. An diese wollte sie noch Plaketten mit der Aufschrift ›Stiftung von Sir Horace Penrose, B. A.‹ anbringen lassen.«
»So«, sagte Fusco. Auch er machte sich nichts aus Büchern, noch dazu aus so alten.
»Ich werde das Haus vorläufig abschließen müssen«, sagte er zu Diana gewandt. »Wohin gedenken Sie vorläufig zu ziehen?«
»Zu uns«, warf Annina schnell ein, »die Signorina kann gut bei uns wohnen.«
»Va bene«, Fusco sah auf seine Uhr, »dann möchte ich Sie bitten, Signorina Nicholls, zu mir ins Kommissariat zu kommen, um ... sagen wir in einer Stunde, um elf.«
So hatte er Zeit genug, den Amtsrichter Dr. Cocorullo zu benachrichtigen, damit dieser mit dem Gemeindearzt die Leiche besichtigte und einen ersten Rapport für die Magistratur in Neapel abfassen konnte; dann mußte er mit der Quästur in Neapel telefonieren, so daß die Gerichtsärzte noch das Nachmittagsschiff erreichten. Und außerdem war der dritte espresso längst fällig.

Fusco trank den dritten espresso, den er sich selbst im Kommissariat zubereitet hatte (auch dort besaß er eine caffettiera napoletana und einen Spirituskocher), als Alfonso, der Aufseher der Villa Solitude, sich anmelden ließ.
Alfonso berichtete, daß er gestern, um drei Uhr nachmittags, die streitenden Stimmen von Lady Penrose und ihrer Nichte vernommen hatte. Was sie gesagt hatten, wußte er nicht, da sie englisch sprachen, aber die alte Dame war sehr ärgerlich gewesen, das konnte man durch die offene Tür des Wohnzimmers gut vernehmen.
Fusco entließ Alfonso, als Diana pünktlich erschien.
»Bitte nehmen Sie Platz!« Sie ist wirklich entzückend und so beherrscht; unsere Frauen sind, wenn sie mit der Polizei zu tun haben, immer ganz durcheinander und in Tränen aufgelöst, dachte er. »Ihre Personalien, bitte...«
»Diana Nicholls, dreiundzwanzig Jahre alt, in London geboren, zur Zeit in Brüssel als Simultandolmetscherin bei der Paneuropäischen Gesellschaft für Luftraumforschung tätig...« Musdecis veraltete Schreibmaschine klapperte blechern.
»Wann sind Sie angekommen?«
»Vorgestern morgen, Montag...«
»Wann haben Sie Ihre Tante zum letztenmal lebend gesehen?«
»Gestern nachmittag, um halb vier etwa.«
»Und wann haben Sie sie tot gefunden?«
»Heute morgen, um acht Uhr.«
»Was haben Sie gestern von halb vier Uhr bis heute um acht gemacht? Versuchen Sie sich genau an alles zu entsinnen.«
»Ich habe kurz nach halb vier das Haus meiner Tante ver-

lassen und bin zur Piazza gegangen. In der Bar von Arcucci habe ich eine Tasse Tee getrunken.«

»Waren Arcucci oder seine Frau dort?«

»Nein, nur der Junge an der Theke. Nach ungefähr einer halben Stunde bin ich zum Reisebüro gegangen, das gerade aufmachte. Ich wollte eine Flugkarte nach Brüssel für Sonnabend. Doch der Angestellte sagte, nachdem er mit Neapel telefoniert hatte, die Gesellschaft, bei der ich eine Ermäßigung habe, würde nur für Montag über freie Plätze verfügen.«

»Da haben Sie eine Flugkarte für Montag genommen?«

»Nein, ich werde schon vorher mit dem Zug fahren.«

»Sie scheinen es sehr eilig zu haben?«

»Am Montag muß ich wieder in Brüssel zu einer Konferenz sein.«

»So. Und was haben Sie gemacht, als Sie das Reisebüro verlassen haben?«

»Ich bin zur öffentlichen Telefonstelle auf der Piazza gegangen, um meinen Bruder anzurufen.«

»Warum haben Sie das nicht von der Villa Maja aus gemacht?«

Sie zögerte einen Augenblick. »Ich glaube, meine Tante hat keinen Betrag für Auslandsgespräche eingezahlt.«

»So. Und wann haben Sie mit Ihrem Bruder gesprochen?«

»Es hat lange gedauert, bis ich die Verbindung bekam, über zwei Stunden, und ich habe auch nur mit seiner Haushälterin sprechen können, die mir gesagt hat, daß mein Bruder nicht zu Hause war.«

»Was macht Ihr Bruder?«

»Er hat bis vor kurzem die Technische Hochschule besucht, aber das Studium abgebrochen. Jetzt arbeitet er am Theater,

er inszeniert Schauspiele und hat selbst ein Stück geschrieben, das bald aufgeführt werden soll.«
»So. Fahren Sie fort, prego...«
»Da ich nicht mit ihm sprechen konnte, bin ich anschließend zum Telegrafenamt gegangen und habe ein Telegramm an ihn aufgegeben.«
»Wieviel Uhr war es?«
»Ich denke, ungefähr halb sieben.«
»Und was haben Sie danach gemacht?«
»Ich habe mich eine halbe Stunde in der Kirche aufgehalten. Man las gerade die Abendandacht.«
»Sind Sie katholisch?«
»Nein, anglikanisch wie meine Tante. Um sieben Uhr habe ich die Kirche verlassen und wollte durch den Bogengang, der nach Santa Teresa führt, nach Hause gehen. Doch kurz vor dem Kloster von Santa Teresa habe ich einen Bekannten getroffen, Giulio De Gregorio...«
»Ach, den jungen De Gregorio? Woher kennen Sie den?«
»Mein Bruder und ich sind mit ihm seit unserer Kindheit befreundet; wir sind immer zusammen zur Piccola Marina schwimmen gegangen. Da wir uns seit so langer Zeit nicht mehr gesehen haben, war er sehr überrascht und erfreut, mich so unerwartet zu treffen. Er hat mir erzählt, daß sein Vater gestorben sei und er jetzt nur mit seiner Großmutter lebe. Wir haben eine Weile unter dem Torbogen gestanden, und dann hat er mir angeboten, mich nach Hause zu begleiten.«
»Aha, und Sie sind auf den Vorschlag eingegangen?«
»Ja. Wir haben uns auf dem Weg Zeit gelassen und uns gegenseitig erzählt, was wir in diesen letzten zwei Jahren, die ich nicht mehr in Capri war, erlebt hatten. Weil er so drängte,

bin ich dann, als wir Villa Maja erreicht hatten, mit ihm noch ein Stück weitergegangen, bis zum Belvedere, dort sind wir so etwa eine Stunde auf der Bank sitzen geblieben.«
»Bis wann ungefähr?«
»Es war wenige Minuten nach neun Uhr, als ich mich am Gartenausgang zur Villa Maja von ihm verabschiedet habe. Da bei meiner Tante kein Licht mehr brannte, dachte ich, sie sei schon eingeschlafen, und bin gleich vom Garten aus in mein Zimmer gegangen, um sie nicht zu stören.«
»Ohne Abendbrot?«
»Ja, ohne. Heute morgen bin ich um sieben Uhr aufgestanden, habe das Frühstück hergerichtet, und als ich meine Tante rufen wollte, da habe ich sie neben der Treppe zwischen den Chrysanthemen tot aufgefunden...«
»Ist Ihnen gestern abend auf dem Nachhauseweg niemand begegnet?«
»Auf der Via Nuova sind wir an einigen Passanten vorbeigekommen, niemand jedoch, den ich kenne. Die Via del Belvedere war vollkommen leer: auch auf dem Belvedere, wo wir auf der Bank gesessen haben, sind wir niemandem begegnet. Es war auch sehr dunkel.«
»Sie haben also fast zwei Stunden mit De Gregorio verbracht?«
»Ja.«
»Sie hatten sich offenbar eine ganze Menge zu erzählen.«
Fusco tat, als nähme das Anzünden einer neuen Zigarette seine ganze Aufmerksamkeit in Anspruch, während er Diana verstohlen beobachtete.
»Ja schon«, sagte Diana unbefangen. Zum erstenmal an diesem Morgen glitt ein Lächeln über ihre Züge. »Giulio ist ein lieber Kerl..., aber, vielleicht weil wir uns als Kinder ge-

kannt haben, bringe ich es nicht fertig, in ihm einen erwachsenen Mann zu sehen. Dabei ist er so alt wie David, mein Bruder, fünfundzwanzig. Er hat mir auch erzählt, daß er mit der Tochter des neuen Bürgermeisters verlobt ist...«
»Eine gute Partie, De Gregorio scheint nicht dumm zu sein.«
»Nein, gewiß nicht. Er studiert Medizin in Neapel, schon seit Jahren. Wie weit er damit ist, weiß ich nicht. Als dottore kann ich ihn mir schlecht vorstellen. Und als Ehemann noch weniger. Für mich ist er immer der kleine Junge, der Feigen und Weintrauben aus dem Garten meiner Tante mopste. Einmal ist David an seiner Stelle dafür bestraft worden, weil er alles ableugnete, und seitdem haben sich beide nicht mehr ausstehen können. Doch das sind nur Dumme-Jungen-Streiche...« Sie schien fast zu bereuen, diese Kindheitserinnerungen ausgeplaudert zu haben.
»Ja, sicher... Sagen Sie, wie standen Sie sich mit ihrer Tante? Ich meine, hatten Sie manchmal Meinungsverschiedenheiten... oder Streit?«
»Mein Bruder und ich liebten sie sehr. Nach dem Tod unserer Eltern war sie unsere einzige nähere Verwandte. Sie hat sehr viel für uns getan, ihr verdanken wir unsere Erziehung und Ausbildung. Gewiß, manchmal hat sie uns getadelt, aber immer mit Recht. Sie war sehr gerecht.«
Eine ausweichende Antwort, an deren Ehrlichkeit jedoch nicht zu zweifeln war, dachte Fusco.
»Wissen Sie, ob Ihre Tante hier auf der Insel Feinde hatte?«
»Nein, das ist ganz ausgeschlossen!«
»Gut, Signorina Nicholls«, er erhob sich, »im Augenblick habe ich Sie nichts mehr zu fragen. Es ist natürlich klar, daß Sie die Insel vorläufig ohne Genehmigung nicht verlassen dürfen.«

»Ich muß spätestens Sonntag abfahren, um Montag in Brüssel zu sein. Das wird doch möglich sein?«
»Speriamo, hoffen wir es...«

Mit der Morgenpost, die um zwölf Uhr ausgetragen wurde, lag bereits der erste anonyme Brief zum Fall Penrose auf dem Schreibtisch des commissario neben der vierten Tasse Espresso. Das war selbst für Capri ungewöhnlich rasch. Wie es die Tradition verlangt, war auch dieser Brief kurz, in ungelenker Blockschrift abgefaßt:
»Signor commissario: warum fragen Sie Totò Arcucci nicht, wo er gestern war, als die arme Lady Penrose ermordet wurde? Er hatte es sehr eilig, in den Besitz der Villa Maja zu kommen. Bestimmt wird er Ihnen Aufschluß geben können.«
Soweit der Text und dann die zu erwartende Unterschrift: »Un amico della giustizia«, ein Freund der Justiz. Fusco, der wie die meisten Neapolitaner keinen Humor, aber einen ausgeprägten Sinn für Ironie und Sarkasmus hatte, mußte unwillkürlich lachen. Anonyme Briefe brachten in Italien auch die Analphabeten zustande, und die diskret namenlosen »Freunde der Justiz« waren nicht zu zählen.
»Musdeci, sag Costanzo, er soll Totò Arcucci herholen. Ich muß ihn sprechen. Aber daß er sich beeilt, damit ich rechtzeitig zum Mittagessen komme und mich Titina nicht wieder mit ihrer zerkochten pasta beglückt...« Vier espressi und zwanzig Zigaretten waren auch für einen neapolitanischen Polizeikommissar keine ausreichende Diät.
Wer den Brief geschrieben haben konnte, interessierte Fusco nicht weiter. Jeder zweite Caprese konnte es gewesen sein. Der Besitzer der Bar auf der Piazza oder jemand, der vor

Jahren gern selbst die Villa Maja gekauft hätte oder sonst jemand, mit dem sich Arcucci nicht gut stand.
Während Musdeci hinausging, traten der Amtsrichter Dr. Cocorullo und der Gemeindearzt Salvia ein.
Fusco begrüßte sie und rief dem maresciallo nach:
»Musdeci, drei espressi unten von der Bar!«
»Nicht für mich, Commissario, sehr freundlich, aber meine Leber erlaubt mir keinen Kaffee mehr!« wehrte Cocorullo ab.
»Auch ich nicht, besten Dank! Ich muß sowieso gleich wieder gehen. Mit dieser Grippeepidemie in der Volksschule – ich fürchte sogar, es handelt sich eher um Virus hepatitis – habe ich alle Hände voll zu tun«, sagte Salvia.
»Musdeci, dann also nur einen espresso...« Fusco zündete sich eine Zigarette an. »Sie waren in der Villa Maja?«
»Ja, wir kommen gerade von dort her. Dottor Salvia hat die Tote kurz untersucht.«
»Verletzung der Schenkelschlagader. Der Tod ist infolge von Verblutung eingetreten. Es kann sein, daß sie beim Hinfallen den Kopf aufgeschlagen hat und bewußtlos liegengeblieben ist, während sie verblutete. Verletzt wurde sie – oder hat sie sich – jedenfalls bevor sie hingefallen ist. Die Zeit des Todes schätze ich zwischen vier und acht Uhr gestern nachmittag. Die Gerichtsärzte werden genauer sein können.«
»Es handelt sich entweder um eine selbstzugefügte Verletzung oder um einen Mord. Im ersten Fall müßte man den Gegenstand finden, mit dem sie sich verletzt hat, ein schmales, sehr spitzes Messer, nehme ich an. Was meinen Sie, Salvia?«
»Ja, ein Messer, vielleicht... Meine Kollegen vom Gericht werden genauer sein können...«
»Haben Sie den Tatort gründlich untersuchen lassen, Commissario?« fragte Cocorullo mit seiner näselnden Stimme.

»Ich habe vorläufig den Eintritt zur Villa Maja verboten und eine Wache bei der Toten gelassen. Nach dem Mittagessen werde ich hingehen und mit meinen beiden agenti di servizio, Peppino und Costanzo, das Gelände absuchen«, erwiderte Fusco.

Cocorullo, dieser hagere alte Mann mit dem Kneifer, den er im Gespräch dauernd abnahm und aufsetzte, war ihm vom ersten Tage an unsympathisch gewesen. Wie ein vergilbter Kodex sah er aus, ein leberkranker Kodex.

Der Amtsrichter und der Gemeindearzt verabschiedeten sich, als Musdeci mit Arcucci zurückkam.

»Buon giorno, Totò, setz dich.«

»Buon giorno, Signor Commissario«, erwiderte Arcucci formell. Er sah übernächtigt aus und trug ein Pflaster auf der linken Wange; auch ein Auge war etwas angeschwollen.

»Wie geht's? Deine Frau hat mir heute morgen gesagt, daß dir nicht ganz wohl war.«

»Ja... nichts Wichtiges weiter. Ein Furunkel.«

»So, unangenehm, aber mit Penicillin verschwindet der bestimmt sehr schnell. Du weißt natürlich, daß Lady Penrose gestorben ist?«

»Ja, meine Frau hat es gehört, als Musdeci Sie in der Bar abgeholt hat. Wer hätte das gedacht, die arme Lady, sie war kerngesund und für ihr Alter unglaublich rüstig...«

»Zu traurig. Ja, ein unerwartetes Ende, dessen Ursache wir gerade untersuchen. Du wirst verstehen, daß wir jetzt alle verhören müssen, die Lady Penrose näher kannten, um den Fall schnell zu klären. Deshalb erzähle mir jetzt möglichst genau, wo und mit wem du dich gestern von drei Uhr nachmittags bis zur Nacht aufgehalten hast.«

»Signor Commissario, Sie kennen meine Leidenschaft, mein

Hobby, wie sie es jetzt nennen: wenn ich nicht in der Bar bin, gehe ich fischen.«

»Stimmt, und da du gestern nachmittag nicht in der Bar warst, jedenfalls um vier herum warst du nicht da – bist du also fischen gegangen?«

»Sissignore. Meine Frau und ich haben wie immer gegen zwei Uhr zu Mittag gegessen, und dann habe ich den Köder zubereitet nach meinem Spezialrezept. Meine ›mazzamorra‹ ist unfehlbar und mein Geheimnis, aber Ihnen kann ich es ja sagen: fauler Käse, am besten gorgonzola oder pecorino, aufgeweichtes, altbackenes Brot und Mehlwürmer...«

»Danke für dein Vertrauen. Du bist also gegen drei Uhr aus dem Haus gegangen...«

»Ja, an den gewohnten Platz, unten auf den Felsen an der Bucht der Unghia Marina.«

»Aha, zur Unghia Marina. Wie üblich mit deinem Freund Nardino, nehme ich an.«

»Nein, gestern ohne ihn...«

»Wieso? Du bist doch an seinem Haus vorbeigekommen, wohnt er nicht oberhalb der Unghia Marina?«

»Ja, ich wollte ihn auch rufen, aber dann ist mir eingefallen, daß er mir gesagt hatte, er müsse Dienstag nach Neapel fahren.«

»Wie lange bist du unten am Meer geblieben?«

»Ich weiß es nicht genau. Meine Uhr nehme ich zum Fischen aus Vorsicht nicht mehr mit, seitdem mir bereits zwei dabei flötengegangen sind. Es war dunkel, als ich wieder zu Hause ankam. Dann bin ich früh schlafen gegangen.«

»Und was hast du Gelsomina mitgebracht?«

»Nichts, gestern habe ich nur Pech gehabt. Eine Muräne hat mir eine Angelleine zerrissen, und ein Drachenkopf, den ich

bereits angehakt hatte, ist mir im letzten Augenblick wieder entwischt.«
»Deine unfehlbare ›mazzamorra‹ hat dich also im Stich gelassen?«
»Ja, es gibt Unglückstage...«
»Va bene, Totò, du kannst jetzt gehen.«
Die Kirchturmuhr auf der Piazza schlug einmal kurz.
»Musdeci, es ist ein Uhr, und ich gehe jetzt essen. Sag Costanzo, er soll auch essen gehen und dann um drei Uhr am Eingang zur Villa Maja auf mich warten.«
Musdeci verschwand und kam gleich zurück.
»Signor commissario, der deutsche Herr, der bei meiner Schwägerin Annina Strena wohnt, ist draußen und will Sie sprechen.«
Fusco ließ sich mißmutig wieder auf den Stuhl fallen.
»Laß ihn herein.«
»Buon giorno, dottore! Fritz Steigleder aus Stuttgart, Germania!«
Nach der Begrüßung nahm Steigleder Platz und sammelte seine Kenntnisse der italienischen Sprache zu einem langen Satz:
»Wie Ihnen vielleicht bekannt ist, bin ich ein langjähriger Gast und Freund dieser Insel und ihrer Bewohner, und da habe ich es für meine Pflicht gehalten, Sie aufzusuchen, um auszusagen, was in dem Falle Penrose, wenn nicht zu einer Aufklärung, so doch zur Erweiterung der Nachforschungen verhelfen kann.«
»Si, prego.«
»Gestern nachmittag, gegen vier Uhr, befand ich mich auf der Via del Belvedere, genauer: ich kam vom Belvedere zurück, und da habe ich Benito Vitale gesehen, den Gärtner

von Lady Penrose, der durch die Gartenpforte, nicht durch den Haupteingang, im Garten der Villa Maja verschwand. Soweit mir bekannt ist, war der Vitale nur am Montag, Mittwoch und Freitag jeder Woche bei Lady Penrose beschäftigt. Außerdem kam mir das Gehabe des Burschen sehr verdächtig vor, wie sagt man, verstohlen...«
Steigleder erhob sich von seinem Stuhl und schlich rasch und geduckt durch den Raum.
»Furtivo?« schlug Fusco vor.
»Ja, richtig, furtivo!«
»Und haben Sie sonst noch etwas bemerkt?«
»Nein, ich wollte das vorläufig zur Kenntnis bringen.«
»Besten Dank, Signor Steigleder, Ihr Bestreben, uns zu helfen, ist anerkennenswert.«
»Ein netter Mann«, sagte Steigleder später zu Madeleine Léger, »aber ich weiß nicht recht, ob er der Situation gewachsen ist. Zu viele Zigaretten, zu viele espressi... außerdem: ein Kaffeekocher mit Zubehör auf dem Schreibtisch wären in Deutschland unvorschriftsmäßig.«

Musdeci begleitete Fusco bis zum Eingang des Wirtshauses »Da Titina«.
»Bestelle für heute nachmittag um vier Benito Vitale und um fünf Uhr Giulio De Gregorio zu mir. Dann gehst du zum Reisebüro, zur Telefonstelle und zum Telegrafenamt und prüfst, ob die Aussagen der Leute mit denen von signorina Nicholls übereinstimmen. Ach ja, vergiß nicht, dir eine Abschrift des Telegramms geben zu lassen! Und eins noch: geh bei Nardino vorbei, du weißt schon, Arcuccis Freund, und erkundige dich, ob er gestern in Neapel gewesen ist. Guten Appetit, Musdeci!«

Fusco trat ein, setzte sich an den gewohnten Platz, und Titina erschien auch gleich mit der sakramentalen Portion Spaghetti.

Doch schon als Fusco die Gabel in den Berg Nudeln steckte und einige hochzog, um sie aufzuwickeln, wußte er, daß sie zu lange gekocht hatten – zwar höchstens eine halbe Minute zu lange – aber auch das wäre in Neapel unvorstellbar gewesen.

3

Capri, den 27. Oktober

Mein liebes Fietchen!
Also, ich sitze mal wieder mitten drin in einer aufregenden Geschichte! Lady Penrose (Du weißt doch, unsere private Adele Sandrock, wie Du sie immer nanntest) ist tot, gestern nachmittag (aller Wahrscheinlichkeit nach, die Todesstunde ist noch nicht bestimmt) *ermordet* worden! Das hört sich schauerlich an, sieht aber gar nicht so schlimm aus. Sie muß in ihrem Chrysanthemenbeet verblutet sein, als sie vielleicht bereits besinnungslos war. Ein ziemlich schmerzloser Tod, nehme ich an. Sie war immerhin schon achtzig, und irgendwie müssen wir ja alle sterben. Ich bin nicht pietätlos, wenn ich sage, daß so ein rascher Mord besser ist als ein Leiden, das einen langsam zu Grabe trägt. Du brauchst ja bloß an Onkel Gustav zu denken, und er war noch nicht siebzig. Da ist mir so ein Tod im Chrysanthemenbeet schon lieber – erinnerst Du Dich, das Beet, das zur Terrasse ansteigt, wo die

Töpfe mit den Geranien stehen, von denen Du Dir voriges Jahr Ableger mitgenommen hast?
Für Diana, die erst vorgestern angekommen ist, wie ich Dir schon schrieb, ist das natürlich ein schlimmer Schlag. Sie war es auch, die die tote Tante heute morgen entdeckt hat. Du wirst Dir ja denken können, das arme Kind! Und dann auch noch von der Polizei verhört zu werden und Villa Maja räumen zu müssen, denn bis die Untersuchungen nicht beendet sind, darf niemand dort wohnen. Wahrscheinlich wird sie überhaupt nie mehr dort wohnen, denn das Haus gehört ja Arcucci. Nun hat er endlich seinen Willen gehabt. Allerdings wird sich noch herausstellen müssen, wie weit seine Hände bei dieser Geschichte sauber sind.
Diana wohnt jetzt bei uns, da ist sie wenigstens unter Freunden. Annina liebt sie fast wie ihre eigenen Töchter. Die gute Annina, sie hing so sehr an Lady Penrose, die treue Seele und weint sich seit heute morgen die Augen aus.
Nun wirst Du natürlich fragen: wer in aller Welt hat Lady Penrose umgebracht und warum? Ja, das fragt sich ganz Capri (außer dem Täter, selbstmurmelnd, der auf der Insel zu suchen ist!).
Der Polizeikommissar hat schon seine Verhöre begonnen; ich werde ihm nach bestem Können behilflich sein. Manchmal hat ja ein Außenstehender einen viel klareren Blick als die Leute vom Fach. Ein bißchen Erfahrung habe ich nun wohl mit Verbrechern, denn die Polizei allein hätte damals, vor dem Krieg, den Schwindel mit den Konserven bestimmt nicht aufgedeckt...«
Steigleder unterbrach seinen Brief und sah sich um. Er saß vor dem Haus unter der Pergola. Annina wusch in der Küche die Teller. Es war schon fast vier Uhr, aber heute hatten sie

spät zu Mittag gegessen. Auch Madeleine Léger saß unter der Pergola und bestickte einen Teppich mit Petitpoint.
»Ich war vorhin bei diesem Dottore Fusco...«
»Ja, ich weiß, Sie haben uns bei Tisch davon erzählt«, sagte Madeleine Léger, ohne von ihrer Stickerei aufzusehen.
»... und es kommt mir vor, daß er sich nicht hinreichend den Tatort angesehen hat. Wie Annina sagte, sind sie zwar durch den Garten und das Haus gegangen, aber gründlich scheint das nicht gewesen zu sein. An Ort und Stelle muß man die Indizien sammeln! Bei der Geschichte in meiner Fabrik damals, vor dem Krieg, habe ich wochenlang auf der Lauer gelegen und nur so...«
»... haben Sie den Mann entdeckt, der in die Preiselbeermarmelade Fläschchen mit Kokainpulver versteckte, die Konserven verlötete und unter dem Namen Ihrer Firma nach Amerika verschiffte.«
»Ach, das habe ich Ihnen schon erzählt...« Steigleder sah sich enttäuscht um, und sein Blick fiel auf Domenico, der im Gemüsegarten herumsprang. Er hatte sich eine breite, bunte Schärpe um die Hüften gebunden und die verschiedensten Waffen hineingesteckt; man konnte ein Gummibeil, ein Holzschwert, eine Schleuder, eine Pistole aus Kunststoff und einen verzierten Dolchknauf erkennen.
»Hallo, Domenico«, rief Steigleder, »komm mal her!«
Domenico sah zu ihm herüber; widerwillig unterbrach er sein Spiel und kam langsam an den Tisch.
»Na, mein Junge«, Steigleder fuhr ihm väterlich durch den dichten Haarschopf, »Du hast Dir ja ein tolles Arsenal angelegt! Zeig mal her...«
Domenico wich einen Schritt zurück und legte die Hand auf den Dolchknauf.

»Na, bleib ruhig hier, ich will dir nichts wegnehmen. Was bist du denn heute wieder, Supermann oder Indianerhäuptling?«

»Il corsaro nero«, sagte Domenico.

»Aha, der schwarze Seeräuber der Sundainsel!« Steigleder betrachtete das Kind mit ungewohntem Interesse: bald würde auch sein Enkel so weit sein (daß es nur ein Junge sein konnte, bezweifelte er keinen Augenblick), und er wollte sich rechtzeitig in der Kinderwelt einleben, um ihm ein richtiger Kamerad zu werden, der beste. Domenico trat ungeduldig von einem Fuß auf den anderen:

»Darf ich jetzt gehen?«

Steigleder schob den Briefbogen beiseite; von der zukünftigen großväterlichen Aufgabe schweiften seine Gedanken zurück zur Gegenwart.

»Paß mal auf, Domenico: jetzt begeben wir uns zusammen auf den Kriegspfad und schleichen uns in den Garten der Villa Maja. Ich muß dort wichtige Erkundigungen einziehen. Ich bin der Indianerhäuptling Leise Sohle, und du bist mein Sohn Flinker Pfeil.« Er stand rasch auf und klappte die Mappe mit dem angefangenen Brief zu.

Madeleine Léger sah von ihrer Stickerei auf.

»Sie wollen in den Garten der Villa Maja gehen? Lady Penrose liegt noch dort, wo man sie aufgefunden hat – den Anblick sollte man dem Kind ersparen. Noch dazu hat Annina dem Jungen heute morgen gesagt, die alte Dame sei über Nacht in ihrem Bett verstorben, wie im vorigen Jahr seine Großmutter. Das hat ihn sehr betroffen, wohl auch, weil Annina so weinte.«

»Seien Sie beruhigt, er wird nichts sehen! Wir gehen durch das Gartentürchen von dem unteren Teil des Gartens nur

schnell mal zum Schuppen hinter dem Haus«, versicherte Steigleder und entfernte sich rasch, um weiteren Einwänden zu entgehen.
Das rohgezimmerte Holzgitter quietschte, als er es aufschob.
»Achtung, jetzt schleichen wir uns leise zu Benitos Schuppen«, flüsterte Steigleder. »Pirschen« hätte er lieber gesagt, doch das gab es auf italienisch vielleicht gar nicht. Domenico musterte ihn stumm und verwundert. Sie liefen geduckt an den dichten Oleanderbüschen vorbei, und nur einmal richtete sich Steigleder auf, bog die Zweige auseinander und warf einen Blick hinüber zur Treppe. In dem Chrysanthemenbeet erkannte er den dunklen Körper von Lady Penrose. Costanzo, der Peppino abgelöst hatte, saß auf den Stufen und schäkerte mit seiner Verlobten, die sich liebevoll und unerlaubt zu ihm gesellt hatte, damit ihm die Wache nicht zu langweilig wurde. Sie hatte ihm auch eine Flasche Bier mitgebracht. Von Costanzo war also nichts zu befürchten.
Sie bogen um das Haus.
»Hier ist Benitos Schuppen«, sagte Domenico und schob die Tür auf. An den Wänden hingen Regale mit den kleineren Gartengeräten; Harken, Schaufeln, Spaten und Grabgabeln standen in einem Holzgerüst. Daneben die Schlauchhaspel und in einer Ecke ein Humushaufen und ein Gartenschubkarren. Unter dem Fenster stand ein Werktisch mit zwei Schubladen. Steigleder zog die Kästen auf und durchsuchte den Inhalt. Mehrere Pflanzenkataloge, Tüten mit Samen, säuberlich von Lady Penrose beschriftet, ein großer Bastknäuel, eine Schachtel voll Pflanzhölzer, eine Drahtrolle...
In einer alten Kakaopulverdose entdeckte er eine Anzahl winziger Umschläge. Er machte einen auf und roch an dem weißen Pulver. Aha, also doch! Seine Hände bebten vor

Erregung, als er den Umschlag wieder in die Dose tat, diese verschloß und in die Hosentasche steckte.
»Komm, Domenico, jetzt müssen wir schnell zurück.«
Bei dem Gartentürchen angelangt fragte Domenico wieder: »Darf ich jetzt gehen?«
»Ja, geh nur, mein Junge, geh nur ...« antwortete Steigleder zerstreut.

Benito Vitale war nicht verwundert, als seine Tante ihm sagte, daß der commissario ihn sprechen wollte. Er kannte den commissario und etliche seiner Vorgänger ziemlich genau und wußte, daß sie aus ihm nur herausbekamen, was er ihnen sagen wollte.
Heute gab es Bohnensuppe, sein Lieblingsgericht, mit dem ersten Schweinefleisch des Jahres, und er ließ sich Zeit beim Essen.
Die Schweine werden auf Capri von Oktober ab geschlachtet; im Sommer ist Schweinefleisch ungesund. Benitos Tante besaß auch ein Schwein, doch war es noch zu mager. Nach Weihnachten würde sie es schlachten.
Daß Lady Penrose gestorben war, wußte er seit heute morgen von Diana Nicholls, und es tat ihm ehrlich leid. In ihrer Weise hatte sie viel für ihn getan. Seltsam, gestern hatte er im Sinn gehabt, den Dienst bei ihr aufzugeben, und nun war sie es, die ihm gewissermaßen gekündigt hatte. Während er den Weg vom Tiberiusberg, wo seine Tante wohnte, zum Kommissariat hinunterging, ließ er sich die Ereignisse des vorhergehenden Tages durch den Kopf gehen:

Dienstag, den 26. Oktober, sollte für ihn das Datum eines neuen Lebensabschnitts werden – aber nichts wird ganz so, wie man es sich vorgestellt hat...
Um ein Uhr nachmittags befand er sich auf dem Weg nach Anacapri. Er ging langsam, weil es auch um diese Jahreszeit noch ganz schön heiß war und er die gewohnte Siesta vermißte. Seine Finger spielten in der Hosentasche mit dem letzten Fünfhundertlirestück, das er besaß. Sein Monatsgehalt als Gärtner hatte ihm Lady Penrose schon am ersten Oktober ausgezahlt, weil er seiner Schwester Concetta aushelfen mußte, deren Mann arbeitslos war. Doch seine finanzielle Situation war nicht so kritisch, wie man aus diesen Angaben schließen könnte, denn heute trat er zum erstenmal in seinem dreiundzwanzigjährigen Leben eine wohlbezahlte, sichere Stellung an.
Er war im letzten Jahr des Faschismus geboren, am 21. April, dem Nationalfeiertag, und seine Mutter bekam vom Duce, weil der Junge Benito getauft wurde, eine vollständige Babyaussteuer für ihn, die noch für die vier folgenden Geschwister ausreichte. Seither hatte ihm niemand mehr etwas geschenkt, und sein Leben war hart gewesen. Sein Vater, an den er sich kaum erinnerte, war einige Jahre nach dem Krieg an den Folgen eines Lungenschusses gestorben, und so hatte er schon als Kind Geld für sich und seine vielen Geschwister verdienen müssen. Nachdem auch seine Mutter dem Vater gefolgt war, hatten sich seine Familienpflichten noch vermehrt, ohne daß er selbst eine eigene richtige Familie besaß, nicht einmal ein Zuhause, denn er wohnte abwechselnd bei der einen oder anderen seiner verheirateten Schwestern und gegenwärtig bei der Tante.
Nicht ohne Stolz dachte er daran, daß er mit dreizehn Jahren

wohl der jüngste Zigarettenschmuggler Italiens geworden war. Mit einem Ruderboot war er in die Meerenge zwischen Capri und der sorrentinischen Halbinsel hinausgefahren und hatte die mit Zigaretten gefüllten Wachstuchsäcke aufgefischt, die ihm seine, sozusagen, Mitarbeiter von den vorüberziehenden Überseedampfern zuwarfen. Ein glänzendes Geschäft, bis man ihn, inzwischen sechzehnjährig, schnappte. Glücklicherweise gab es gerade in den Tagen eine Amnestie, und er entging der Haft. Gewiß verdankte er diese segensreiche Fügung dem Beistand des Inselpatrons San Costanzo; jedenfalls veranlaßte ihn die glimpflich verlaufene Erfahrung im Tabakhandel, für geraume Zeit nur erlaubtem Broterwerb nachzugehen. Er führte die Fremden mit zwei gemieteten Eseln auf den Tiberiusberg oder fuhr sie mit dem Ruderboot in die Grotten. Er verdingte sich als Badewärter, Kellner, Faktotum und was es sonst noch gab, womit man auf Capri Geld verdienen konnte, meistens ein geringer Verdienst allerdings, denn alles wirklich Ertragreiche war immer zugleich illegal.

Doch die Versuchung war genauso groß wie die Bedürfnisse seiner zahlreichen Familie, und wenn es auch nicht in seiner Absicht lag, auf gesetzwidrige Weise das tägliche Brot zu erwerben, so geschah es doch in den folgenden Jahren noch mehrmals, daß er vom unrentablen rechten Wege abwich. Er beteiligte sich an dem streng verbotenen Fischfang mit Dynamit; betrieb eine nicht erlaubte Holzkohlenbrennerei auf den Hängen des Monte Solaro und betätigte sich an dem höchst strafbaren Devisenhandel.

An diese Tätigkeit dachte er nicht gern zurück, aber was hätte er auch machen sollen? Auf dem rechten Wege zu wandeln ist ein Luxus, den sich nicht jeder leisten kann, besonders wenn man wie er viele Verpflichtungen und keinen richtigen Beruf hatte. Zwei Monate war er auch in dem kleinen Gefängnis von Capri gewesen, und als er wieder herauskam, hatte ihn Lady Penrose als Gärtner angestellt. Das war nett von ihr gewesen, vor allem, weil sie ihm damit ihr Vertrauen bewies und die Absicht, einen rechtschaffenen Menschen aus ihm zu machen. Doch leben konnte er davon nicht, und er hatte sich nebenbei immer noch mit dem bewährten Zigarettenschmuggel aushelfen müssen.

Benito durchschritt geruhsam die Ortschaft Anacapri; da er fast alle Einwohner kannte, mußte er hier und dort stehenbleiben, um ein paar Worte zu wechseln. Auch Nina, seiner Verlobten, die gleich neben der Kirche San Nicola wohnte, stattete er einen kurzen Besuch ab. Erfreut begrüßte sie ihn und musterte neugierig die Aktenmappe, Ausstattungszubehör seiner neuen Tätigkeit, und bot sich an, ihn ein Stück zu begleiten. Doch er wies den Vorschlag entschieden ab:

»Sono in servizio!« sagte er kurz.

Ja, er war im Dienst! Sie winkte ihm lächelnd nach, und er glaubte einen neuen Ausdruck in ihren Augen zu entdecken, so etwas wie ehrfürchtigen Stolz.

Nina cara, dachte er zärtlich, während er den nach Damecuta führenden Weg einschlug. Jetzt würden sie bald heiraten können, war es doch hauptsächlich um dieses ersehnte Wunschziel zu erreichen, daß er sich bemüht hatte, eine sichere Stellung zu erobern, die ihm endlich ein geordnetes Leben ermöglichen würde.

Im erhebenden Bewußtsein der glücklich überstandenen Mühen bekreuzigte er sich vor dem Abbild von San Costanzo über einem Hauseingang und dankte der göttlichen Vorsehung. Vor fünf Wochen nämlich, kurz vor den Gemeindewahlen, hatte der reiche Schlächter Don Pasquale De Tommaso ihn zu sich gebeten:

»Mein Sohn Salvatore soll Bürgermeister werden. Wenn du ihm die Stimmen der Fischer von der Grande Marina und womöglich der Bauern vom Tiberiusberg verschaffst, je mehr desto besser..., dann werde ich dafür sorgen, daß du Karriere machst. Sarà pensiero mio...« Eine knappe, klare Rede, denn Don Pasquale liebte keine Floskeln. Benito seinerseits hatte keiner weiteren Anregung bedurft. Die versprochene gute Stellung wirkte auf ihn wie ein Zauberwort. Mit der ganzen Überzeugungskraft seiner Beredsamkeit eröffnete er in den folgenden Wochen den Capreser Fischern, Bauern, Jägern und den Adepten des »dolce far niente«, welch besonnener, segensreicher Führung sie unter der Verwaltung von Salvatore De Tommaso entgegengehen würden; er scheute keine Mühe, fand immer neue Argumente, wußte auch dem Gleichgültigsten Gehör abzugewinnen. Seine Anstrengungen erwiesen sich als überaus erfolgreich, denn mit einem noch nie dagewesenen Stimmenüberschuß wurde der Sohn des Schlächters zum Bürgermeister gewählt.

Salvatore De Tommaso bewies auch sofort, daß er ein Ehrenmann war und als solcher die Erfüllung der väterlichen Versprechungen übernommen hatte und heute, kaum einen Monat nach seiner Investitur zum Bürgermeister, hatte er Benito Vitale fest im Steueramt anstellen lassen.

»Ufficiale dei pignoramenti« lautete seine wohltönende Rangbezeichnung, was bedeutete, daß er bei den rückständigen Steuerzahlern die Pfändungen auszuführen hatte, eine verantwortungsvolle Aufgabe, die ihm Prestige und Autorität verleihen würde.

Somit war er nun gewissermaßen ein Beamter, Schützer der

staatlichen Einkünfte, Bewahrer der gesetzlichen Ordnung. Jetzt reihte auch er sich als zuverlässiges Glied in die menschliche Gesellschaft ein, genaugenommen hob ihn sein Amt noch über die breite Masse der Bürger hinaus, denn in seiner Funktion als »ufficiale per i pignoramenti« verkörperte er den Staat und dessen heiligstes Recht: die Steuereinnahme.
Benito durchwühlte zerstreut wieder seine Hosentaschen: stimmt, da war noch das Fünfhundertlirestück! In einem Monat würde er sein erstes Gehalt bekommen, dann, nach seiner Heirat, eine Familienzulage, die mit jedem Kind natürlich zunehmen mußte – er und Nina wünschten sich viele Kinder. In zwei, drei Jahren konnte er mit einer Gehaltserhöhung rechnen, vielleicht schon früher, denn man würde bald seinen Arbeitseifer und seine Fähigkeiten schätzenlernen. Und am Ende seiner Dienstzeit stand ihm selbstverständlich die Pensionierung zu; wenn er es wünschte, konnte er sich bereits nach fünfzehn Arbeitsjahren in den Ruhestand setzen lassen: al risposo, aaaaah! ein wahrhaft erstrebenswertes Ziel.
Als müsse er die zu weit in die Zukunft vorausgeeilten Gedanken bändigen, erinnerte er sich daran, daß er heute im Begriff war, seinen ersten dienstlichen Auftrag auszuführen. Er machte einen Augenblick halt und sah sich um. Zwischen den silbergrauen Kronen der Oliven waren die weitverstreuten Häuser kaum zu erkennen, doch Benito glaubte sich zu entsinnen, daß der Straßenkehrer Petruccio in der nächsten Umgebung wohnen mußte.
Leise pfeifend ging er weiter. Also: Petruccio besaß einen Hund und war für ihn, wie aus den amtlichen Papieren hervorging, seit neun Jahren die entsprechende Hundesteuer schuldig. Auf wiederholte Mahnungen hatte er nicht geant-

wortet, und nun sollte in seinem Haus die Pfändung ausgeführt werden.
Benito beschlich auf einmal ein Gefühl von Unlust. Daß man einen Menschen aber auch bei dieser Tageszeit unter der prallen Sonne zu einem solchen Marsch zwang! dachte er verdrossen. War dafür nicht Zeit bis morgen? Oder besser noch, bis zum nächsten Steuerjahr? Wenn man ohnehin neun Jahre gewartet hatte! Warum hatte sein Vorgänger das nicht überhaupt machen können?
Aus einem Haus, eigentlich kein Haus, nur ein weißer Würfel, der aus einem einzigen Raum bestehen mußte, kam bellend ein Hund gelaufen und sprang freudig wedelnd an ihm hoch. Hier mußte Petruccio wohnen, und das war gewiß der besagte Hund, stellte Benito fest. Er klopfte dem Tier beschwichtigend und abwehrend zugleich auf das Fell und trat »Permesso!« rufend in den Bau.
Das Zimmer war geräumig und wirkte kahl: ein Doppelbett, zwei Pritschen, eine hölzerne Wiege, ein Tisch, vier Stühle, eine Kommode, ein Herd und ein Schrank, das war die Einrichtung. In einer Ecke lag eine Matratze auf dem Boden als zusätzliches Lager.
»Uè, Benito!« grüßte Petruccios Frau freundschaftlich, als hätte sie ihn erwartet. Sie hatten sich lange nicht mehr gesehen, seit der Zeit, als er selbst noch mit seinen Eltern in Anacapri wohnte. Wie hübsch sie gewesen war... entsann sich Benito, sie lachte damals immer, wenn sie nicht gerade sang. Auch jetzt zeugte noch etwas in den Zügen, in ihren Bewegungen von jener jugendlichen Anmut, aber ihre Haare waren vorzeitig ergraut, und der Gestalt sah man die vielen Schwangerschaften, die unzulängliche Nahrung und die übermäßige Arbeit an. Im Arm hielt sie einen winzigen Säugling,

der vor Beendigung seiner embryonalen Entwicklung auf die Welt gekommen zu sein schien wie ein Astrachanlamm; fünf weitere Kinder, alle nach einem Modell in verschiedenen Größennummern, männlich und weiblich abgewandelt, betrachteten Benito mit nachdenklicher Neugier. Nur der Hund gab sich völlig unbekümmert und sprang frohgemut von einem zum anderen.
»Buon giorno, Rosina«, erwiderte Benito etwas steif; er öffnete die Aktenmappe, zog Siegellack, Siegel, Bindfaden und einige Protokollbögen heraus und legte alles auf den Tisch.
Die Kinder sahen aufmerksam zu, und der Hund, der wohl einen eßbaren Inhalt der Tasche erhofft hatte, fuhr mit der Zunge über Benitos Hände. Dieser schob ihn ärgerlich weg; doch dann, als bereute er seine Unfreundlichkeit, erkundigte er sich: »Wie heißt er?«
»Zuzzullo«, antwortete Rosina.
»Zuzzù, Zuzzullo, bello, bello!« riefen die Kinder, und Zuzzullo, entzückt im Mittelpunkt des Interesses zu stehen, überkugelte sich vor Begeisterung.
»Er ist nicht reinrassig«, erklärte Rosina unnötigerweise, »aber er ist sehr intelligent und so gut! Bei sieben Kindern hat er kein leichtes Leben. Sie haben ihn sehr lieb, aber Kinder sind eben Kinder. Er ist genauso alt wie unsere älteste Tochter Giuseppina.«
Benito nickte verlegen: »Wo ist Petruccio?«
»Zur Arbeit, er hat die Piazza zu fegen und das ganze Stück Straße vom Hotel Paradiso bis San Nicola.«
»Du weißt, weshalb ich gekommen bin?«
Der Säugling begann zu wimmern; Rosina setzte sich auf den Bettrand, knöpfte die Bluse auf und reichte ihm die Brust; erst als das Weinen aufhörte, sagte sie:

»Ja, ich weiß.«
Benito blickte sich befangen in dem Raum um; anscheinend gab es nichts zu beschlagnahmen, denn der allernötigste Hausrat, die wenigen Möbel, die verbeulten Kochtöpfe und das spärliche Geschirr waren, weil unentbehrlich, von einer Pfändung ausgenommen. Erst als er jeden Gegenstand noch einmal gemustert hatte, entdeckte er auf der Kommode ein altes Radio.
»Das Radio dort«, sagte er, »ich werde es versiegeln müssen.«
Er stand auf und nahm Siegellack und Bindfaden. Auch Rosina war aufgestanden und kam ihm ein paar Schritte entgegen:
»Das Radio nicht, ti prego! Petruccio muß jeden Sonntag die Fußballspiele hören, nimm, was du willst, nur nicht das Radio!«
»Nur nicht das Radio!« wiederholte das fünfjährige Mädchen.
»Nur nicht das Radio ...«, echoten die beiden kleinen Jungen.
»Va bene«, sagte Benito mit einem unterdrückten Seufzer, »schieb es unter das Bett, ich habe nichts gesehen...«
Rosina ergriff den Apparat und ließ ihn unter dem Eisengestell verschwinden. Zuzzullo, die kleineren Jungen und das jüngste Mädchen fanden das sehr spaßig und krochen nach, um sich gleichfalls zu verstecken. Der ältere Bruder zog alle wieder heraus, was mit viel Geschrei und Bellen vor sich ging. Von dem Krach wachte das nach seiner Mahlzeit eingeschlafene Wickelkind auf und mischte seine dünne Stimme in das Geschrei.
Benito hatte sich an den Tisch gesetzt, um vorschriftsmäßig

zu Protokoll zu bringen, daß in dem Haus des Petruccio Stinga, von Beruf Straßenkehrer, wohnhaft in Via Damecuta, Anacapri, nichts zu beschlagnahmen sei.
»Io, Benito Vitale, essendomi recato oggi, addì 26 ottobre ...«, schrieb er. Es war auf einmal sehr still geworden. Rosina, den Säugling auf dem Arm, während sich die anderen Kinder an ihren Rock klammerten, verfolgte schweigend, wie sich das Blatt füllte. Auch Zuzzullo lag abgekämpft unter dem Tisch.
Als Benito fertig war und den Bogen in die Aktentasche schob, trat ein ungefähr neunjähriges Mädchen in den Raum. Das muß die mit Zuzzullo gleichaltrige Tochter sein, fiel es Benito ein.
»Giuseppina!« riefen die jüngeren Geschwister und stürzten ihr erwartungsvoll entgegen. Mit einem scheuen Lächeln grüßte Giuseppina und legte eine leere und sehr verschlissene Einkaufstasche auf den Tisch; zu ihrer Mutter gewandt, sagte sie halblaut:
»Der Bäcker hat mir das Brot nicht geben wollen, er sagt...«
»Sì sì, schon gut«, unterbrach Rosina sie hastig, als wollte sie weiteren Erklärungen vorbeugen, »ich werde nachher mit ihm reden ...«
Benito stand auf, packte Siegellack, Siegel, Bindfaden und Feder ein, während ihm die Kinder gebannt dabei zusahen.
Wieder durchwühlten seine Hände die Hosentaschen; neben die alte Einkaufstasche auf dem Tisch legte er das Fünfhundertlirestück, und als Rosina abwehrend die Hände hob, war er schon bei der Tür.
»Bring es dem Bäcker«, rief er Giuseppina zu, »dafür wird er dir heute Brot geben und morgen..., bé, domani ci pensa la Madonna.«

Zuzzullo begleitete ihn wedelnd bis zur Straße, dann machte er plötzlich kehrt und rannte ins Haus zurück.
Benito hatte es auf einmal sehr eilig. Als er das Haus seiner Verlobten erreichte, stieß er drei gellende Pfiffe aus, das war seit jeher sein Signal für sie. Nina erschien auch gleich unter dem Blätterdach der Pergola; er legte seinen Arm um ihre Schultern und zog sie auf die Straße.
»Komm, begleite mich bis zur ersten Kurve.«
»Aber darf man uns denn zusammen sehen? Du bist doch noch im Dienst!«
»Soll man uns ruhig sehen! Von heute ab bin ich nicht mehr im Dienst«, er spuckte aus und setzte hinzu: »Einen solchen Dienst kann ich mir nicht leisten.«
An der Kurve angekommen, gab er Nina einen eiligen Kuß und schlug die Abkürzung ein. Er war selbst lange genug arm gewesen, um zu wissen, wie das ist. Arme Leute schinden konnte kein Beruf für ihn sein, auch wenn das merkwürdigerweise als erlaubter Broterwerb galt. Da war ihm der Zigarettenschmuggel schon sauberer. Gut, daß er noch drei Kartons »americane« unter dem Humushaufen im Schuppen bei Lady Penrose verwahrt hatte.
Nach knapp einer halben Stunde war er bereits unten auf der Via del Belvedere. Er schob schnell das Gartentürchen auf und lief gebückt an den Oleandersträuchern vorbei zum Schuppen. Mit dem Ärmel wischte er die Erde von den Zigarettenpackungen und verstaute sie in der schwarzen Aktenmappe.
Sein Freund Esposito, unten an der Grande Marina, würde sie ihm schon abnehmen, und dann hatte er vorerst wieder einige Tausend Lire.

»Und seit wann warst du bei Lady Penrose im Dienst?«
»Seit fünf Jahren.«
»Als Gärtner?«
»Sozusagen. Als sie mich anstellte, wußte ich nichts, sie hat mich erst anlernen müssen.«
»Wann hast du Lady Penrose das letzte Mal gesehen?«
»Gestern, kurz nach vier Uhr nachmittags.«
»Wie hast du den gestrigen Nachmittag verbracht?«
Fusco zündete sich eine Zigarette an, und Musdeci sah abwartend von seiner Schreibmaschine auf.
»Um ein Uhr bin ich nach Anacapri gegangen, zu Petruccio, dem Straßenkehrer. Ich habe mit seiner Frau Rosina gesprochen und mit Nina, meiner Verlobten. Auch andere Bekannte haben mich in Anacapri gesehen. Auf dem Rückweg, kurz nach vier, bin ich an der Villa Maja vorbeigekommen und bin einen Augenblick in den Schuppen gegangen, um ein paar Tulpenzwiebeln zu holen, die ich meinem Freund Esposito für seine Frau versprochen hatte. Als ich den Garten verließ, habe ich durch die Scheiben der Bibliothekstüre Lady Penrose gesehen, die mich jedoch nicht bemerkt hat. Sie sprach gerade mit dem deutschen Baron, der bei den Schwestern wohnt, wie er heißt, weiß ich nicht, die Capresen nennen ihn Cap 'e limone.«
»Mit dem deutschen Baron?« Fusco wandte sich fragend Musdeci zu.
»Ja, von Plattenberg, er wohnt im Armenhaus der Deutschen Schwestern, in der Villa Caritas.«
»Wohin bist du von der Villa Maja aus gegangen?«
»Zur Grande Marina, zu meinem Freund Esposito, der die Bar am Hafen hat. Ich habe ihm die Tulpenzwiebeln für seine Frau gegeben und hinterher habe ich mit ihm und zwei

Fischern, Carmine und Ciro Federico, sechs Partien Karten gespielt, scopone, bis um sieben Uhr. Dann bin ich mit der Funicolare nach Capri gefahren und bin zum Steueramt gegangen. Ich hatte dort eine Aktenmappe abzugeben. Um acht Uhr habe ich den Bürgermeister De Tommaso auf der Piazza getroffen, und um neun war ich wieder zu Hause bei meiner Tante auf dem Tiberiusberg.«
»Gut, du kannst gehen.«
Fusco stellte nachdenklich die kleine Kaffeemaschine auf den Spirituskocher. Benitos Alibi würde sich gewiß als einwandfrei herausstellen. Das mit den Tulpenzwiebeln glaubte er ihm keinen Augenblick, aber er wußte schon jetzt, daß Esposito und seine Frau von der Grande Marina Wort für Wort die Behauptung Benitos bestätigen würden.

Annina Strena stellte für Steigleder und Fräulein Léger die Suppenterrine auf den Tisch. Sie hatte mit ihrem Mann und Domenico bereits in der Küche gegessen. Carmine war noch einmal zur Piazza gegangen, um zu hören, was man dort über den Tod von Lady Penrose sagte.
»Und Diana, kommt sie nicht zum Abendbrot?« fragte Steigleder.
»Nein, sie ist schon zu Bett gegangen, ich habe ihr eine Schlaftablette gegeben«, antwortete Madeleine Léger, »sie braucht Ruhe, die Arme. Und Sie auch, Annina, Sie sehen müde aus!«
Annina nickte und strich eine Haarsträhne unter das Kopftuch.
»Zitto, Domenico!« rief sie zur Küche gewandt. »Geh jetzt sofort zu Bett!«
Domenico kam in das Wohnzimmer. »Schon? So früh ...«
Er hopste um den Tisch.

»Zitto, hai capito!« sagte seine Mutter ungeduldig.
»Ja, mach daß du ins Bett kommst, du Schlingel!« unterstützte Steigleder Annina, »damit du morgen ausgeschlafen in die Schule gehst.«
»Morgen ist keine Schule«, sagte Domenico fröhlich.
»Ja, die Schulen sind vorläufig geschlossen worden, weil es unter den Kindern mehrere Grippefälle gegeben hat, und dottore Salvia meint, daß es vielleicht etwas sehr Ansteckendes sein kann. Möchten Sie noch ein wenig Parmesankäse auf den minestrone?«
»Meine Lehrerin ist auch krank. Vielleicht stirbt sie...« sagte Domenico hoffnungsvoll.
Annina ergriff ihn beim Arm und zerrte ihn aus dem Zimmer.
»Ich war heute nachmittag wieder bei dem commissario. Was ich in dem Schuppen gefunden habe, kann von großer Bedeutung sein«, sagte Steigleder. Er spielte mit der Messerspitze in dem Salzfäßchen, hob ein Häufchen hoch und ließ die weißen Körner langsam herunterrieseln. Madeleine Léger folgte seinem Tun:
»Kokain?«
»Ja! Auch wenn Ihnen das scheinbar sehr ulkig vorkommt. Ich habe meine Erfahrungen auf diesem Gebiet...«
»Ich weiß!« unterbrach sie ihn rasch. »Außerdem ist Capri ja dazu der passende Rahmen und besitzt eine ansehnliche Literatur, was dieses Rauschgift anbetrifft: der Baron Fersen, Tristan Corbière, Vannicola ... allerdings glaube ich, daß diese Leute mehr darüber geschrieben als davon geschnupft haben.«
Steigleder vermied es, sich auf literarische Gespräche einzulassen.

»Der Amtsrichter und dottore Salvia haben, nach Besichtigung, Lady Penrose in das Leichenhaus des Fremdenfriedhofs bringen lassen. Auf dem Rückweg vom Kommissariat habe ich übrigens die gerade aus Neapel eingetroffenen Gerichtsärzte gesehen.«
»Die Gerichtsärzte? Warum sind die gekommen?«
»Warum? Zur Leichenöffnung natürlich.«
»Leichenöffnung...« wiederholte Madeleine Léger kopfschüttelnd. »Die deutsche Sprache bringt manchmal in ihrer Exaktheit gräßliche Wortverbindungen zustande: Leichenöffnung, Mutterkuchen, Mehlschwitze, Ohrenschmalz...«
Philologische Abhandlungen interessierten Steigleder nicht, das wollte er ihr gerade sagen, als er draußen Schritte und gleich darauf nachdrückliches Klopfen an der Tür hörte. Er sprang auf.
»Vielleicht ein Telegramm!«
Einen Augenblick lang vergaß er Lady Penrose und war in Stuttgart bei Evchen.
Annina machte die Tür auf, und Musdeci trat grüßend ein.
»Ich bin gekommen, um signorina Nicholls zu benachrichtigen, daß sie morgen früh um neun Uhr im Kommissariat sein muß. Wo ist sie?«
»Das kann ich ihr auch morgen sagen. Sie schläft schon und braucht Ruhe, jetzt will ich sie nicht stören, aber morgen werde ich sie rechtzeitig wecken«, antwortete Annina bestimmt. »Trinkst du nicht ein Glas Wein?«
»Vielen Dank, heute nicht, ich muß noch zu Totò Arcucci und es ist schon spät. Also, vergiß es nicht, morgen um neun beim commissario!«
Nachdem Musdeci gegangen war, wünschte Annina ihren Gästen Gutenacht.

»Ich hätte auch ihr eine Tablette geben sollen«, bemerkte Fräulein Léger nachdenklich.
»Ja, sie ist bestimmt viel zu aufgekratzt, um ruhig einschlafen zu können. Das war ein schwerer Tag für sie.«
»Gewiß, und es ist auch begreiflich, daß ihr der Tod von Lady Penrose so nahegegangen ist. Die alte Dame hat einen großen Einfluß auf sie ausgeübt...«
»Ja, ihr hat sie wahrscheinlich die vornehmen Manieren abgesehen. Unsere gute Annina hat doch eine Schwäche für feine Leute.«
Madeleine Léger nickte lächelnd. »Es ist immerhin anerkennenswert, wie sich diese einfache Frau mit ihrem Ehrgeiz so heraufgearbeitet hat.«
»Na, und ob! Wenn ich bedenke, wie das hier noch vor zwanzig Jahren aussah: ein mehr als primitives Badezimmer, das Wasser wurde mit dem Eimer aus der Zisterne gezogen, und die Hühner hausten unter dem Küchentisch. Jetzt ist doch alles sehr gepflegt, sie hat sogar einen richtigen salotto, bitte sehr«, er machte eine weitausschweifende Armbewegung, »mit einer Vitrine, in der die guten Tassen stehen, fast wie bei Lady Penrose.«
»Ja, man kann sie nur bewundern. Zum nächsten Jahr will sie die Küche umbauen nach amerikanischem Muster, una cucina americana, das ist ihr Traum.«
»Das ist verständlich, nur der arme Carmine wird sich bald nicht mehr in sein eigenes Haus trauen. Es ist schade, daß er sich nicht auch ummodeln läßt wie die cucina americana!«
Madeleine Léger stimmte in Steigleders Lachen ein. »Ja, Carmine ist nicht von dem gesellschaftlichen Ehrgeiz seiner Frau angesteckt worden...«

»Na klar, sie ist ihm haushoch überlegen, er war und ist ein Bauer...«

»Ja schön, aber in seiner etwas primitiven Art ist auch er ein netter Mensch.«

»Bestimmt«, gab Steigleder zu, »das sind sie beide in ihrer Art; so verschieden sie auch sind, sie passen gut zusammen und haben sich gern.«

»Ich werde Annina doch die Tablette bringen und dann auch schlafengehen.« Madeleine Léger erhob sich.

Steigleder hätte gern noch die Ereignisse des Tages und die vermutlichen Entwicklungen besprochen. »So früh schon?« sagte er enttäuscht. »Na, dann bleibt auch mir wohl nichts anderes übrig...«

4

»Diana, nun essen Sie schon wenigstens eine Semmel!« drängte Steigleder besorgt. Sie saßen unter der Pergola, wo Annina den Frühstückstisch gedeckt hatte.
»Sie haben auch gestern zum Abendbrot kaum etwas zu sich genommen«, sagte Madeleine Léger, das kann Ihnen nur schaden.«
»Hier, trinken Sie den Milchkaffee!« Steigleder schob ihr die Tasse zu und ließ in seinem wohlgemeinten Eifer den Inhalt überschwappen.
Diana lächelte und biß gehorsam in das von Madeleine Léger bestrichene Brötchen.
»Wo ist denn Daisy? Sie wird doch nicht in der Villa Maja geblieben sein, als der Commissario das Haus abgeschlossen hat?«
»Der Hund Ihrer Tante? Annina hat ihn mitgenommen, und gestern nachmittag hat ihn Fräulein Reuchlin, die Schweizerin

von dem Antiquitätenladen in der Via Camerelle, hier abgeholt. Sie sagt, daß sie ihn zum Andenken an Lady Penrose bei sich aufnehmen will.«

»Fräulein Reuchlin? Das ist gut, sie war eine alte Freundin meiner Tante. Bei ihr ist Daisy wohlversorgt.« Diana sah auf die Uhr. »Jetzt muß ich gehen.«

»Kopf hoch, Diana!« sagte Steigleder aufmunternd. Als sie das Gartentürchen hinter sich geschlossen hatte, setzte er hinzu: »Heute ist sie niedergeschlagener als gestern, armes Kind!«

»Sensible Naturen sind im ersten Augenblick oft zu benommen, um ihren Empfindungen Ausdruck zu geben; dafür sind dann die Folgen eines Schicksalsschlages in ihnen nachhaltiger als in Menschen, die mit Tränen und Wehklagen den Schock sofort abreagieren«, sagte Madeleine Léger.

»Hoffentlich striezt dieser Polizeiheini sie nicht zu sehr. Daß sie mit dem Mord nichts zu tun hat, sieht auch ein Blinder mit dem Krückstock.«

»Mord! Warum immer von Mord reden, wenn noch gar nicht festgestellt ist, ob es nicht einfach ein Unglück war!«

»Mein liebes Fräulein Léger«, erwiderte Steigleder hitzig, »in dem Fall von Lady Penrose gibt es drei Möglichkeiten: Selbstmord, Unglück, Mord.

»Selbstmord im Chrysanthemenbeet ist auch für eine Blumenfreundin wie Lady Penrose unwahrscheinlich. Jedenfalls müßte sie das Messer anschließend verschluckt haben; das gleiche müßte sie bei einem Unglück getan haben, denn Messer oder dergleichen ist vorläufig nicht gefunden worden. Folglich bleibt nur Mord übrig.«

»Wissen Sie denn so genau, daß der commissario oder der maresciallo noch nichts gefunden haben?«

»Jawohl! Annina weiß es von Musdeci. Außerdem habe ich noch erfahren, daß heute von Plattenberg verhört wird. Anscheinend ist der der letzte, der Lady Penrose noch lebend gesehen hat.«
»Rüdiger von Plattenberg, stimmt, er war mit Lady Penrose befreundet. Vor Jahren bin ich einmal zusammen mit ihm in der Villa Maja zum Tee gewesen. Er schrieb damals an einer Familienchronik. Von meinem Institut in Straßburg habe ich ihm ein paarmal Auszüge historischer Werke geschickt, in denen der Deutsche Ritterorden erwähnt wurde.«
»Ja, Rüdiger unser Deutschordensritter, den habe ich schon lange auf dem Kieker, so etwas von Adelsstolz, hochgestochen und borniert! Wissen Sie übrigens, wie die Capresen ihn in ihrem Dialekt nennen? Cap 'e limone!«
»Zitronenkopf! Warum wohl? Vielleicht wegen seiner eigenartigen Schädelform...«
»Kann sein, oder weil er so sauer ist, daß sich einem bei seinem bloßen Anblick der Mund zusammenzieht. Freunde hat er bestimmt nicht viele.«
»Dabei ist er in seiner Art ein ganz gebildeter Mensch, ein wenig blasiert allerdings, da haben Sie schon recht. Er behauptet von Walter von Plettenberg, dem Meister des Deutschordens in Livland um fünfzehnhundert abzustammen, der den Ordensstaat gegen die Angriffe der Russen verteidigte. Einmal hat er mir erklärt, wie sich Plettenberg in Plattenberg verwandelt hat...«
»Ja, und hat er Ihnen auch erklärt, warum er sich auf Capri im Kriege, während der amerikanischen Besetzung, in Roger Mountplatten umgetauft hat? Da waren die Deutschordensritter wohl nicht so hoch im Kurs!«
»Wahrscheinlich«, gab Madeleine Léger lachend zu, »aber

das muß man verstehen und darf ihn deshalb nicht verurteilen. Es waren schlimme Zeiten damals. Er wollte wohl Capri nicht verlassen und von den Amerikanern interniert werden wie die anderen Deutschen. Soviel ich weiß, war seine Großmutter mütterlicherseits Engländerin.«
Ihre beschwichtigenden Worte blieben erfolglos; Steigleder war in Fahrt und ließ sich nicht aufhalten.
»Was heißt: muß man verstehen? Erst macht er sich dicke mit seinen Ordensritterahnen, und dann sind die plötzlich nicht mehr Mode, und er kramt seine englische Großmutter aus. Nein, für so etwas habe ich kein Verständnis!«
Madeleine Léger versuchte ihre Heiterkeit hinter der Kaffeetasse zu verbergen, doch Steigleder empfand das wie eine Herausforderung.
»Wahrscheinlich halten Sie zu ihm, weil Sie und Ihre Vorfahren genauso abtrünnig gewesen sind. Ursprünglich war Ihre Familie genau wie Straßburg deutsch, und sie müßten sich nicht Madlän Läjä, sondern Magdalena Léger nennen.«
»Aber ich bitte Sie, Steigleder, wir stehen kurz vor der Verwirklichung einer Europäischen Union, und Sie erhitzen sich für veraltete nationalistische Ideen, die uns allen weiß Gott oft genug fatal gewesen sind...«
Annina erschien unter der Pergola. »Domenico! Domenico!« rief sie. »Haben Sie ihn gesehen?«
Ihre beiden Gäste verneinten.
»Er ist verschwunden, seitdem er aufgestanden ist und hat nicht einmal gefrühstückt!«
Annina lud seufzend Tassen und Teller auf ein Tragbrett.
Madeleine Léger erhob sich und ergriff ihren Strandbeutel.
»Gehen Sie nicht zur Piccola Marina?«
Steigleder schüttelte den Kopf. »Nein, mir fehlt heute die

Lust und Ruhe dazu. Ich werde den Brief an meine Frau zu Ende schreiben und dann einen Sprung zur Post machen.«
Am Ende der Via del Belvedere angelangt, wo die Via Nuova zur Piccola Marina abbog, stieß Madeleine Léger auf eine Anzahl kleiner Jungen, in deren Mitte sie Domenico erkannte.
»Domenico, geh nach Hause, deine Mutter sucht dich!«
»Ja, subito...«, sagte Domenico bereitwillig, rührte sich aber nicht vom Fleck. Daß er ohne weitere Kontrolle folgen würde, war allerdings unwahrscheinlich. Die arme Annina hat zuviel zu tun, um auch noch nach dem Jungen suchen zu müssen, dachte Madeleine Léger. Deshalb sagte sie streng:
»Ich bleibe hier, bis du nach Haus gegangen bist!«
Widerstrebend trennte er sich von seinen Freunden und schlug den Weg zur Via del Belvedere ein.

»Ich habe Sie kommen lassen, weil ich zu dem Verhör von gestern noch einige Aufschlüsse brauche, signorina Nicholls.« Fusco drückte das Zigarettenende in dem Aschenbecher aus. Die Sonne fiel mit einer breiten Lichtbahn durch das Fenster, in der unzählige Staubteilchen tanzten. Auf den Regalen lag eine dicke Staubschicht und auch auf der Milchglasampel, der Kartothek und dem Aktenschrank. Die Frau, die morgens das Kommissariat saubermachte, wischte nur Staub bis zu ihrer Augenhöhe. Sie war ein Meter fünfzig groß.
»Also, Sie sind vorgestern nachmittag zuerst in die Bar von Arcucci gegangen, dann zum Reisebüro, anschließend zur Telefonstelle und schließlich zum Telegrafenamt...« Diana bejahte.
»Unsere Erkundigungen stimmen mit Ihren Aussagen über-

ein«, er las von einem Blatt ab: »Telefonverbindung mit London Kensington um achtzehn Uhr fünfzehn, Gebühr dreitausendvierhundertzehn Lire...«
Diana nickte wortlos.
Fusco suchte ein gelbes Formular zwischen den Papieren auf seinem Schreibtisch heraus. »Ein Telegramm an David Nicholls, achtzehn Uhr fünfundvierzig aufgegeben, fünfzehn Worte, Gebühr zweitausendhundertfünfzig Lire.«
Er las langsam und mit unsicherer Aussprache den englischen Text:
»Don't sell securities stop call you friday evening love Diana.«
Er machte eine kleine Pause und übersetzte:
»Verkaufe nicht die Obligationen, werde dich Freitagabend anrufen...« er sah hoch. »Ist das sinngemäß, Obligationen, Anleihen?«
»Ja«, sagte Diana.
»Bitte, erklären Sie mir, worum es sich hier handelt.«
Sie sah einen Augenblick auf ihre im Schoß gefalteten Hände.
»Meine Tante hatte vor Jahren für David und mich eine Summe in Staatsanleihen angelegt, von den Zinsen bezahlte sie unser Studium...«
»Ja, und?« Fusco und Musdeci sahen Diana wartend an. Es war still in dem Raum, nur ein großer Brummer schlug mit aussichtsloser Beharrlichkeit gegen die Fensterscheiben.
»Die Wertpapiere wurden von Ihrer Tante verwahrt?«
»Ja.«
»Und wie oft wurden die Coupons abgeschnitten?«
»Zweimal jährlich.«
»Und Ihre Tante schickte Ihnen und David die Zinsscheine?«

»Nein, sie wechselte sie selbst ein. Wir bekamen den Betrag in Monatsraten.«
»Warum?«
»Meine Tante war sehr genau. So kann man sich besser einteilen, behauptete sie. Wir waren für sie immer noch Kinder.«
»So, und wie sind die Anleihen in den Besitz Ihres Bruders gekommen?«
»Ich habe sie ihm geschickt.«
»Wann?«
»Vorgestern, Dienstagmorgen.«
»Und am Dienstagnachmittag haben Sie ihm telegrafiert, daß er sie nicht verkaufen sollte. Welche Erklärung können Sie dafür geben?«
Ein Junge lief unter dem Kommissariat durch die Gasse und sang laut: »Volaare, vooooolareee...«
Diana hielt noch immer die Hände unbeweglich und festgefaltet im Schoß. Vielleicht wird sie jetzt weinen, dachte Fusco; Frauen müssen immer erst ein bißchen weinen, bevor sie mit der Wahrheit herausrücken. Musdeci räusperte sich, um ihren Blick auf sich zu ziehen, und als sie ihn ansah, nickte er ihr aufmunternd zu. Povera ragazza, dachte er, wenn sie wirklich ein schlechtes Gewissen hätte, würde sie sich nicht so dumm anstellen und schon rechtzeitig eine passende Geschichte zurechtgelegt haben.
Warum habe ich Angst? überlegte Diana. Gewiß, es ist peinlich, Fremden alles erzählen zu müssen, das sind schließlich Privatangelegenheiten, die nur mich und David angehen, aber es hat keinen Sinn, sie jetzt verschweigen zu wollen.
Fusco schien ihren Gedankengang zu verfolgen.
»Signorina Nicholls, es ist bestimmt besser, Sie erzählen uns

alles genau, es könnten sonst unangenehme Mißverständnisse entstehen. Also: Sie haben Ihrem Bruder die Wertpapiere geschickt, offenbar ohne das Einverständnis Ihrer Tante.«

»Ja«, sagte Diana entschlossen, sie richtete sich ein wenig auf. »Wie ich Ihnen gesagt habe, bin ich Montagmorgen angekommen und wollte nur ein paar Tage bleiben, weil ich am nächsten Montag schon wieder in Brüssel sein soll. Diese Reise habe ich auf Drängen meines Bruders hin unternommen, um ihm zu helfen. Er hat vor einigen Monaten die Technische Hochschule verlassen, wie ich Ihnen, glaub' ich, gestern sagte, und arbeitet seitdem als Spielleiter und Bühnenschriftsteller, was seinem Wesen und seiner Begabung vollkommen entspricht. Er hat jetzt ein Stück geschrieben ›Ein Leben zu versteigern‹, mit dem ihm der große Druchbruch gelingen wird. Natürlich wird er es selbst inszenieren, sein Freund, der Schauspieler Kenton, will die Hauptrolle, den Douglas, spielen. Bei Piccadilly hat er ein Theater gemietet, das heißt, er hat vorläufig eine Option für dieses Schauspielhaus, bis Ende nächster Woche...«

»Und Sie sind nach Capri gefahren, um von Ihrer Tante die zur Miete nötige Summe zu erhalten«, schob Fusco helfend ein. Er war ihr dankbar, daß sie nun doch nicht zu weinen angefangen hatte.

»Ja, David wußte, daß sie für jeden von uns einen Betrag angelegt hatte, der uns nach ihrem Tod zugehen sollte und vorläufig, wie gesagt, nur die Zinsen. Er hatte mir aufgetragen: ›Sprich mit ihr, du verstehst es besser als ich, erkläre ihr, daß mir dieses Geld jetzt nötig ist, nicht nach ihrem Tode, der hoffentlich noch weit entfernt ist. Und sag ihr auch, daß ich die Technische Hochschule verlassen mußte. Als Ingenieur wäre ich in meinem Leben nie glücklich geworden.‹«

Diana machte eine Pause und sah noch einmal das Gesicht ihrer Tante vor sich, als sie am Montagabend, beim Abendbrot, Davids Anliegen vorgebracht hatte. Die alte Dame hatte mit Nachdruck ihre Gabel auf den Tisch geknallt:
»*So*! Er hat sein Studium aufgegeben, und das ein Jahr vor dem Doktorexamen! Und welche Laufbahn will er jetzt antreten, wenn man wissen darf?«
»Auntie, bitte, das mußt du verstehen! Ein technischer Beruf entspricht David nicht. Seine Begabung liegt auf einem ganz anderen Gebiet. Du weißt, er hat das Theater immer geliebt, genau wie unsere Mutter. Sein Stück wird bestimmt Erfolg haben; Stephen Boyton, unser ausschlaggebender Theaterkritiker, hat es gelesen und hält es für einen ganz bedeutenden Wurf. David gehört schon seit Jahren zur literarischen Gruppe der Angry Young Men...«
»Meine Liebe, wenn er ein Ärgerlicher-junger-Mann ist, kannst du ihm ausrichten, daß ich eine Wütende-alte-Dame bin.«
Diana holte Atem: »Ich habe versucht, meiner Tante Davids Pläne zu erklären, doch schon als sie hörte, daß er die Hochschule verlassen hatte, wollte sie nichts mehr wissen. Sie hätte sich nie überzeugen lassen...« Sie stockte.
Fusco zündete sich scheinbar zerstreut eine Zigarette an, um ihr über die schlimmste Klippe des Geständnisses hinwegzuhelfen.
»... und da habe ich am Dienstagmorgen, während sie im Garten war, ihren Schreibtisch geöffnet, den David zugedachten Umschlag mit den Staatsanleihen genommen und an ihn abgeschickt.«
»So«, sagte Fusco.
»Die nächsten Zinsabschnitte sind erst in fünf Monaten fäl-

lig«, brachte Diana hastig hervor, »bis dahin, dachte ich, würde sie nichts merken, und vorher mußte Davids Stück Erfolg haben, und wir konnten alles ersetzen.«
»Sie hat es aber doch gemerkt und sehr schnell sogar.«
»Ja, schon am Dienstag, kurz nachdem wir zu Mittag gegessen hatten. In der Aufregung hatte ich vergessen, den Schlüssel vom Schreibtisch abzuziehen und in die rote Lederschachtel zurückzutun.«
»Und?«
»Sie ist sehr böse geworden mit mir. So aufgebracht hatte ich sie noch nie gesehen. Sie hat gesagt, wir seien undankbar und ihres Vertrauens nicht würdig und hat sogar gedroht, uns zu enterben.«
»Und dann?«
»Ich bin zur Piazza gegangen und wollte mit David telefonieren, doch das wissen Sie alles schon.«
»Ich weiß, was Sie mir erzählt haben...«
Diana schwieg und sah Fusco erstaunt fragend an.
»Sie werden verstehen, daß diese Geschichte mit den Wertpapieren Ihre Position im Zusammenhang mit dem plötzlichen Tod von Lady Penrose in einer neuen, sagen wir, Beleuchtung erscheinen läßt. Ihre gestrigen Aussagen sind deshalb genauestens zu überprüfen.«
»Ich habe gestern den Zwischenfall mit den David gesandten Anleihen verschwiegen, aber ich habe nichts Unwahres gesagt!« entgegnete Diana empört.
»Etwas verschweigen kann auch eine Unwahrheit sein, vielleicht gibt es noch andere solche Unterlassungen in Ihrem Verhör«, sagte Fusco lächelnd. Die Empörung stand ihr gut, fand er, machte sie lebendiger, weniger wohlerzogen beherrscht.

»Wie Sie aus dem Telegramm ersehen, habe ich David sofort benachrichtigt, die Anleihen nicht einzuwechseln. Daß er sie unserer Tante zurückerstatten sollte, wollte ich ihm telefonisch am Freitagabend erklären, denn wie mir seine Haushälterin gesagt hatte, würde er vorher nicht in London sein. Wollen Sie sonst noch etwas wissen?«
»Ja, nachdem Sie in der Kirche gewesen sind, haben Sie Giulio De Gregorio getroffen, nicht wahr?«
»Das können Sie alles in dem gestrigen Verhör nachlesen, ich habe nichts hinzuzufügen.«
»Sie haben sich bis kurz vor neun Uhr mit ihm aufgehalten?«
»Ja.«
Fusco durchblätterte das Protokoll des vorhergehenden Tages und las laut: »Es war wenige Minuten nach neun Uhr, als ich mich am Gartenschaften zur Villa Maja von ihm verabschiedet habe...« Er klingelte und rief dem eintretenden Peppino zu: »Führe De Gregorio herein!«
Giulio De Gregorio grüßte den commissario und deutete eine Verbeugung in Dianas Richtung an. Er war ein sehr gut aussehender junger Mann, der das genau zu wissen schien; die enganliegenden Hosen und das Trikothemd brachten die Vorzüge seiner sportlichen Gestalt noch zur Geltung. Seine etwas zu kurzen Beine waren sein einziger äußerlicher Mangel, den er mit doppeltdicken Paragummisohlen wettzumachen versuchte. Lässig zog er ein Etui aus der Tasche und bot Diana seine Zigaretten mit vergoldetem Mundstück an.
»Danke, du weißt doch, daß ich nicht rauche.«
Auch Fusco lehnte ab: »Nein, besten Dank, ich rauche nur esportazione. Also, De Gregorio, wiederholen Sie Ihre gestrigen Aussagen. Sie haben am Dienstagnachmittag, ungefähr um sieben Uhr, Fräulein Nicholls getroffen?«

»Ja, ich hatte gerade einen Augenblick Pause gemacht, nachdem ich bereits den ganzen Nachmittag gestuckt hatte, um eine Schachtel Zigaretten zu kaufen. Am Eingang zu meiner Wohnung bin ich Fräulein Nicholls begegnet. Ich wußte nicht, daß sie auf Capri war. Wir haben uns begrüßt, denn wir kennen uns seit unserer Kindheit.«
»Und dann?«
»Wir haben ein paar Worte gewechselt, leider nur sehr kurz, meine Zeit ist in diesen Tagen verflixt knapp. Dann haben wir uns verabschiedet, ich bin bis zum Tabakladen gegangen, um die Zigaretten zu holen, und danach bin ich gleich in mein Zimmer zurückgekehrt. Am 5. November habe ich ein Examen, Histologie, und außerdem muß ich zwei weitere Examen für den 8. November vorbereiten. Ich studiere Medizin in Neapel...«
»Um wieviel Uhr waren Sie wieder zu Hause?«
»Dio mio, genau weiß ich es nicht, es kann höchstens zehn nach sieben gewesen sein. Dann habe ich noch bis um elf Uhr gebüffelt, fragen Sie meine Großmutter.«
»Wir haben sie bereits heute morgen vernommen, wie Sie wissen«, sagte Fusco kurz. »Sie können jetzt gehen, danke.«
De Gregorio verbeugte sich wieder in Dianas Richtung und verließ den Raum. Fusco sammelte die auf dem Schreibtisch liegenden Papiere zusammen.
»Signorina Nicholls, die Gerichtsärzte haben die Leiche Ihrer Tante zur Beerdigung freigegeben. Sie kann also morgen bestattet werden. Wenn Sie es für angebracht halten, benachrichtigen Sie Ihr Konsulat in Neapel, daß ein anglikanischer Geistlicher herüberkommt. Mit dem Sarg und allen anderen Formalitäten werden Ihnen wohl Carmine und Annina Strena behilflich sein können.«

Diana nickte wortlos. Sie ist wirklich entzückend und weint auch jetzt nicht! sagte sich Fusco bewundernd.
»Sie halten sich natürlich zu unserer Verfügung.«
Musdeci begleitete Diana hinaus, und als er zurückkam, hob er die Hände, eine Geste, die bei ihm gewöhnlich eine Rede einleitete, doch dann ließ er sie wortlos wieder fallen.
»Du bist um acht bei der Großmutter gewesen?«
»Ja.«
»Und die hat natürlich Wort für Wort bestätigt, daß ihr Enkel von zehn nach sieben bis elf Uhr über seinen Büchern gesessen hat?«
»Wie ein dressierter Papagei, und dabei ist sie blind und fast vollkommen taub.«
»Um so anerkennenswerter, daß sie so aufmerksam die Studien ihres Enkels verfolgt.«
Peppino trat ein. »Commissario, Arcucci wartet bereits draußen.«
»Soll er noch eine Weile warten, jetzt brauche ich erst einmal eine Tasse Kaffee.«

Gegen elf Uhr morgens lagen die frisch aus Neapel angekommenen Zeitungen in dem Kiosk auf der Piazza, noch zu Bündeln verschnürt, aber die Capresen standen schon Schlange. Jeder hatte bereits seine Theorie, was die Ermordung von Lady Penrose anbetraf (und daß es ein Mord war, mochte niemand bezweifeln, wer hätte schon freiwillig auf eine solche Sensation verzichten wollen?), aber trotzdem war man gespannt, wie die Journalisten vom Festland den Fall schildern und welche Schlüsse sie ziehen würden.
Je nach dem Grad ihrer Bildung kauften die Capresen ent-

weder »La Tribuna di Napoli«, ein Blatt, das in krasser Schwarzweißdramatik die Weltgeschehnisse wie ein Opernlibretto den einfacheren Gemütern nahebrachte; oder sie lasen »Il Progresso«, eine Zeitung, die sich mit literarischen Gefälligkeiten um ein gebildeteres Publikum bemühte. Donnerstag, den 28. Oktober, kauften viele Capresen allerdings beide Blätter, um möglichst eingehend über den Mord auf ihrer Insel informiert zu werden.
»Steinreiche Engländerin auf Capri ermordet!« Die dreispaltige Überschrift stand in der »Tribuna di Napoli« bereits auf der ersten Seite. Für den Berichterstatter der »Tribuna« waren alle ermordeten Frauen entweder bildhübsch oder steinreich; da er bei einer achtzigjährigen Dame nicht mit Schönheitsattributen aufwarten konnte, hatte er sich für steinreich entschlossen. Er wußte, wie er seinem Publikum kommen mußte:
»In wenigen Tagen werden wir Allerseelen feiern, den Gedenktag unserer Toten, und schon sieht man an den Straßenecken die Blumenkarren vollbeladen mit den zu diesem Gedächtnisfest traditionellen Chrysanthemen. Jeder von uns wird einen Strauß davon auf das Grab eines lieben Verstorbenen legen.
Auch auf Capri blühen jetzt die Chrysanthemen, unwissende Zeugen eines grausamen Mordes, sie blühen um das silberhaarige Haupt, neigen sich über das sanfte Antlitz einer greisen Dame, die unsere Mutter sein könnte ...« (wörtlich: la nostra mamma)
Schon im ersten Absatz hatte es der Reporter der Tribuna verstanden, einige, für süditalienische Herzen unwiderstehlich rührende Elemente einzuflechten: Allerseelen, die lieben Verstorbenen und vor allem, la nostra mamma.

Der Journalist des »Progresso« seinerseits wußte, was er seiner gebildeten Leserschaft schuldete; man hatte nicht umsonst das klassische Gymnasium besucht:
»Die Insel Capri, das Capreae der Antike (›Insula parva quidem, sed quodam aemula Romae‹, wie sich jeder entsinnen wird) beschwört in unserer Erinnerung das Bild des verruchten Kaisers Tiberius herauf, der, dank seiner Grausamkeiten, diese friedliche Insel in die Geschichte eingehen ließ. Gestern morgen nun ist Capri schon wieder Schauplatz einer wahrhaft tiberianischen Schandtat geworden und selbst der Elfenbeinstift eines abgehärteten Chronisten wie Sueton würde sich sträuben...«
Aufschluß gab weder der eine noch der andere Artikel. Beide Reporter waren sich einig, daß da vieles dunkel sei und versprachen ihrer Leserschaft, sie in der nächsten Ausgabe über die Untersuchungen und Entwicklungen auf dem laufenden zu halten.

»Guten Morgen, Totò«, Fusco wies mit einer Handbewegung auf den Stuhl, »und wie geht es mit dem Furunkel?«
Arcucci strich sich über das Pflaster; seine Augen wanderten unruhig vom Commissario zu Musdeci hin und her.
»Du mußt die Penicillinsalbe versuchen, die hilft sofort.«
Fusco suchte zwischen den auf seinem Schreibtisch liegenden Papieren und zog einen Bogen heraus.
»Also, hier ist deine gestrige Aussage ... Übrigens, Nardino ist Dienstag nicht nach Neapel gefahren. Weißt du das?«
»Nicht nach Neapel gefahren? Nein, das wußte ich nicht. Gestern, wie Sie wissen, fühlte ich mich nicht wohl, deshalb bin ich nur bei Ihnen gewesen. Anschließend bin ich gleich nach Hause gegangen und habe mich hingelegt. Am Nach-

mittag habe ich Gelsomina in die Bar geschickt, auch heute morgen ist sie da, denn ich bin immer noch nicht ganz auf dem Damm. Anderseits ist es nicht gut, den Barjungen zu oft allein zu lassen, Sie wissen ja, wie das ist mit dem Personal. Man muß die Augen offenhalten, sonst beschummeln sie einen hinten und vorn ...«
»Ja, es ist ein Kreuz. Also, Nardino war nicht in Neapel ...«
»Er wird die Reise auf einen anderen Tag verschoben haben. Wenn ich das gewußt hätte, schade, ich wäre ihn abholen gekommen, um zusammen fischen zu gehen.«
»Das wäre gar nicht nötig gewesen.«
»Warum?«
»Weil er Dienstagnachmittag an eurer gewohnten Stelle unten auf den Felsen der Unghia Marina war. Er hatte übrigens einen glänzenden Tag: drei Muränen, davon eine zweieinhalb Kilo schwer, einen Tintenfisch und etliche Seestinte. Seine ›mazzamorra‹ scheint besser zu sein als deine, meinst du nicht?«
Arcucci blickte Fusco hilflos an; er öffnete den Mund und schloß ihn wieder, mehrmals hintereinander, ohne ein Wort hervorzubringen, ganz wie ein trockengelegter Lippfisch.
»Wo warst du am Dienstagnachmittag?«
»Ich war fischen«, antwortete Arcucci störrisch.
»So, du warst fischen! Es tut mir leid, Totò, aber ich muß dich festnehmen, bis dir eine bessere Ausrede eingefallen ist.« Fusco erhob sich und klingelte.
»Peppino, begleite Arcucci ins Gefängnis. Die Männerzelle ist frei; dann benachrichtigst du seine Frau, sie kann ihm, wenn sie will, zweimal täglich die Mahlzeiten bringen. Die Verpflegung soll bei Giacomino, dem Wärter, nicht so berühmt sein ...«

5

Donnerstag, den 28.

Gestern, mein gutes Fietchen, bin ich mit diesem Brief nicht mehr fertig geworden. Ich mußte schnell zum Kommissariat, wegen Lady Penrose natürlich. Vielleicht bin ich auf der richtigen Spur. Der commissario tappt jedenfalls noch völlig im dunkeln, verhört diesen und jenen, sitzt den ganzen lieben Tag hinter seinem Schreibtisch, raucht, trinkt espressi und erwartet wohl, daß sich der Mörder freiwillig bei ihm vorstellen wird. Soeben hat er Diana wieder zu sich beordert. Heute soll auch unser Deutschordensritter von ihm verhört werden, Du weißt doch, Baron Plattenberg. Anscheinend war er der letzte, der Lady Penrose noch am Leben gesehen hat. Ob man ihn mit dem Tod von Lady Penrose in Zusammenhang bringen kann, ist mir noch nicht klar. Allerdings muß ich ja sagen, daß es mich nicht wundern würde, wenn sich in

Plattenberg so etwas wie eine Doktor-Jekyll-und-Mister-Hyde-Natur verbergen würde...
Ganz Capri spricht nur von dem Mord. Bloß Fräulein Léger weiß mal wieder alles besser und tippt auf Unglück. Na ja, so eine Altphilologin ist von Beruf aus weltfremd.
Hier im Haus ist so ziemlich alles durcheinander. Carmine ist meistens auf der Piazza, um zu hören, was man dort über den Mordfall sagt. Annina sieht verschreckt und verheult aus; gestern abend war der minestrone vollkommen angebrannt.
Nur Domenico, der Lausbub, hat durch die verminderte Aufsicht Vorteile von der gegenwärtigen Situation. Noch dazu ist seine Schule wegen einer Grippeepidemie geschlossen worden. Im Augenblick, zum Beispiel, macht er gerade die nächste Umgebung unsicher (ich sitze unter der Pergola).
Ich will jetzt schließen, damit dieser Brief noch mit dem Nachmittagsdampfer wegkommt...«
Steigleder klebte den Umschlag zu und steckte die Füllfeder in die Brusttasche. Heute war keine Post von seiner Frau gekommen; morgen würde Evchen in die Klinik eingeliefert werden, und dann konnte er jeden Augenblick mit der ersehnten Nachricht rechnen. Sie hatten ein Telegramm verabredet, denn die Strenas besaßen kein Telefon.
Er sah sich um. Das Sonnenlicht drang durch die Pergola und malte ein Blättermuster auf die Tischplatte. Domenico, der sein verspätetes Frühstücksbrot verzehrt hatte, sprang tatendurstig umher, und da ihm nichts Besseres einfiel, kletterte er behend wie eine Katze auf den Feigenbaum neben der Pergola. Das Blätterdach bebte und ein paar reife Früchte fielen herunter, eine Feige klatsch! auf die Stoffmütze, die Steigleder auf den Stuhl neben sich gelegt hatte.

»Domenico, willst du wohl da herunter! Aber sofort, sonst ziehe ich dir die Hosen stramm!«
Seine Stimme war so drohend, daß Domenico beschloß, der Aufforderung lieber zu folgen. Er ließ sich an dem Stamm herabgleiten.
»Siehst du, was du angerichtet hast, du Bengel!«
Steigleder entfernte die zerquetschte Feige von seiner Kopfbedeckung. »Eine Tracht Prügel verdienst du!«
»Ja«, sagte Domenico mit reumütiger Miene und wischte mit seiner kleinen, schmutzigen Hand über den Fleck auf der Mütze, »mi dispiace ...«
Steigleder wurde weich. »Na, laß man. Du mußt nicht so ungehorsam sein, besonders jetzt, wo deine Mutter soviel zu tun hat. Weißt du, ob signorina Nicholls zurückgekommen ist?«
Er schüttelte den Kopf. »Ich habe sie nicht gesehen.«
»Was ist das denn für ein Helm, den du dir gemacht hast?«
Domenico nahm seinen Kopfputz ab, ein mehrmals gefaltetes und gekniffenes Zeitungsblatt und reichte ihn Steigleder mit versöhnlicher Geste:
»Da, wollen Sie ihn haben?«
»Danke«, Steigleder wollte die Gabe zurückweisen, aber plötzlich besann er sich anders. Er ergriff den Papierhelm und faltete rasch das Blatt auseinander.
»Woher hast du diese Zeitung?«
»Sie lag im Küchenschrank, unten, wo meine Mutter immer die alten Zeitungen hintut.«
Steigleder ließ Domenico stehen und verschwand eilig in dem Haus. Annina war in der Küche. Er schwenkte das Blatt vor ihren Augen.
»Annina, woher kommt diese Zeitung?«

Sie unterbrach das Kartoffelschälen und sah verstört auf die zerknitterte Seite.

»Ach die ... Als ich Montagmorgen bei Lady Penrose saubergemacht habe, lag sie im Wohnzimmer, und ich habe sie zusammen mit anderem Packpapier mitgenommen. Lady Penrose erlaubte, daß ich alte Zeitungen und sonst übriges Papier nach Hause brachte. Diese Zeitung muß der Russe zurückgelassen haben.«

»Welcher Russe?«

»Lady Penrose hat mir erzählt, daß am Sonntag ein junger Russe, der in Rom an der Botschaft arbeitet, nach Capri gekommen war, um sie zu besuchen und Grüße auszurichten. Ich glaube, seine Eltern hatten Lady Penrose gekannt, als sie und ihr Mann in Moskau lebten.«

»Das kann sehr interessant sein...« Steigleder faltete die Seite der »Prawda« säuberlich zusammen und steckte sie ein.

»Diana ist vor kurzem zurückgekommen; sie sah sehr niedergeschlagen aus und mochte gar nicht sprechen. Von der Piazza aus hat sie in Neapel angerufen, daß ein englischer Priester herüberfährt, denn Lady Penrose soll morgen beerdigt werden. Carmine ist jetzt schnell zur Piazza gegangen, um bei dem Drucker die Todesanzeige zu bestellen.«

»Hat sie sonst noch etwas gesagt?«

»Nein, nur das vom Begräbnis, sie war sehr bedrückt und ist gleich in ihr Zimmer gegangen.«

»Armes Kind, weiß Gott, was der commissario aus ihr herausholen wollte! Der Mann bewegt sich in einer falschen Richtung, ich habe es ja gleich gesagt: an Ort und Stelle muß man die Indizien sammeln, nicht über einer Espressotasse. Das hier«, er klopfte auf seine Jackentasche, »könnte die richtige Fährte sein.«

»Der Russe?« fragte Annina zweifelnd, »aber er ist doch am Sonntagmorgen angekommen und mit dem Nachmittagsschiff schon wieder abgefahren...«
»Er kann abgefahren sein oder auch nicht. Er kann auch abgefahren und wieder zurückgekommen sein. Weißt du, ob ihn jemand außer Lady Penrose gesehen hat?«
»Nein... doch! Jetzt entsinne ich mich, daß Lady Penrose mir gesagt hat, er sei gleich nach dem Mittagessen bei ihr weggegangen, weil er vor Abfahrt des Dampfers noch ein Ferngespräch erledigen mußte. Sie hatte ihm angeboten, ihr Telefon zu benutzen, aber er hatte ihr keine weiteren Umstände machen wollen. Er hat sich dann nur erklären lassen, wo die öffentliche Telefonstelle ist.«
»Aha, das kann nützlich sein. Und noch eins, Annina, dieser Dottore Della Valle, der Mieter von Lady Penrose, er ist ein Physiker, arbeitet er nicht in der Nähe von Rom in dem neuen Zentrum für Nuklearforschungen, wie heißt der Ort bloß noch...«
Annina schüttelte verständnislos den Kopf.
»Haben Sie irgendwelche Papiere, ich meine Pläne, Aufzeichnungen in seinem Zimmer bemerkt?«
»Nein, nur seine sportliche Ausrüstung. Wenn er hier ist, verbringt er den ganzen Tag am Meer. Er besitzt ein kleines Motorboot, das er den Winter über in dem Bootsschuppen meines Bruders an der Grande Marina unterstellt. In seinem Zimmer ist das Sauerstoffgerät, das er sich auf den Rücken schnallt, wenn er mit einem langen Gewehr unter Wasser auf Fischjagd geht...«
»Ja, das ist alles sehr schön«, unterbrach Steigleder sie ungeduldig, »aber ich meine, Papiere, haben Sie keine Papiere in seinem Zimmer gesehen?«

»Nein, Papiere habe ich nicht gesehen ...«
»Na, das ist auch begreiflich, er wird seine Arbeiten nicht so 'rumliegen lassen, sondern sie in dem Schrank oder in einer abschließbaren Schublade verwahren«, sagte Steigleder nachdrücklich. »Gut, Annina, ich muß jetzt einen Augenblick zum Kommissariat. Sagen Sie Diana, sie soll nicht den Kopf hängen lassen, es geht schon alles in Ordnung.«
Bevor er Fusco aufsuchte, wollte er auf eigene Faust Erkundigungen einziehen; was man selbst tun kann, soll man nicht anderen überlassen, sagte er sich, während er die enge Treppe hochstieg, die zur öffentlichen Telefonstelle auf der Piazza führte.
»Guten Tag, Herr Steigleder!« grüßte Giannino, der junge Mann, der die Telefonverbindungen herstellte, auf deutsch. Er benutzte jede Gelegenheit, seine Kenntnisse der deutschen Sprache und seine bedingungslose Bewunderung »per la grande nazione tedesca« zu offenbaren.
»Ein Gespräch nach Stuttgart?« offerierte er gewinnend.
»Nein, Giannino, nur eine Auskunft und bitte, größte Diskretion!«
Giannino legte mit beredter Geste die gekreuzten Zeigefinger auf die Lippen und schlug die Augen zur Zimmerdecke. Der Herrgott sollte ihm die Zunge ausreißen, wenn je ein Wort über diese Lippen kam ...
»Ist dir am letzten Sonntag, gegen drei Uhr nachmittags herum, ein Fremder aufgefallen, der ein Ferngespräch verlangt hat?«
»Natürlich, den ganzen Sonntag hat nur einer ein Ferngespräch gewollt, um drei Uhr fünfzehn, ein ungefähr dreißigjähriger Mann, nicht groß, breite Schultern, grauer Anzug mit sehr weiten Hosenbeinen. Er hat mit Rom gesprochen.«

»Hast du die Nummer?«
Giannino durchblätterte ein Register. »Hier, das ist sie!«
Steigleder notierte die Nummer.
»Hast du etwas von dem Gespräch verstanden?«
»Nein, man hört, was gesagt wird, oft auch bei geschlossenen Zellentüren – die Leute schreien ja meistens am Telefon – doch dieser Mann redete in einer Sprache, die ich nicht kenne. Er sagte immer wieder: ›Nyet, da, nyet und da, da, da, da, nyet‹, mehr habe ich nicht behalten.«
»Das ist Russisch und bedeutet nein und ja.«
»Er war also Russe, ein Bolschewist?«
»Ja.«
»Das hätte ich wissen sollen! Einer von den Schuften, die la grande nazione tedesca in zwei geteilt haben? Er hat die Frechheit besessen, il muro di Berlino zu errichten?«
»Vielleicht nicht er persönlich, immerhin Leute wie er. Vorläufig besten Dank, Giannino, für deine Auskunft.«

Im Vorraum des Kommissariats saß Costanzo am Anmeldetisch und löste Kreuzworträtsel.
»Der commissario ist im Augenblick nicht zu sprechen. Er hat eine Verhandlung.«
»Wird die lange dauern?« erkundigte sich Steigleder.
Costanzo vermied es, sich festzulegen: »Das kann man nie wissen, forse sì, forse no, ma ... Sie hat eben erst angefangen. Wenn Sie warten wollen«, er wies auf eine Bank, die unter der Fotografie des Präsidenten der Republik stand, gegenüber hing der Papst.
Steigleder beschloß zu warten.
»Alte schwedische Universitätsstadt, sechs Buchstaben, fängt mit U an ...« murmelte Costanzo und kaute am Bleistift.

»Upsala« schlug Steigleder vor.
»*Upsala*, sechs Buchstaben, bravissimo!« sagte Costanzo.
»Wissen Sie vielleicht auch: berühmte Schlacht, Niederlage Napoleons, acht Buchstaben, die letzten oo?«

»Rüdiger von Plattenberg, geboren achtzehnhundertfünfundachtzig auf Schloß Plattenberg bei Riga.«
»Ihr Beruf?«
»Ich war Offizier im Ersten Weltkrieg bei den Kaiserlichen Kürassieren, dem Korps, in dem die Angehörigen meiner Familie zu dienen pflegten. Nach Kriegsende habe ich mich zurückgezogen, um mich historischen Studien und schöngeistiger Literatur zu widmen.«
»Wo wohnen Sie?«
»Ich habe mich seit vierzig Jahren auf dieser Insel niedergelassen, obwohl ich im Baltikum noch zwei Güter besaß, die nach dem letzten Krieg von den Russen beschlagnahmt worden sind. Seit dem Verlust dieser beiden Familienbesitze bin ich auch offiziell hier ansässig. Gegenwärtig wohne ich bei den Deutschen Schwestern in der Villa Caritas, ein Wohnsitz, der zwar weder meinem Geschmack noch meinem Bedürfnis nach Ruhe für meine Studien entspricht, für den ich mich jedoch entschließen mußte, da ich an Angina pectoris leide und der ständigen Pflege der Schwestern bedarf.«
Armer Kerl, er will nicht zugeben, daß ihn die Schwestern aus Barmherzigkeit im Armenteil aufgenommen haben, dachte Fusco. Das hochnäsige Gehaben Plattenbergs belustigte ihn.
»Sie waren mit Lady Penrose befreundet?«
»Ja, seit der Zeit, als ich noch die Villa Solitude neben der

Villa Maja bewohnte. Ich ließ mir dieses Haus bauen, als ich Capri zu meinem Refugium erwählte; später habe ich dann vorgezogen, es zu verkaufen. Es war zu groß für mich, und das viele Personal brachte nur Unruhe mit sich.«
Er will nicht gestehen, daß es versteigert wurde, um seine Schulden zu bezahlen, dachte Fusco lächelnd.
»Lady Penrose war seit Jahren der einzige Mensch auf Capri, mit dem ich verkehrte.«
»Das ist begreiflich«, sagte Fusco, der sich bei allem Verständnis nicht verkneifen konnte, ein wenig ironisch zu frotzeln: »Sie waren beide Aristokraten.«
Plattenberg blickte kühl durch sein Monokel: »Was die Gesinnung anbelangt, war Lady Penrose durchaus eine Aristokratin; von Geburtsadel darf man bei ihr jedoch nicht reden. Sie war eine geborene Nicholls, verehelichte Penrose. Ihr Mann wurde, wie in England üblich, gegen Ende seiner diplomatischen Karriere, in den Ritterstand erhoben, ein unvererbbarer Titel, der sich allerdings auf die Gattin mit dem Attribut Lady erstreckt, das dem Familiennamen, auf keinen Fall, wie bei Geburtsadel, dem Vornamen vorausgesetzt wird.«
Fusco blies gelangweilt den Rauch seiner Zigarette zur Zimmerdecke. »Sehr interessant. Also, Sie waren Dienstagnachmittag bei Lady Penrose?«
»Ja, ich habe sie gegen vier Uhr aufgesucht, ganz gegen meine Gewohnheit, ohne mich vorher anzumelden. Ich arbeite nämlich gerade an der endgültigen Fassung unserer Familienchronik, die gleichzeitig eine Geschichte des Deutschritterordens ist, denn mein Vorfahre, Walter von Plettenberg, war Meister des Deutschritterordens in Livland« (er betonte mit Nachdruck: »Maestro dell'ordine dei Cavalieri

Teutonici«, doch Fusco schien in keiner Weise davon beeindruckt, was bei diesem ungebildeten neapolitanischen Polizisten auch nicht anders zu erwarten war, wie sich Plattenberg sagte), »... und Lady Penrose besitzt – ein Erbe ihres Gatten – einige Geschichtswerke, die ich nachschlagen wollte. Wir haben uns höchstens eine Stunde in der kleinen Bibliothek aufgehalten, denn ich habe meinen Besuch vorzeitig abgebrochen, weil jemand über die Terrasse in das Wohnzimmer gekommen ist.«

»Wissen Sie, wer das war?«

»Nein, ich bin in der Bibliothek geblieben, als Lady Penrose mit dem Besucher sprach. Während der Besucher im Wohnzimmer wartete, ist sie in den Flur getreten und hat dort in einem Schrank etwas gesucht, wie mir schien. ›Warten Sie bitte einen Augenblick, ich komme gleich zurück‹, hat sie gesagt, doch ich wollte sie nicht aufhalten, noch dazu wo ich unangemeldet bei ihr erschienen war. ›Ich werde in den nächsten Tagen wieder vorbeikommen‹, habe ich ihr zugerufen und bin, aus Diskretion, von der Bibliothek geradewegs durch den Garten, die Nebenpforte wählend, hinausgegangen.«

»Haben Sie die Stimme des Besuchers gehört? Oder können Sie sonst eine Vermutung über seine Identität aufstellen?«

»Nein, ich habe nur das Bellen eines Hundes vernommen. Allerdings muß ich betonen, daß ich prinzipiell nie auf nicht für mich bestimmte Gespräche achte.« Plattenberg hüstelte.

»Und was haben Sie dann gemacht?«

»Um halb sechs war ich bereits wieder in meinem Zimmer, wo mir die Schwestern, wie gewohnt, den Tee serviert haben. Danach habe ich die bei Lady Penrose aufgeschriebenen Notizen ausgearbeitet und bin um neun Uhr zu Bett gegangen.«

»So. Besten Dank für Ihre Auskunft, barone, bitte noch Ihre Unterschrift...«
Plattenberg setzte seinen Namen unter das Protokoll, das Musdeci ihm hinhielt, große, steile Schriftzüge, wie aus Zahnstochern zusammengesetzt. Er erhob sich ruckartig und verbeugte sich steif. Das grelle Mittagslicht brachte die schadhaften Stellen seines Anzugs zum Vorschein; immerhin ein vor Jahren gutgeschnittener, korrekter Anzug, zu dem die weißen Tennisschuhe in merkwürdigem Gegensatz standen.
Fusco blickte ihm lächelnd nach, während er sich entfernte.
»Zeit fürs Mittagessen, Musdeci!« Er blickte auf seine Uhr. »Heute nachmittag steht mir Cocorullo bevor, dem ich den gegenwärtigen Stand unserer Investigationen unterbreiten muß. Bestimmt wird er wieder etwas auszusetzen haben...«
Costanzo öffnete die Tür und steckte nur den Kopf vor:
»Der deutsche Herr von gestern möchte Sie sprechen.«
»Schon wieder...«, seufzte Fusco. Lauter sagte er: »Na, dann, laß ihn schon eintreten!« Und noch lauter, jovial:
»Buon giorno, signor Steigleder! Prego...«, er wies auf den Stuhl.
Steigleder zog die gefaltete Seite der »Prawda« aus der Tasche, breitete sie auf dem Tisch aus und erstattete über den unbekannten Russen einen kurzen Bericht, der die Aussagen von Annina und Giannino, dem Telefonisten, enthielt.
»Ja, benissimo, aber welchen Zusammenhang sehen Sie zwischen der Ermordung von Lady Penrose und diesem russischen Besucher?«
»Lady Penrose ist vielleicht nur das unwissende Opfer einer internationalen Intrige geworden. Wenn Sie bedenken, daß ihr Mieter ein Physiker ist, der in einem Forschungszentrum

für Kernphysik bei Rom arbeitet, brauchen Sie bloß zu kombinieren...«
»Aha, ich kombiniere: russischer Spionagedienst, wissenschaftliche Projekte von größter militärischer Bedeutung, Nuklearwaffen, womöglich eine neue Superbombe, Pläne auf Capri verwahrt, russischer Geheimagent will sie sich aneignen, alte Engländerin riecht Lunte, folglich wird sie umgebracht... schön wär's!«
Steigleder sah Fusco mißtrauisch an. »Wieso?«
»Nun eben, so eine handfeste, internationale Intrige, vielfältig verknüpft, an der sich die Geheimpolizeien aller Länder die Zähne ausbeißen, bis wir hier auf Capri einspringen und...«
»Wenn Ihnen das lächerlich vorkommt«, unterbrach Steigleder pikiert, »verzeihen Sie vielmals, daß ich Sie aufgehalten habe.« Er streckt die Hand nach dem Zeitungsblatt aus.
»Aber ich bitte Sie, signor Steigleder, so dürfen Sie das nicht auffassen! Wir sind Ihnen außerordentlich dankbar für Ihre Mitarbeit. Auch abwegig aussehende Fährten können zum Ziel führen«, entgegnete Fusco beschwichtigend, »kein Indiz kann man von der Hand weisen, bevor es nicht untersucht worden ist. Übrigens, die Pülverchen, die Sie gestern gebracht haben, dottore Salvia hat sie analysiert, und Benito Vitale hat es bestätigt: Kunstdünger, von Lady Penrose eigens für ihre Hortensientöpfe dosiert. Sie war sehr eigen mit ihren Hortensien, die tiefblau sein mußten, was sie mit diesen Pülverchen erzielte, wie Vitale versichert. Seien Sie gewiß, ich werde auch dieser Spur«, er schob das Zeitungsblatt in einen Schnellhefter, »gewissenhaft nachgehen.«
Als Steigleder die Piazza durchquerte, klebte der Gemeindediener bereits die von Carmine Strena bei dem Drucker Bia-

gino bestellte Todesanzeige an die Rathauswand. Die Müßiggänger auf der Piazza hatten sich rasch um den Gemeindediener geschart, und dieser, im Bewußtsein eines Publikums, wurde von künstlerischem Elan ergriffen. Virtuos klatschte er den Leim an die Mauer, preßte den schwarzumflorten Anschlag darauf, glättete ihn mit einem Lappen, tupfte inspiriert etwas überflüssigen Kleister weg und trat einen Schritt zurück, um sein Werk schiefgeneigten Hauptes zu betrachten.

Dann gab es ein großes Gedränge, denn jeder wollte zuerst die Anzeige lesen:

Dienstag, den 26. Oktober ist
Lady Hermione Penrose
von einem grausamen Schicksal weggerafft
worden.
Die Beerdigung findet Freitag, den 29. Oktober,
um 10.30 Uhr im Fremdenfriedhof von Capri statt.

6

Um fünf Uhr nachmittags ließ sich Fusco bei dem Amtsrichter melden. Das Protokoll schrieb nicht vor, ob Cocorullo zu ihm in das Kommissariat oder er zu diesem ins Gerichtsgebäude gehen mußte. Er hatte die zweite Möglichkeit gewählt, denn so konnte er die Unterredung leichter abbrechen, wenn ihm Cocorullo zuviel wurde. Cocorullo wurde ihm meistens sehr rasch zuviel.
Der Amtsrichter saß hinter seinem Schreibtisch, erhob sich halb zur Begrüßung und ließ sich wieder auf den Stuhl sinken. Dyspeptisch blickte er Fusco durch seinen Kneifer an.
»Diese schwüle Witterung setzt mir sehr zu, anderseits erlaubt mir mein Bronchialkatarrh keine offenen Fenster...«
Wieso schwüle Witterung bei dieser angenehmen Tramontana? wollte Fusco fragen, aber er verzichtete darauf, den Amtsrichter mit einer entgegengesetzten meteorologischen Ansicht sofort zu verstimmen und sagte statt dessen vage:

»Ja, unangenehm.«
»Also, an welchem Punkt sind die Nachforschungen zum Fall Penrose? Ich habe gestern abend nach der Autopsie noch die Gerichtsärzte gesprochen.«
»Ja, hier ist ihr Befund.« Fusco öffnete seine Aktentasche. »Die Resultate decken sich so ziemlich mit den Angaben von dottore Salvia. Allerdings hatte er die Todeszeit ungenauer eingeschätzt – er meinte zwischen vier und acht Uhr nachmittags – die Gerichtsärzte hingegen haben sie zwischen fünf und sieben festgesetzt. Todesursache: Verletzung der rechten Schenkelschlagader und darauffolgende Verblutung. Auch sie sind der Meinung, daß der Tod bei Bewußtlosigkeit eingetreten ist. Lady Penrose hat, bereits verletzt, das Gleichgewicht verloren und ist beim Fallen mit dem Hinterkopf aufgeschlagen. Ohnmächtig ist sie liegengeblieben und verblutet. Die von dem vermutlichen Angreifer benutzte Waffe müßte folgendermaßen aussehen: ein Messer mit einer etwa vierzehn Zentimeter langen, fünfzehn Millimeter breiten, sehr spitz zulaufenden Klinge. Weitere Verletzungen wurden an dem Körper der Toten nicht bemerkt, auch Spuren eines Kampfes konnten weder an ihr selbst noch an ihrer Bekleidung festgestellt werden.«
»Die Waffe ist nicht gefunden worden?«
»Nein, ich habe mit meinen beiden agenti di servizio das Gelände gründlich abgesucht, auch die Pflanzen, um einen besseren Überblick zu haben, teilweise abschneiden lassen. Ein Messer oder sonst ein ähnlicher Gegenstand sind nicht gefunden worden.«
»Von dem Corpus delicti abgesehen, ist Ihnen in der näheren Umgebung der Leiche nichts aufgefallen, das ein Indiz sein könnte?«

»Eine Kleinigkeit nur, die mit dem Tod von Lady Penrose zusammenhängen könnte oder auch nicht. Die Treppe, die zur Terrasse führt, ist in dieser Weise angelegt...« Fusco nahm einen Bleistift und skizzierte, während er sprach, den Grundriß auf ein Blatt.
»Sie haben sie zwar gestern gesehen, aber vielleicht nicht auf einige Eigentümlichkeiten geachtet. Also, die Treppe besteht aus zwei Teilen mit je acht Stufen. Diese beiden Stufengruppen sind von einem Absatz rechtwinklig getrennt; der obere Teil steht senkrecht, der untere waagerecht zum Haus...«
»Ja, ja«, sagte Cocorullo ungeduldig.
»Das Gelände um die Villa Maja ist sehr uneben, wie es für fast alle Gärten auf Capri charakteristisch ist...«
»Und deshalb hat die Treppe links, vom Garten aus gesehen, eine Schutzmauer und rechts keine«, unterbrach der Amtsrichter wieder.
»Ja, genau«, sagte Fusco, »rechts befindet sich das Chrysanthemenbeet, das in gleicher Höhe mit den Stufen bis zur Terrasse ansteigt. Links hingegen fällt das Gelände senkrecht ein paar Meter von der Terrasse ab, daher die Schutzmauer. Bei der gestrigen Untersuchung ist mir nun aufgefallen, daß in der Schutzmauer, gerade in der Ecke, wo sie in rechtem Winkel um den Absatz verläuft, an einer Stelle der Verputz abgebröckelt ist, als habe jemand dort gewaltsam mit einem harten Gegenstand angestoßen. Die abgefallenen Mörtelstückchen lagen noch auf dem Boden. Der Schaden muß am Dienstag, dem Todestag von Lady Penrose, verursacht worden sein, denn am Montag hat Benito Vitale die Treppe gefegt. Ich habe ihn heute nachmittag noch einmal in diesem Zusammenhang verhört. Er behauptet, daß Lady Penrose besonders im Herbst darauf bestand, daß die Treppe dreimal

wöchentlich gefegt wurde, weil von dem wilden Wein, der längs der Hauswand wächst, jeden Tag welke Blätter auf die Stufen hinuntergeweht wurden. Das, fand sie, sah unordentlich aus, sagt Vitale.«
Cocorullo trommelte ungeduldig mit seinen knochigen Fingern auf der Schreibtischplatte, doch Fusco war entschlossen, sich auf keinen Fall aus der Ruhe bringen zu lassen.
»Unter den Mörtelstückchen, die am Boden lagen«, fuhr er betont langsam fort, »sind uns rote Glassplitter aufgefallen, und genau solche Glassplitter haben wir auch in der beschädigten Mauerstelle gefunden.«
Er öffnete eine kleine Schachtel, die er der Aktentasche entnommen hatte und hielt sie Cocorullo hin. Dieser warf einen kurzen Blick auf den Inhalt.
»Ein paar Glassplitter und Kalkstaub, viel ist das nicht gerade«, bemerkte er geringschätzig.
»Wir haben außerdem, sowohl auf dem Absatz als auf dem unteren Stufenteil, Blutspuren festgestellt, die auf dem schwarzen, porösen Tuffstein bei der ersten Untersuchung niemand bemerkt hatte. Allem Anschein nach hat sich Lady Penrose auf dem Treppenabsatz befunden, als sie sich verletzt hatte ... oder verletzt wurde.«
Der Amtsrichter nahm den Kneifer ab und massierte seine Nasenwurzel. »Wie ich Ihnen gestern am Telefon sagte: wir hätten lieber die polizia scientifica aus Neapel kommen lassen sollen.«
»Die hätte auch nicht mehr gefunden.«
»Das bleibt dahingestellt.«
Fusco verzichtete auf eine Entgegnung; wortlos legte er ihm die Abschriften der Verhöre von Diana Nicholls, Alfonso, Totò Arcucci, Benito Vitale, Steigleder und Plattenberg vor.

Der Amtsrichter las langsam; ab und zu nahm er einen kleinen Inhalationsapparat aus dem Schubfach und atmete einige Züge Eukalyptusessenz ein. Fusco ließ gelangweilt seinen Blick wandern und wünschte sich einen espresso. Daß der Raum öde war mit den staubigen Möbeln, den Spinnweben an der Decke, den Bücherregalen voll juristischer Werke, alle gleich in schwarzem Imitationsleder eingebunden, bemerkte er nicht mehr; er kannte zu viele solcher Amtszimmer. Schönheit und Rechtspflege mußten konträre Elemente sein. Sein Blick verharrte einige Sekunden auf der Gipsstatue der Justicia, die einen gewaltigen Band »Lex Romana« an ihren entblößten Busen drückte. Bei der Gerechtigkeit hatte selbst das Dekolleté nichts Reizvolles.
Cocorullo schob ihm den Stoß Protokollbögen wieder zu.
»Warum ist Lady Penrose Ihrer Meinung nach umgebracht worden?«
»Wenn ich das wüßte oder wenigstens einen begründeten Verdacht hätte, wäre ich ein gutes Stück weiter. Feinde hatte sie keine, soviel ich weiß. Um einen Raubmord handelt es sich auch nicht, denn der Schreibtisch, in dem sie ihre Wertpapiere, einige Schmuckstücke und eine kleine Summe flüssiges Geld aufbewahrte, war unangetastet...«
»Außer der von Fräulein Nicholls entwendeten Summe.«
»Ja schon, aber die hatte sie bereits am Morgen an ihren Bruder abgeschickt und, wie aus dem Telegramm klar hervorgeht, sollte der Betrag Lady Penrose zurückerstattet werden.«
»Das geht gar nicht klar daraus hervor! ›Verkaufe die Obligationen nicht‹, heißt nicht ›Gib sie sofort zurück‹. Außerdem: was hat die junge Dame von sieben bis neun Uhr abends gemacht? De Gregorio hat ihr Alibi abgestritten.«

»Man müßte erst herausfinden, wie weit De Gregorio die Wahrheit sagt.«
»Ja, auch das, vorläufig scheint mir aber Fräulein Nicholls weit belasteter. Daß De Gregorio nicht des Mordes an Lady Penrose verdächtigt werden kann, liegt auf der Hand; was sich von der Nichte nicht behaupten läßt. Sie ist moralisch schon verurteilbar, weil sie das Vertrauen der alten Dame mißbraucht und sich unrechtmäßig Geld angeeignet hat.«
»Ja, das war zumindest äußerst leichtsinnig, aber sie deshalb des Mordes beschuldigen, scheint mir reichlich verfrüht.«
»Was heißt verfrüht, eine solche Möglichkeit muß man gleich ins Auge fassen. De Gregorio streitet ihr Alibi ab. Nehmen wir also an, sie sei um sieben Uhr nach Hause zurückgekehrt – womöglich noch früher, wenn die halbe Stunde in der Kirche ebenfalls nicht stimmt, was gut sein kann, da sie keinerlei Zeugen für ihre Anwesenheit in der Kirche aufweisen kann, und De Gregorio auch nicht genau angibt, wann er sie vor seinem Hauseingang getroffen hat. Nehmen wir also an, daß sie schon um halb sieben wieder in der Villa Maja war und ihrer Tante im Garten begegnet ist. Beide Frauen waren noch von der Auseinandersetzung am Nachmittag aufgebracht, Lady Penrose wird ihre Beschuldigungen wiederholt haben, und die Nichte, zutiefst beleidigt und kopflos vor Zorn, hat sie daraufhin im Affekt umgebracht. Am nächsten Morgen hat sie dann das Theater mit der Auffindung der Leiche inszeniert. Das könnte durchaus möglich sein.«
»Könnte, ist aber nicht.«
»Wenn Sie dessen so sicher sind, müssen Sie etwas Besseres wissen, was nicht der Fall zu sein scheint.«
Cocorullo zog eine kleine Dose aus der Tasche und steckte erst eine gelbe und dann eine rote Pille in den Mund.

Alte Giftpille, dachte Fusco, ich will einen espresso.
»Allerdings, wenn man von Fräulein Nicholls absieht, ist auch dieser Arcucci erheblich belastet. Wo war er am Dienstag nachmittag? Auf Fischfang ausnahmsweise mal nicht.«
Fusco zündete sich eine Zigarette an und schwieg; Cocorullo war das auch lieber, denn seit jeher hörte er lieber sich selbst zu als anderen.
»Man kann ihn nicht als Feind von Lady Penrose bezeichnen«, fuhr er fort, »aber daß er gern ihrem Begräbnis beigewohnt hätte, weiß jedes Kind auf Capri.«
»Gewiß, immerhin von dem innigen Wunsch, sie möge ins Jenseits hinübergehen, bis zu dem Entschluß, sie mit Vorbedacht selbst dorthin zu befördern, ist es ein weiter Weg.«
»Es braucht ja gar nicht mit Vorbedacht gewesen zu sein. Nehmen wir an, er habe sie Dienstag nachmittag aufgesucht – warum sollte er nicht der unbekannte Besucher sein, von dem dieser Plattenberg redet? – und er hätte mit ihr verhandeln wollen, beispielsweise kann er ihr vorgeschlagen haben, in eine andere Wohnung zu ziehen, damit er, wie ihm seit Jahren vorschwebt, die Villa Maja als Hotel umbauen kann. Lady Penrose wird sich entschieden geweigert haben, möglicherweise hat sie ihn hochmütig aus dem Haus gewiesen: ›Solange ich lebe, bestimme ich über diesen Besitz!‹ Daraufhin hat Arcucci sie in einem Wutanfall umgebracht. Was halten Sie von dieser Ansicht?«
»Nichts.« Eine gewisse perfide Phantasie war dem Amtsrichter nicht abzusprechen.
»Seit dem Mord sind genau zwei Tage verstrichen...« Cocorullo wurde von einem Hustenanfall unterbrochen. »Ich würde es sehr schätzen, wenn Sie in diesem Amtszimmer aufs Rauchen verzichten könnten«, bemerkte er sauer, als er wie-

der Atem hatte. »Seit dem Mord sind, wie gesagt, zwei Tage vergangen. Sie haben alle möglichen Leute verhört und das Gelände abgesucht, würden Sie deshalb so freundlich sein, mir mitzuteilen, welcher Ansicht Sie denn sind?«
»Gar keiner, vorläufig.«
Cocorullo nahm den Kneifer ab und massierte nervös die Nasenwurzel. »Da wäre noch der Gärtner, dieser Benito Vitale, auch so ein verdächtiger Bursche. Man hat ihn mehrmals beim Zigarettenschmuggel ertappt und sonst noch auf allerlei krummen Wegen. Wenn ich nicht irre, hat er auch eine Zeitlang gesessen...«
»Und gleich als er wieder herausgekommen ist, hat Lady Penrose ihn angestellt, um ihm ihr Vertrauen zu beweisen. Sie hat ihn in fünf Jahren zum Gärtner ausgebildet.«
»Das will nicht besagen, daß er nichts mit dem Mord zu tun hat. Viele beißen die Hand, die sie streichelt!«
»Sein Alibi für Dienstag nachmittag ist jedenfalls einwandfrei. Die Frau des Straßenkehrers Stinga in Anacapri, Esposito von der Bar an der Grande Marina, die Leute vom Steueramt, De Tommaso, alle haben seine Aussage bestätigt.«
»Das war zu erwarten«, bemerkte Cocorullo, »Burschen wie er sind zu gewieft, um sich gleich schnappen zu lassen.«
Wenn ich jetzt nicht gehe, erklärt er mir, wie Vitale ebenfalls in einem Zornausbruch Lady Penrose umgebracht hat, dachte Fusco und erhob sich rasch.
»Brechen wir für heute die Unterredung ab, giudice, ich habe noch dringend im Kommissariat zu tun.«
»Wie Sie wollen, commissario. Morgen findet die Beerdigung statt, habe ich gehört.«
»Ja, um halb elf Uhr. Ich werde Sie über die weiteren Entwicklungen auf dem laufenden halten.«

Cocorullo begleitete Fusco bis zur Tür. »Wie ich Ihnen gestern am Telefon sagte, wir hätten lieber die polizia scientifica aus Neapel kommen lassen sollen. Jetzt ist es dafür zu spät.«
»Ja, das ist es wohl«, gab Fusco zu und bezwang seinen Widerwillen, während er, sich verabschiedend, die hingehaltene feuchtkalte Hand des Amtsrichters ergriff.

Im Vorraum des Kommissariats saß ein Herr, der sich erhob, als Fusco eintrat.
»Gestatten Sie, Piero Panini von der ›Tribuna di Napoli‹. Ich möchte Sie zu dem Fall Penrose interviewen, commissario.«
»Was möchten Sie wissen?«
»Alles.«
»Ich auch!«
Fusco schlug mit Nachdruck die Tür hinter sich zu.

7

Der Fremdenfriedhof von Capri ist eigenartig, verwunschen und reizvoll. Die Instandhaltung läßt zu wünschen übrig, doch das hat seine Gründe und läßt sich nicht so leicht ändern. Auf den Wegen sprießen Moos und Unkraut; bei einigen Gräbern hat der Boden nachgegeben, und die Grabplatten sind eingesunken. Der Grünspan hat die Bronzeengel angenagt, und die schmiedeeisernen Topfständer sind vom Rost zerfressen. Viele der älteren Namenstafeln sind unleserlich; bei den Grabhügeln, die seit Jahren keine menschliche Hand mehr pflegt, hat die Inselflora spontan auf ihre Weise die Aufgabe übernommen und schmückt sie im Herbst mit Alpenveilchen, im Winter mit Farnkräutern, im Sommer mit Gänseblümchen und das ganze Jahr hindurch mit Efeu und Nachtschatten. Ein schwedischer Botaniker hat sogar eine kleine, gelehrte Monographie dazu verfaßt: »Über den Endemismus der Mittelmeerflora auf dem Fremdenfriedhof auf Capri.«

Von dem Fremdenfriedhof hat man einen herrlichen Blick auf den Golf von Neapel, von Ischia bis zur Spitze der sorrentinischen Halbinsel.

Oberhalb befindet sich der großen katholische Friedhof, in dem, in ordentlicher sepulchraler Banalität, die toten Capresen ruhen. Dort ist alles blendendweißer Marmor, Kunststoffblumen, und sogar die Ewigen Lichter funktionieren jetzt elektrisch und sauber. Um diesen Friedhof kümmern sich die Angehörigen der Verstorbenen, das Patronat der »Töchter des hl. Vinzenz«, der Pfarrer mit dem Domkapitel und der Bürgermeister mit der Gemeindekasse. Wer sich um den verwahrlosten Fremdenfriedhof zu kümmern hat, ist lange umstritten worden und auch jetzt nicht ganz geklärt.

Angehörige haben viele der Begrabenen seit Jahrzehnten nicht mehr; auch die sind verstorben oder weit in der Welt verstreut.

Der Inselpfarrer will nichts mit diesem Friedhof zu tun haben, weil dort keine katholischen Seelen wohnen; manche waren protestantisch oder jüdisch, andere sogar ohne jedes Glaubensetikett und gehören folglich nicht in seine Domäne. Das gleiche konfessionelle Hindernis hält ebenfalls »die Töchter des hl. Vizenz« ab, ihre Wohltätigkeit auch auf die heimatlosen Toten zu erstrecken. Da es sich um Ausländer handelt, hatte der Bürgermeister ebenfalls gute Gründe, die nur für Capresen bestimmte Gemeindekasse nicht mit neuen Spesen zu belasten.

Schließlich wurde vorgeschlagen, die Konsulate in Neapel sollten, je nach Anzahl der verstorbenen Landsleute, die Kosten der Instandhaltung des Friedhofs übernehmen. Dieser Vorschlag stieß sofort auf Schwierigkeiten, denn von manchen Ländern gab es zwar noch die Toten, aber keine Konsu-

late mehr, wie beispielsweise bei dem litauischen Ehepaar, das rechts vom Eingang bestattet liegt, oder dem estnischen Maler, der vor dem Kriege mit seiner Palette bei dem Pizzolungo ins Meer stürzte. Auch was die russische Fürstin, ihre Tochter und sieben weitere Weißrussen anbetraf, deren verwahrloste Gräber dringend eine Ausbesserung benötigt hätten, sah jeder ein, daß sich das sowjetrussische Konsulat kaum dafür verantwortlich fühlen würde.
Eine Zählung der Toten nach ihrer Nationalität wurde jedoch ausgeführt, und dabei kam heraus, daß die bei weitem größte Anzahl der Verstorbenen zu ziemlich gleichen Teilen deutscher und englischer Staatsangehörigkeit waren.
Der deutsche Konsul erklärte sich bereit, die Hälfte der Instandhaltungskosten zu bestreiten, wenn sein englischer Kollege für die andere Hälfte aufkam. Dieser entgegnete jedoch bedauernd, zu seinem Leidwesen sei das nicht in seiner Macht, da sich der englische Staat nicht um die Verwaltung von Friedhöfen kümmert, nicht im eigenen Land und desto weniger anderswo.
So blieb alles beim alten. Nach jedem Wintersturm rutschten die Grabplatten etwas tiefer in das aufgeweichte Erdreich; der Regen verwusch die Namen; Wind und Sonne zernagten und verbrannten die hölzernen Kreuze; Flechten, Farnkräuter und Schlingpflanzen umwucherten das Gestein.
Wie so oft in international verwickelten Angelegenheiten, zeigte die Schweiz auch in der prekären Situation des capresischen Fremdenfriedhofs ihre in vierhundertfünfzig Friedensjahren herangezüchtete humanitäre Veranlagung. Der Schweiz, die keine Kriege führt, verdankt man das Rote Kreuz, und es war wiederum die Schweiz, obwohl sie bislang keinen eidgenössischen Toten in dem Fremdenfriedhof

von Capri aufzuweisen hatte, die in Gestalt von Fräulein Käthe Reuchlin nicht die Instandhaltung, was über ihre materiellen Kräfte gewesen wäre, aber die Verwaltung, die Buchführung und die Repräsentationspflichten übernahm.
Käthe Reuchlin, die freiwillig diese Aufgabe erwählt hatte, war ein zierliches, grauhaariges Fräulein, das seit einigen Jahrzehnten auf Capri lebte und nach dem Tode ihres Vaters die Führung des kleinen Antiquitätenladens in der Via Camerelle übernommen hatte.
Mit Energie packte sie die selbstauferlegte neue Pflicht an. Wenn sie auch mit ihren schwachen Kräften wenig an dem äußeren Verfall ändern konnte, so machte sie sich doch sehr verdient, indem sie eine Bilanz der verworrenen Zustände aufstellte, unentwegt als neutrale Macht mit dem deutschen und englischen Konsul verhandelte, um sie zu einer Zusammenarbeit zu bewegen, und ein übersichtliches Register führte. In dem Register verzeichnete sie die noch verfügbaren Grabstellen und versah sie, je nach der Lage, mit einem Preis (die Plätze in dem unteren Teil hatten die beste Aussicht und waren daher erheblich teurer). Sie arbeitete eine Liste der besonders schadhaften Gräber aus, fahndete mit einer weitverzweigten Korrespondenz nach noch lebenden Angehörigen und sandte ihnen Kostenanschläge für die zu machenden Reparaturen, die allerdings nur selten mit einer Geldanweisung beantwortet wurden.
Sie behielt die spärliche, auf Capri ansässige Fremdenkolonie wachsam im Auge, besonders die älteren, kränklichen Mitglieder, und hatte es sogar fertiggebracht, ein kleines Komitee zu ernennen, »die Freunde des Fremdenfriedhofs«, das zweimal jährlich in ihrer Wohnung zusammenkam, um bei Kaffee und Kuchen die dringendsten Probleme zu erörtern.

Jeden neuen Wahlcapresen begrüßte sie freudig, war er doch ein potentieller Leichnam, der im Fremdenfriedhof seine letzte Zuflucht finden würde. Leider hatte sie in ihrer selbstlosen Aufgabe oft genug Ärger mit den auf der Insel ansässigen Ausländern. So hatte es sie sehr empört, als die alte, schwerreiche Penelope Polling im vorigen Jahr ganz unerwartet zu ihren Verwandten nach Kalifornien gezogen war. Daß man den größten Teil seines Lebens auf Capri verbringt und dann knapp vor dem Tode die Insel verläßt, empfand sie als unfair.

Auch mit dem eleganten Monsieur André Dumont war ihr eine bittere Enttäuschung zuteil geworden: nachdem er zwanzig Jahre auf Capri in Saus und Braus gelebt hatte, war er mit einem Pistolenschuß ins Jenseits hinübergegangen, ohne auch nur einen einzigen Franc zu hinterlassen. Es hatte lange gedauert, bis sie bei dem französischen Konsulat, dem Institut Français und durch Spenden von Landsleuten des Verstorbenen die nötige Summe für eine Grabstelle in der niedrigsten Preislage zusammengekratzt hatte.

Doch auch Enttäuschungen minderten nicht den Eifer und die Hingabe des rührigen Fräuleins. Sie, die in ihrem einsamen Leben nie eine verwandte Seele gefunden hatte, war jetzt in reifen Jahren die Verwalterin aller auf Capri dahingeschiedenen Seelen der Fremdenkolonie geworden.

Um die magere Kasse zu bereichern, hatte sie im letzten Frühjahr ein Konzert veranstaltet (»Die Kindertotenlieder« von Mahler; »Requiem« von Mozart; »La Marche Funèbre« von Berlioz), und das Publikum hatte seine Beiträge in eine antike römische Urne gelegt, die sie sich von ihrem Antiquitätenladen ausgeliehen hatte.

Ihre Bekannten machten sich manchmal über sie lustig und

behaupteten, Fräulein Reuchlin plane eine internationale Werbekampagne für Capri mit dem Slogan: »Verlebt eure Ferien, wo ihr wollt – verbringt euren Tod auf Capri!« und habe einen Prospekt im Vierfarbendruck herstellen lassen, auf dem man sich, je nach Wunsch, eine Grabstelle neben einem englischen Schriftsteller, einem österreichischen Baron, einer russischen Tänzerin, mit Blick auf das Meer oder sehr windgeschützt an der Grenzmauer auswählen konnte.
Doch das war natürlich Unsinn, den man nicht glauben sollte.

Carmine Strena hatte die Bestattungserlaubnis von der Gemeinde abgeholt; der gestern bestellte Sarg aus Kastanienholz war fertig und zum Friedhof gebracht worden. Annina und Diana hatten Lady Penrose gekämmt und mit einem langen Nachthemd bekleidet hineingebettet.
Bevor der Deckel auf den Sarg genagelt wurde, legten sie der Toten ein Sträußchen wilde Blumen, Steinsamen, Alpenveilchen und Erdorchideen, auf die gekreuzten Hände.
Um halb elf Uhr war alles bereit. Fräulein Reuchlin in ihrer doppelten Würde als beste Freundin der Verstorbenen und als Verwalterin des Fremdenfriedhofs war schon eine Stunde früher gekommen, um nach dem Rechten zu sehen und die Honneurs zu machen. Sie war, der Situation gemäß, in schwarzen Krepp gekleidet und empfing die Ankommenden am Eisengitter, dem Eingang zum Friedhof. Jedem drückte sie stumm die Hand. Erst als der anglikanische Geistliche erschien, verließ sie ihren Posten, um ihn in die offene Totenhalle zu begleiten, wo der Sarg auf einem Steinsockel stand.
Der geistliche Herr sah ganz so aus, wie sich die meisten aus

englischen Gesellschaftsromanen her einen anglikanischen Seelsorger vorstellen: groß, weißhaarig, mit roter Gesichtsfarbe und von der Gicht behinderten Bewegungen. Er reichte Diana steif die Hand, sprach ihr sein tiefes Beileid aus und wie der Verlust auch ihn schwer träfe, der er doch Lady Penrose gekannt und sehr geschätzt habe.

In der Feriengarderobe von Steigleder und Madeleine Léger war nichts einer Beerdigung Entsprechendes vorgesehen worden; so hatte sich Steigleder für seinen silbergrauen Reiseanzug und Fräulein Léger, trotz des sonnigen Morgens, für ihren blauen Regenmantel entschließen müssen. Auch Diana konnte keine ernstere Bekleidung als das meergrüne Kostüm aufweisen, mit dem sie angekommen war; Annina hatte ihr jedoch einen schwarzen Schleier geliehen, der sich auf ihrem hellen Haar mehr hübsch als trauervoll ausnahm.

Annina und Carmine, die beide eine weitverzweigte Familie besaßen, von denen fast jährlich ein näher oder weiter verwandtes Mitglied das Zeitliche segnete, waren um Trauerkleidung nicht verlegen. Auch die beiden verheirateten Töchter waren schwarzgewandet zugegen.

Es hatten sich bereits viele Leute versammelt, und andere drängten noch durch das geöffnete, schmiedeeiserne Gitter. Die ganze Capreser Fremdenkolonie, einschließlich Anacapri und Grande Marina, hatte sich eingefunden.

Rüdiger von Plattenberg trug einen schwarzen Anzug, der im Sonnenlicht grünlich schimmerte; dazu das gewohnte Schuhwerk, die Tennisschuhe. Jan Franco, der deutsche Schriftsteller, der oberhalb von Via del Belvedere wohnte, hatte äußerlich keine Umstände gemacht; Trauer trug er nur im Gesicht. Er war seit langem mit Lady Penrose befreundet gewesen, sie hatten Pflanzensamen und Ansichten getauscht, und ihr Hingang berührte ihn schmerzlich. Zwei alte Schweden waren aus Anacapri heruntergekommen und auch der pensionierte österreichische Oberst Wegener, der hoch oben am Monte Solaro hauste. Das holländische Ehepaar (er ein Plantagenbesitzer auf Sumatra, als Holland noch Kolonien besaß), das am Tiberiusberg wohnte, war mit den beiden Schwestern Thompson und Claude Jongen erschienen (Claude Jongen, ehemaliger Exportkaufmann im Kongo, als Belgien noch Kolonien besaß). Alle waren sie zugegen, sogar der alte dänische Archäologe, dem kürzlich ein Bein amputiert worden war.

Man begrüßte sich in vielen Sprachen mit gedämpfter Stimme.

Auch die Capresen waren zahlreich. Viele waren aus Neugier gekommen; die anderen, weil sie für Lady Penrose gearbeitet hatten und ihr Anhänglichkeit bewahrten oder ihr sonst aus Dankbarkeit das letzte Geleit geben wollten.

Benito Vitale hatte sich von seinem Schwager einen dunklen Anzug ausgeliehen; er hatte einen schönen Kranz geflochten, ganz aus Arbutus und Lithospermum, zwei wilde Capripflanzen, die Lady Penrose besonders lieb gewesen waren.

Alfonso, der Aufseher der Villa Solitude, fühlte sich als unmittelbarer Nachbar der Verstorbenen ebenfalls zu dem engeren Kreis der Leidtragenden gehörig und hatte sich als Trauerbeweis eine schwarze Krawatte umgebunden.

Steigleder, der zwischen Fräulein Léger und Jan Franco stand, übersah prüfend die Ansammlung.

»Wahrscheinlich ist der Mörder unter uns. Wie der Mörder bekanntlich immer zum Tatort zurückkehrt, so ...« Er unterbrach sich, weil Plattenberg herantrat und sich stumm grüßend neben Jan Franco aufstellte.

Fräulein Reuchlin sah auf die Uhr. Man hatte bereits eine halbe Stunde Verspätung, was für eine auf italienischem Boden stattfindende Beerdigung immerhin noch ganz pünktlich war. Sie besprach sich flüsternd mit dem Geistlichen, dieser hob daraufhin den Arm, wie zu einem schweigenden Auftakt, und Carmine Strena, Benito Vitale, Alfonso und der Friedhofswärter nahmen den Sarg auf die Schultern. Langsam schritten sie, von allen gefolgt, die Stufen zum unteren Teil des Fremdenfriedhofs hinunter.
Lady Penrose hatte schon zur Zeit, als ihr Mann starb, ein geräumiges Grab gekauft, in dem auch der Platz für sie vorgesehen war, zur rechten Seite des Botschafters. Der Grabstein aus schwarzem Marmor war ebenfalls für beide bestimmt und nahm die ganze Breite der beiden Gräber ein, so daß sie wie ein Doppelbett mit marmornem Kopfende aussahen.
Neben der Inschrift: Sir Horace Penrose, 1865–1935, war ein freier Platz für die zweite Grabinschrift und darunter, von einem Ende des Steines zum anderen, ein Vers: »O thou, soul of my soul! I shall clasp thee again and with God be the rest!«
Steigleder stieß Fräulein Léger an:
»Was heißt das auf deutsch?«
»›Oh, Seele meiner Seele! Ich werde dich wieder umfangen und alles übrige sei mit Gott!‹ aus einem Gedicht von Browning.«
»Sehr sinnig. Haben Sie gemerkt, Totò Arcucci ist nicht anwesend!«
»Kann er auch nicht. Er ist seit gestern verhaftet.«
»Was?! Und das sagen Sie mir erst jetzt?«
»Schschschsch...«, machte Fräulein Reuchlin und sah miß-

billigend zu ihnen hinüber. Sie hatte Diana, wie es das nur ihr bekannte Begräbnisprotokoll vorschrieb, zur rechten Seite des Seelsorgers placiert. Diana zog den Schleier über die Augen, weil die Sonne sie blendete und auch, um weniger den neugierig auf sie gerichteten Blicken ausgesetzt zu sein. Das feine schwarze Netz war ein Schutz und ermöglichte ihr, doch alle Anwesenden zu sehen. Sie suchte die Versammlung einzeln ab. Giulio De Gregorio war nicht da, kein Zweifel, sonst hätte sie ihn gleich herausgefunden. Er gehörte nicht zu den Menschen, die sich im Schatten verkrümeln.

Der Sarg war in das offene Grab gesenkt worden; der Geistliche trat jetzt an den Rand der Grube, schlug ein Buch auf und begann sehr langsam mit salbungsvoller Stimme zu lesen:

»Dust to dust, ashes to ashes...« Es war, als ob er die Worte erst eine Weile im Mund behielt, um sie auszukosten, bevor er sie entließ. Nur wenige verstanden, was er vorlas, oder schienen ihm zu folgen. Jan Franco und Fräulein Léger ließen ihre Blicke über den in zarten Farbtönen leuchtenden Golf schweifen; Plattenberg sah starr auf die Spitzen seiner Tennisschuhe; Diana hielt den Kopf gesenkt, und der schwarze Schleier verbarg ihr Gesicht vollkommen. Die Capresen tuschelten miteinander, und Steigleder beobachtete forschend die Versammlung. Nur Fräulein Reuchlin war ganz bei der Sache; wie eine pflichtbewußte Gastgeberin, die auch dem langweiligsten Vortrag eines Gastes mit Aufmerksamkeit zu folgen hat, begleitete sie kopfnickend und angespannt die Worte des Predigers.

»Da ist auch dottore Della Valle!« flüsterte Steigleder aufgeregt Fräulein Léger zu. »Der muß heute morgen angekommen sein. Bestimmt wird ihn der commissario benachrichtigt

haben wegen der Seite der ›Prawda‹, wissen Sie, die ich ihm gebracht habe!«
Sie zog es vor, sich dieses Mal nicht auf ein Gespräch einzulassen.
Der anglikanische Geistliche hatte aufgehört zu lesen, sein Buch geschlossen und es Fräulein Reuchlin übergeben.
Er faltete die Hände und holte tief Atem.
»My dear Brethren...«, begann er. Es war still geworden, und alle blickten erwartungsvoll auf ihn. Nur Steigleder, der jenseits der Friedhofsmauer ein Geräusch vernommen hatte, sah stirnrunzelnd in das Geäst hinüber. Das an den Friedhof grenzende Land war mit Zitronenbäumen bepflanzt und in einem der Bäume, dessen Zweige über die Mauer ragten, entdeckte er, zwischen dem dunklen Laub und reifen Früchten, Domenico, der von dort oben vergnügt auf die Versammlung herunterblickte.
Man konnte schon von Glück reden, wenn sich der Schlingel nicht seine Schleuder mitgebracht hatte, um Reiskörner auf die Anwesenden zu schießen, dachte Steigleder schmunzelnd, na ja, Jungen müssen so sein.
Auch Carmine Strena mußte inzwischen seinen Sohn entdeckt haben, denn er fixierte mit drohender Miene die Baumkrone.
Nach der Anrede hatte der Geistliche eine kurze Pause gemacht und sinnend auf die Bahre hinuntergeblickt, bevor er anhob:
»You will ask youself, why God, the Almighty...«
»Was sagt er?« fragte Steigleder und stubste Jan Franco an.
»Ihr werdet euch fragen«, übersetzte dieser flüsternd, »warum Gott, der Allmächtige, seine Tochter Hermione Penrose zu sich gerufen und aus unserer Mitte gerissen hat. Klaget

nicht, meine Freunde, Er hat ihr einen sanften Tod beschieden ...«

»Sanften Tod finde ich ja gut!« sagte Steigleder.

»... denn ihre Lebensbahn war durchschritten. Es war ein langes, ehrenwertes Leben, das in einem friedlichen Ende auf dieser schönen Insel, inmitten ihrer Freunde und Blumen, seine Vollendung gefunden hat. Denn Gott in Seiner unendlichen Güte weiß ...«

»Was dieser Herr dort hingegen nicht zu wissen scheint, ist, wie Lady Penrose gestorben ist ...« murmelte Steigleder perplex.

»... in Seiner unendlichen Güte weiß die Seinen zu belohnen und hat Seine Tochter liebevoll zu sich geholt ...« Jan Franco unterbrach seine Übersetzung. »Na, liebevoll ist ein Messerstich kaum zu nennen, und als Belohnung kann man das auch nicht ansprechen! Der alte Herr scheint tatsächlich nichts von den wirklichen Umständen zu wissen, niemand wird ihn aufgeklärt haben, und jetzt betet er seine Trauerrede nach Schema F herunter.«

Doch außer Steigleder, Jan Franco und Madeleine Léger schien niemand etwas gemerkt zu haben, denn wie das bei Trauerreden leider oft der Fall ist, hing jeder seinen eigenen Gedanken nach und wünschte sich nur, daß die Ansprache sehr kurz sein möge.

Als der Geistliche seine Grabrede beendet hatte und eine Handvoll Erde auf den Sarg warf, die dumpf aufschlug, kam Bewegung in die Menge; alle drängten sich an die Grube, um gleichfalls ein wenig Erde hineinzustreuen, auch der amputierte dänische Archäologe ließ sich heranführen. Dann schaufelten Benito und der Friedhofswärter das Grab zu, und auf den Hügel wurden die Kränze und Sträuße gelegt.

Es folgte ein Augenblick Unschlüssigkeit. Die Ausländer blickten abschiednehmend auf das bunte Beet, unter dem ihre Freundin nun für immer verschwunden lag; die Capresen schlugen verlegen ein Kreuz, denn ein Grab war immer ein Grab, auch wenn dieser kein richtiger Friedhof war wie ihr katholischer oben.

Der geistliche Herr hob noch einmal den Arm, dieses Mal als Auftakt zum Abgang. Von Fräulein Reuchlin geleitet, stieg er die Stufen zum Ausgang hinauf, und alle anderen schlossen sich ihm in einer etwas wirren Prozession an.

»Der englische Priester bleibt natürlich bei uns zum Mittagessen«, flüsterte Annina Diana ins Ohr, »meinen Sie, wir müßten auch signorina Reuchlin einladen?«

»Ja, wir müssen sie mindestens dazu auffordern, sie hat sich so große Mühe gegeben mit der Beerdigung.«

Am Eisengitter stauten sich alle Anwesenden, um Diana noch einmal die Hand zu drücken; danach verliefen sich die Capresen rasch in kleinen Gruppen; die Mitglieder der Fremdenkolonie hingegen blieben eine Weile am Ausgang stehen, um sich gegenseitig zu begrüßen und zu verabreden. Capri war zwar klein, aber es kamen doch selten alle zusammen wie heute, und diese Gelegenheit wollte man nicht ungenutzt lassen.

Jan Franco und Madeleine Léger schlugen die Fahrstraße ein, die von dem Friedhof zur Via del Belvedere führte. Nach der ersten Kurve stießen sie auf Plattenberg; er war neben der Straßenmauer stehengeblieben und hielt beide Hände auf den Brustkasten gepreßt.

»Herr von Plattenberg, wir haben uns auch lange nicht mehr gesehen! Ich gehe selten aus und nehme an, daß auch Sie von Ihrer Arbeit zu sehr in Anspruch genommen sind, um den gesellschaftlichen Verkehr zu pflegen«, sagte Jan Franco, die etwas gespreizte Ausdrucksweise des Barons nachahmend. Doch er bereute sofort seinen Spaß. Die gewöhnlich abweisende Miene Plattenbergs sah seltsam hilflos aus; seine Züge verzerrten sich schmerzlich, das Monokel fiel ihm aus dem Auge und hing baumelnd an der Seidenschnur.

»Ist Ihnen nicht wohl?« fragte Jan Franco besorgt.

»Ein Anfall meiner Angina... Anstrengung und Aufregung setzen mir sehr zu...«, brachte er keuchend hervor.

»Ich werde Sie nach Hause begleiten«, bot Madeleine Léger an.

Er schüttelte heftig den Kopf. »Danke. Es geht schon besser...« Er setzte sich auf die niedrige Straßenmauer. »Ich werde mich hier eine Weile ausruhen. Gehen Sie ruhig...«, ungeduldig wiederholte er: »Gehen Sie weiter! Allein komme ich schneller darüber hinweg...«

»Armer Kerl«, bemerkte Jan Franco, während sie sich entfernten. »Er kann es nicht leiden, daß man ihn im Armenhaus weiß und dort aufsucht. Einmal hat er mich von der Tür gewiesen, als ich, bei der Villa Caritas vorbeikommend, ein Buch für ihn abgeben wollte. ›Man kommt nicht so hereingeschneit, bei uns zu Hause gehört sich das nicht!‹ Er zählt zu den Leuten, die einen immer ein wenig erziehen müssen. Solchen Menschen ist schlecht zu helfen.«

Diana stand noch am Eisengitter des Friedhofs. Sie sah blaß und müde aus und wünschte, nicht mehr den teils neugierigen, teils mitfühlenden Blicken ausgesetzt sein zu müssen. Einige der Bekannten ihrer Tante hatten sie ausgesprochen mißtrauisch gemustert, und die Beileidsworte waren in ihrer Doppelsinnigkeit verletzend gewesen:

»Wir können uns denken, wie Ihnen zumute sein muß; hof-

fentlich wird alles recht bald geklärt...« und: »Daß Sie nun gerade angekommen sind, nach zweijähriger Abwesenheit, und dieses Schreckliche miterleben mußten!«
Vielleicht meinten sie es gar nicht böse, und sie bildete es sich in ihrer Überempfindlichkeit nur ein... Sie nahm den Schleier ab, als ein unbekannter Herr auf sie zutrat.
»Signorina Nicholls?« Er verbeugte sich. »Mein Name ist Livio Della Valle.«
»Ah, Sie waren der Mieter meiner Tante?«
»Ja. Ich habe Lady Penrose nicht sehr lange gekannt, aber genug, um ihren wunderbaren Charakter schätzenzulernen. Ich möchte Ihnen mein tiefes Beileid zu diesem Verlust ausdrücken.«
Sie sah das aufrichtig betrübte Gesicht von Della Valle verschwommen vor sich, denn zum erstenmal, seit dem Tod ihrer Tante, waren ihr die Tränen in die Augen gestiegen.
»Grazie, molto gentile«, murmelte sie verwirrt.
Der maresciallo Musdeci näherte sich Della Valle.
»Scusi se disturbo, der commissario Dr. Fusco erwartet Sie in der Villa Maja.«
»Ich komme sofort.« Zu Diana gewandt, setzte er hinzu:
»Wir sehen uns später, signorina Nicholls. Ich wohne vorläufig auch bei Strena.«

Fusco erwartete Della Valle auf der Terrasse der Villa Maja; zusammen traten sie in das Wohnzimmer.
»Ich habe Sie gebeten, nach Capri zu kommen, weil Sie mir vielleicht einige Aufklärungen geben können. Wie Sie wissen, ist Lady Penrose allem Anschein nach gewalttätig ums Leben gekommen.«

»Ja, man hat es mir vorhin auf dem Dampfer gesagt.«
»Sie haben sie in den letzten Jahren gekannt. Wissen Sie, ob die alte Dame Feinde hatte?«
»Nein. Sie war ein ausgesprochen energischer Charakter und sagte bestimmt jedem ihre ungeschminkte Ansicht, aber verfeindet hat sie sich mit keinem, soviel ich weiß.«
»Sie verwahrte ihre Wertsachen in diesem Schreibtisch; außer einem Umschlag mit Staatsanleihen, über deren Verbleib wir unterrichtet sind, scheint nichts zu fehlen, wie auch aus einer von Lady Penrose gemachten Aufstellung hervorgeht. Sowohl die Nichte wie Annina Strena behaupten, daß in diesem Raum ebenfalls alles an seinem gewohnten Platz ist. Haben Sie auch diesen Eindruck?«
Della Valle ging langsam durch das Zimmer und sah sich aufmerksam um.
»Ich bin mehrmals hiergewesen. Lady Penrose forderte mich häufig auf, eine Tasse Tee bei ihr zu trinken. Als Italiener bin ich kein Freund von Tee...«
»Ja, Tee...«, sagte Fusco verständnisvoll. »In Neapel nennen wir dieses Getränk ›sciacquapanza‹...«
»Bauchspüler«, wiederholte Della Valle belustigt. »Den Tee habe ich gewöhnlich abgelehnt, aber unterhalten haben wir uns oft in diesem Raum.«
»Und er kommt Ihnen unverändert vor?«
»Ja, mir scheint, es ist alles so, wie ich es in Erinnerung habe, allerdings sind die Gegenstände so zahlreich...« Er wies mit einer Handbewegung auf die Statuetten, Bilder, Vasen und die anderen exotischen Reiseandenken, die auf den Möbeln verstreut lagen, »daß ich es nicht mit Sicherheit behaupten könnte. Jedenfalls die Sachen, die einen gewissen Wert haben, wie diese Tanagrafigürchen, die kleinen chinesischen

Skulpturen aus Jade, die beiden Bilder dort von Adrien Brouwer oder das Porzellan in der Vitrine, sehe ich alle an den gewohnten Plätzen. Ob die Souvenirs von ihren vielen Reisen alle vorhanden sind, weiß ich wirklich nicht, doch die besaßen auch höchstens einen sentimentalen Wert. Niemand hätte Lady Penrose um einen dieser wertlosen Gegenstände willen umbringen wollen.«
»Ja, das sollte man annehmen. Gut, gehen wir in Ihr Zimmer. Ich bin bereits drin gewesen, aber vielleicht entdecken Sie, ob Ihnen dort etwas fehlt.«
»Was könnte das schon sein! Ich habe hier nur ein paar Sommersachen, billiges Zeug und meine Ausrüstung für den Fischfang unter Wasser«, entgegnete Della Valle, während sie in das Zimmer traten.
»Verwahren Sie hier irgendwelche Pläne, Abschriften oder sonst Dokumente Ihrer beruflichen Tätigkeit in Rom?«
»Aber nein! Ich komme doch nach Capri, um mich auszuruhen! Arbeiten kann ich in Rom genug.«
»Sie befassen sich mit Kernphysik und sind beim CNEN auf der Via dell'Anguillara bei Rom tätig, stimmt das?«
»Ich habe mich dort ausgebildet, das stimmt schon, aber seit zwei Jahren bin ich ganz friedlich Dozent an der Universität in Rom. Die Theorie hat die Praxis ersetzt.« Nachdem er sich umgesehen hatte, warf er einen raschen Blick in den Schrank.
»Es ist alles da, sogar den alten Köder hat die gute Annina sorgsam aufbewahrt, wie sich nicht verheimlichen läßt«, sagte er, naserümpfend auf ein Marmeladeglas weisend, das verschimmelte Käserinden enthielt.
Sie traten in den Flur.
»Kennen Sie die Bibliothek?«
»Ja, ziemlich gut sogar. Lady Penrose hatte keine besondere

Vorliebe für Bücher, die Sammlung gehörte ihrem verstorbenen Mann, aber sie war sehr eigen damit und ließ nicht gern jemand hinein. Mir hat sie es zuweilen doch erlaubt, aber dann blieb sie immer in der Nähe, sie achtete genau darauf, daß alles an seinen Platz zurückging. Bè, ich kann ihr darin nur recht geben, die ehrlichsten Menschen stehlen manchmal Bücher. Einige dieser Werke hier sind wirklich bedeutend...«
Sie traten in den kleinen Raum. »Zum Beispiel diese beiden Bände von Sir Hamilton, ›Campi phlegraei‹, sehen Sie sich diese Illustrationen an, alle handkoloriert. Diese beiden allein sind über eine Million Lire wert.«
»Tatsächlich?« Fusco warf einen skeptischen Blick auf die beiden Bücher.
»Auch die fünf Bände des Abbé de Saint-Non, ›Voyage pittoresque en Italie‹, ist ein sehr seltenes Werk.« Della Valle ließ die Finger liebevoll über die Buchrücken gleiten und der commissario unterdrückte ein Gähnen.
»Hier sieht also alles so aus, wie Sie sich erinnern?«
Della Valle ging langsam an den Regalen entlang:
»Ja, da ist der Coronelli, die aldinische Ausgabe des Statius, Chamber's Dictionary...« Er war rechts von dem Fenster stehengeblieben und sah auf das oberste Bort. »Hier ist eine Lücke...« Er las ein paarmal die Titel der Bücher zu Seiten der leeren Stelle. »Hier fehlt ein Band, ich kann mich gut dessen entsinnen, weil der Einband aus Pergament besonders alt und abgegriffen war, oh, nichts besonders Wertvolles, mehr eine Kuriosität...«
»Was war das für ein Buch?«
»Wenn ich mich recht entsinne, irgend etwas über Ritterorden, eine Art Chronik, von einem Jakob de Vitry verfaßt, einem französischen Geistlichen des frühen Mittelalters. Die

Ausgabe muß aus dem sechzehnten Jahrhundert sein, wie gesagt, eine Kuriosität, nur für Kenner des Gebietes von Bedeutung. Mir war es zu langweilig.«
»Besten Dank, dottore, ich will Sie nicht länger aufhalten. Gedenken Sie noch auf Capri zu bleiben?«
»Über das Wochenende wahrscheinlich. Ich werde mir auch ein neues Zimmer für den Sommer suchen müssen. Darf ich in den nächsten Tagen meine Sachen hier abholen?«
»Ja, rufen Sie im Kommissariat an. Der maresciallo Musdeci wird Ihnen das Haus öffnen und Sie begleiten. Sehr erfreut, Ihre Bekanntschaft gemacht zu haben«, sagte Fusco und entließ ihn durch die Tür der Bibliothek, die in den Garten führte.

Als die Capresen, vom Fremdenfriedhof zurückkehrend, die Piazza erreichten, stürzten sie zuerst zum Zeitungsladen, um die neuesten Pressenachrichten über »unseren Mord«, wie sie ihn nun nannten, zu erfahren.
Die »Tribuna di Napoli« brachte eine Aufnahme von Diana mit der Beschriftung: »Die bildhübsche Nichte der Ermordeten, Diana Nicholls, gestern morgen um elf Uhr beim Verlassen des Kommissariats, wo sie von commissario Dr. Fusco verhört wurde.«
Jetzt war der Reporter der »Tribuna«, Piero Panini, endlich mit bildhübsch auf seine Kosten gekommen, und sein Artikel begann lyrisch:
»Wie eine zauberhafte Gestalt aus einem Märchen von Andersen, die reine Stirn von blonden Locken umspielt, die blauen Augen starr vor Schmerz, so ist uns gestern Diana Nicholls, die Nichte der ermordeten Lady Penrose, auf der

Piazza erschienen ...« und fuhr fort mit der Frage, ob sich hinter einer so engelsreinen Stirn düstere Geheimnisse verbergen konnten. Nein! nahm er gleich die Antwort vorweg und forderte seine Leserschaft kategorisch auf, ihren Verdacht in eine andere Richtung zu lenken.
»Wir hatten gestern«, so hieß es weiter, »eine kurze Unterredung mit dottore Vittorio Fusco, dem verdienstvollen commissario der Insel. Begreiflicherweise verbot ihm das Berufsgeheimnis, sich eindeutig zu äußern, doch wie wir aus vertrauenswürdiger Quelle wissen, sind die Untersuchungen bereits weit vorgeschritten und die Schlinge zieht sich stündlich enger um den Hals des Täters, für den es kein Entrinnen mehr gibt ...«
Der Berichterstatter des »Progresso« war nicht so gewandt gewesen wie sein Kollege in der Beschaffung von Bildmaterial; er hatte sich mit einem von dem Graphiker der Zeitung angefertigten Grundriß der Villa Maja begnügen müssen, auf dem die Stelle, wo Lady Penrose gelegen hatte, angekreuzt war. Immerhin konnte er im Text einen Pluspunkt zuungunsten der »Tribuna« verzeichnen, denn er brachte als erster, »daß T. A., ein bekannter Caprese, Besitzer einer Bar neben der Piazza, seit gestern von dem commissario verhaftet worden ist.« Allerdings ermahnte er seinen Leserkreis, daraus keine voreiligen Schlüsse zu ziehen, da noch keinerlei Geständnis der begangenen Tat vorläge und begründeter Verdacht auch auf anderen Leuten lasten würde. »Wir haben unbedingtes Vertrauen«, versicherte er, »daß der commissario, Dr. Vittorio Fusco, der im Laufe seiner brillanten Tätigkeit oft genug außerordentliche Fähigkeiten bewiesen hat, in Kürze den Täter dem Richter und der verdienten Strafe zuführen wird. Dura lex, sed lex!«

In den letzten Zeilen des Artikels vergaß der Berichterstatter einen Augenblick seine nach englischem Muster geschulte Unparteilichkeit und Strenge, auf die in der Redaktion des »Progresso« großen Wert gelegt wurde, um Diana Nicholls seinen Lesern vorzustellen:
»Nomen est omen: Diana, die römische Göttin der Jagd, die Artemis der Griechen, die mythologische keusche Jungfrau, gestern ist sie uns in der schlanken, sportgestählten Gestalt von Diana Nicholls, der Nichte von Lady Penrose, leibhaftig auf der Piazza erschienen. Wir haben es nicht gewagt, sie anzusprechen und ihren Schmerz zu stören, noch weniger wagen wir es, sie mit Verdacht und Gerüchten in Zusammenhang zu bringen. Beschränken wir uns darauf, mit Catull zu singen: ›Lasset uns preisen Diana, keusche Mädchen und Knaben‹.«

Da in dem Wohnzimmer für so viele Gäste der Platz nicht ausreiche, hatte Annina zwei Tische unter der Pergola zusammengerückt und die gute Tischdecke für sechs, ein Überbleibsel ihrer Aussteuer, darübergebreitet. Sie zählte auf den Fingern ab:
»Il prete anglicano, Diana, signor Steigleder, signorina Léger, dottore Della Valle, signorina Reuchlin...«
»Ich werde den Tisch decken, Sie haben in der Küche genug zu tun«, sagte Madeleine Léger, strich die Tischdecke glatt und begann Teller und Bestecke auszuteilen.
Annina ging in das Haus und Steigleder erschien unter der Pergola.
»Also, Totò Arcucci ist verhaftet worden! Woher haben Sie denn diese sensationelle Neuigkeit?«
»Wie tröstlich, daß ich auch einmal etwas weiß, was Sie noch

nicht wissen«, entgegnete Fräulein Léger lächelnd und musterte den gedeckten Tisch. »Die Gläser fehlen noch.«
»Nun sagen Sie schon«, drängte Steigleder.
»Ganz einfach, ich bin gestern nachmittag an seiner Bar vorbeigekommen, sie war geschlossen und an der Türe hing ein Schild: Chiuso per malattia. Sein Rivale, der Barbesitzer auf der Piazza, machte natürlich glänzende Geschäfte und war sehr mitteilsam. Er und seine Kundenschar besprachen gerade die aufregende Neuigkeit, daß nämlich Arcucci nicht krank war, wie der Zettel vorschützte, sondern ihn der commissario festgenommen hatte.«
»Warum denn? Hat er gestanden?«
»Da fragen Sie mich zuviel. Die Leute in der Bar wußten auch nicht mehr.«
Die Gartentür knarrte und die dunklen Gestalten des anglikanischen Geistlichen und Fräulein Reuchlins näherten sich langsam der Pergola.
»Es ist vielleicht besser, daß wir jetzt bei Tisch nicht darüber reden«, riet Madeleine Léger mit gedämpfter Stimme.
»Seien Sie unbesorgt. Auf zum Leichenschmaus...« Steigleder kicherte, »übrigens, Leichenschmaus, das ist noch so ein hübsches deutsches Wortgebilde! Schmaus klingt so nett gemütlich und dazu dann Leichen!«
»Ja, die Verbindung wirkt irgendwie kannibalisch«, gab Madeleine Léger zu. »Anscheinend beginnt der ständige Verkehr mit einer Philologin auf Sie abzufärben, Steigleder!«
Diana trat aus dem Haus, und auch Della Valle kam jetzt durch die Gartentür herein. Man stellte sich gegenseitig vor, lächelte und hatte dann nichts Rechtes zu sagen. Doch Engländer wissen sich in solchen verlegenen Augenblicken immer zu helfen, weil sie dann vom Wetter reden.

»Glorious weather«, sagte der Seelsorger ernst.
»Very fine indeed«, pflichtete ihm Diana bei.
Und auch die anderen gaben je ihr Kontribut zur meteorologischen Konversation:
»Der Herbst ist dieses Jahr wirklich herrlich.«
»Ganz so wolkenlos wie gestern ist der Himmel heute allerdings nicht.«
»Ja, zu dieser Jahreszeit muß man mit einem raschen Wetterwechsel rechnen.«
»Es kann von einem Tag zum anderen Sturm geben. Die Herbststürme sind hier manchmal verheerend...«
Glücklicherweise erschien Annina im Türrahmen mit einer einladenden Schüssel Risotto, und man setzte sich an den Tisch.
Der geistliche Herr aß schweigend mit großem Appetit. Diana hob die Augen nicht von ihrem Teller und war so gedankenversunken, daß sie ein paarmal die Gabel leer zum Mund führte, was nur Livio Della Valle, der sie verstohlen betrachtete, bemerkte. Auch die anderen aßen, ohne zu reden. Steigleder, weil er nicht wußte, ob sich das bei einem englischen Totenmahl gehörte, und Fräulein Reuchlin, weil sie eine besondere Kautheorie hatte (jeden Bissen so lange kauen, bis man bis vierzig gezählt hat, das garantiert eine vorbildliche Verdauung) und sich daher auf Zählen und Kauen konzentrieren mußte, was keine Ablenkung zuließ. Della Valle und Madeleine Léger, ihrerseits, aßen schweigend, weil sie mehr zur beobachtenden als zur redenden Sorte Mensch gehörten.
Nach dem ersten Gang wischte sich der Geistliche den Mund und hob sein Glas:
»Unsere arme, dahingegangene Freundin!« Alle blickten ihn an und fragten sich, ob er einen Toast ausbringen oder eine

neue Ansprache halten wolle. Welche auch seine Absicht gewesen sein mochte, er gab sie auf, denn Annina erschien mit dem nächsten Gang, einem wohlduftenden Hühnerfrikassee, dem er, wie zuvor dem Risotto, seine ungeteilte Aufmerksamkeit widmete.
Nachdem er den zweiten Teller geleert hatte, ließ er sein Glas füllen und blickte sinnend hinein:
»Unsere liebe Lady Penrose, welch Verlust für uns alle!«
Er schnitt sich eine Scheibe Gorgonzola und eine tüchtige Ecke Parmesan von der Käseplatte ab, die Annina ihm hinhielt.
»Ja, wie wäre es schön, wenn sie jetzt in unserer Mitte säße«, seufzte Fräulein Reuchlin, ohne zu bedenken, daß sie alle hier zusammensaßen, gerade weil Lady Penrose tot war. Eine plötzlich lebendige Lady Penrose hätte der gegenwärtigen Versammlung jeden Sinn genommen.
Es gab noch Obst und Kaffee. Dann verabschiedete sich der anglikanische Geistliche und machte sich, von Fräulein Reuchlin begleitet, auf den Weg zum Hafen, um den Vieruhrdampfer zu erreichen.

8

Fusco und Musdeci waren ein wenig außer Atem, nachdem sie den steilansteigenden Weg erklommen hatten, der zur Villa Caritas, dem Besitz der Deutschen Schwestern, führte. Sie durchquerten den kleinen ordentlichen Vorgarten, in dem die Pflanzen in Reih und Glied strammstanden. Auf ihr Klingeln öffnete eine Schwester die Tür und musterte sie mißtrauisch.
»Ist Baron Plattenberg zu Hause?«
»Ja.« Sie war im Türrahmen stehengeblieben. Abweisend sagte sie: »Baron Plattenberg empfängt keinen Besuch.«
»Wir sind kein Besuch. Ich bin der commissario di polizia. Der maresciallo hier und ich sind dienstlich gekommen.«
Die Schwester blickte beide unsicher an. »Ich werde Schwester Oberin rufen. Bitte, warten Sie hier.« Sie ließ sie in die Diele treten und verschwand eilig und geräuschlos, während Fusco und Musdeci sich umschauten.

Die Schwestern hatten es fertiggebracht, aus Villa Caritas ein echt deutsches Heim der Jahrhundertwende zu machen, in dem aber auch gar nichts daran erinnerte, daß man sich auf einer südlichen Mittelmeerinsel befand. Ursprünglich war es von einem französischen Lebemann, im Nebenberuf Maler, erbaut worden, einem wahren Vertreter des Fin-de-siècle, der sich, den alten Capriannalen nach, in diesem Haus einen Harem hübscher Mädchen hielt. Wie es dann von diesem frivolen Menschen um 1900 in die Hände der Deutschen Schwestern gekommen ist, verschweigen die Annalen.

Äußerlich hat das Gebäude das Aussehen eines orientalisch inspirierten Imitationsserails bewahrt, aber man braucht bloß in die Diele zu treten, um zu erkennen, daß im Innern jede Spur der damaligen Haremsdamen und ihres Sultans gründlich beseitigt worden ist. Altmodische dunkle Möbel, ein gemischter Geruch von Bohnerwachs und Kohlsuppe, blankgeputzte Messingklinken. Ein gestickter Wandspruch verkündet: »Grüß Gott! Tritt ein, sollst fröhlich sein!« Wenn sich jemand in dieser Umgebung tatsächlich zu Fröhlichkeit animiert fühlen sollte, so bekommt diese von einem daneben mit Reißzwecken befestigten Schild sofort einen Dämpfer: »Lautes Sprechen untersagt. Rauchen verboten.« Ein Abtreter vor der Tür mahnt prägnant: »Füße«, was für Minderbegabte gemeint sein muß, denen es einfallen mag, sich in einer Fußmatte die Nase zu schneuzen.

Die Schwester kam geräuschlos mit der Oberin zurück.

»Wir müssen signor Plattenberg sprechen, madre. Ich bin dottore Fusco, commissario di polizia.«

»Baron Plattenberg geht es gesundheitlich nicht gut. Er hatte heute morgen einen Anginaanfall. Dottore Salvia hat ihn vor kurzem untersucht. Er darf sich nicht anstrengen.«

»Wir werden uns nur kurz aufhalten.«
»Gut. Schwester, gehen Sie die Herren anmelden.«
»Nein, eine Anmeldung ist überflüssig. Wir werden gleich mitgehen«, sagte Fusco rasch und bestimmt.
Sie folgten der Schwester die Treppe hinauf und einen langen Gang entlang; vor einer der vielen Türen machten sie halt. Nach mehrmaligem Klopfen vernahm man Plattenbergs ärgerliche Stimme:
»Ruhe!«
Fusco und Musdeci traten ein. Plattenberg, der an einem mit Büchern und Manuskripten beladenen Tisch gesessen hatte, erhob sich ruckartig und starrte sie sprachlos an.
»Bitte, bleiben Sie sitzen, barone! Ich weiß, daß es Ihnen heute nicht gutgeht, und werde Sie nicht lange aufhalten«, sagte Fusco.
Plattenberg folgte der Aufforderung nicht, sondern kam ihnen ostentativ ein paar Schritte entgegen, als wollte er sie aus dem Zimmer weisen.
»Hat man Ihnen nicht gesagt, daß ich keinen Besuch empfange?«
»Das ist mir bekannt. Ich habe jedoch nicht die Absicht, Sie mit einer gesellschaftlichen Visite zu belästigen, folglich kann ich auf dieses Verbot keine Rücksicht nehmen. Ich bin dienstlich gekommen.«
»Wenn Sie mich dienstlich zu sprechen wünschen, werde ich Sie morgen im Kommissariat aufsuchen«, sagte Plattenberg herablassend.
»Keineswegs, ich ziehe diese Umgebung vor«, entgegnete Fusco, dessen Geduld erschöpft war, in einem Ton, der keinen Widerspruch zuließ. »Setzen Sie sich bitte. Je schneller Sie meine Fragen beantworten, um so kürzer werde ich Sie

aufhalten.« Ohne auf eine Aufforderung zu warten, zog er einen zweiten Stuhl an den Tisch und ließ sich nieder. Schweigend nahm auch Plattenberg seinen Platz wieder ein.
»Also, ich muß noch einmal auf das gestrige Verhör zurückkommen: Sie waren am Dienstag nachmittag um vier Uhr bei Lady Penrose und haben sie nach einer Stunde wieder verlassen?«
»Ja.«
»Lady Penrose hat Sie nicht weggehen sehen, da Sie ihr von der Bibliothek aus nur einen Gruß zugerufen haben, nicht wahr?«
Plattenberg zögerte einen Augenblick, seine blutleeren Hände fuhren zitternd über die verstreuten Manuskriptseiten auf dem Tisch; das von dem Monokel aufgerissene rechte Auge blickte starr, während das Lid des anderen schwach bebte.
»Wie ich Ihnen schon sagte, wollte ich nicht länger stören, da Lady Penrose anderweitig beschäftigt war. Sie befand sich im Flur, als ich die Bibliothek verließ ...«
»Und konnte Sie daher hören, aber nicht sehen.«
Plattenberg nickte wortlos; seine Pupillen verfolgten unruhig Fuscos Bewegungen. Dieser streckte die Hand nach einem Aschenbecher aus und schob dabei, scheinbar zerstreut, einige Manuskriptseiten beiseite. Unter den Bögen kam ein kleines, in Pergament gebundenes Buch zum Vorschein. Er nahm es lässig hoch und hielt es dem Fenster zugewandt, um den Verfassernamen und den Titel zu entziffern, die mit verblaßter Tinte in altmodischer Handschrift auf dem Einband verzeichnet waren.
»Jakobus de Vitry: Historia ordinis clarissimi equitum Teutonicorum«, las er laut. Er klappte den Buchdeckel auf; das Vorsatzpapier war mit einem hübschen Exlibris versehen,

einer Vignette, die einen Kranz aus Laub und Früchten darstellte und in der Mitte die Worte: »Inter Folia Fructus.«
»Zwischen Blättern die Früchte«, übersetzte er. »Sehr sinnvoll.« Daß unter der Girlande »Exlibris Sir Horace Penrose« stand, las er nicht laut. Er schloß das Buch und behielt es in der Hand.
Plattenberg räusperte sich und sagte hastig: »Dieses Werk hat mir Lady Penrose Dienstag geliehen. Es enthält interessante Mitteilungen zur Geschichte des Deutschritterordens. Vieles ist allerdings nicht genau, de Vitry war Franzose, in mancher Hinsicht voreingenommen...« Er stockte.
Fusco tat der hochnäsige alte Mann mit seiner unbeholfenen Lüge plötzlich leid.
»Barone, ich weiß genau, wie eigen Lady Penrose mit ihren Büchern war, sie hätte auf keinen Fall eins ausgeliehen, und das war Ihnen nach den vielen Jahren, die Sie in Villa Maja verkehrt haben, zweifellos bekannt. Außerdem geht aus Ihrem gestrigen Verhör hervor, daß Sie am Dienstag nur Notizen machen konnten, die Sie anschließend, noch am gleichen Abend, ausgearbeitet haben. Ich muß also annehmen, Sie haben, als der unbekannte Besucher in das Wohnzimmer kam und Lady Penrose in Anspruch nahm, die Gelegenheit benutzt, sich das Buch..., sagen wir, spontan auszuleihen.«
»Ich untersage Ihnen, mich in dieser Weise zu verdächtigen!« Die Stimme des alten Mannes, die sich bemühte, drohend zu wirken, klang statt dessen seltsam kraftlos, fast wie eine Bitte.
»Versuchen Sie mich genau zu verstehen, barone«, Fusco sprach langsam, »wie Sie wissen, ist Lady Penrose allem Anschein nach umgebracht worden. Sie sind, soweit uns bekannt ist, der letzte, der sie lebend gesehen hat. Es ist un-

bedingt in Ihrem Interesse, die Wahrheit zu sagen. Das Geständnis der begangenen kleinen Unkorrektheit kann Ihnen weitere, viel unangenehmere Verhöre ersparen. Wer eine Kleinigkeit ableugnet, erweckt oft den Verdacht, daß er Größeres zu verdecken hat. Zweifellos ist dieses Buch ohne die Zustimmung von Lady Penrose hier in Ihrem Zimmer. Daß Sie sich das unerwartete Erscheinen des unbekannten Besuchers zunutze gemacht haben, um es zu entwenden, ist noch die harmloseste Erklärung dafür...«

Plattenberg starrte Fusco an: »Ja, ich habe das Buch mitgenommen, sie wußte es nicht...«, sagte er hilflos, »aber ich wollte es schon den nächsten Tag zurückbringen..., doch es war zu spät..., zu spät...« Er preßte die Hände auf den Brustkorb und atmete schwer.

Fusco erhob sich und steckte den kleinen Band in die Tasche: »Besten Dank, barone, mehr wollte ich nicht wissen. Machen Sie sich keine Gedanken, ich werde es an seinen Platz zurücktun.« Er blickte besorgt auf den alten Mann. »Soll ich Ihnen die Schwester schicken?«

Plattenberg nickte wortlos. Er lehnte sich keuchend gegen die Stuhllehne.

»Das bleibt unter uns, Musdeci«, sagte Fusco, nachdem sie Villa Caritas verlassen hatten, »mit dem Tod von Lady Penrose hatte er nichts zu tun. Wirbeln wir nicht unnütz Staub auf. Povero barone...«

»Si, signore«, bejahte Musdeci und setzte nachdenklich hinzu: »Povero Cap 'e limone...«

Nach dem Mittagessen war Diana auf ihr Zimmer gegangen. Sie hatte dort nichts zu tun, und schlafen konnte sie auch

nicht, aber sie wollte zu Hause bleiben, um den neugierigen Blicken der Capresen zu entgehen. Dabei hätte sie gern mit jemand gesprochen, der eine Antwort auf ihre Fragen wußte. Würde sie weiteren Verhören ausgesetzt werden? Wann konnte sie nach Brüssel zurückfahren? Sie durfte ohne Erlaubnis die Insel nicht verlassen, hatte Fusco gesagt, und es kam ihr vor, als sei sie gefangen.
Nach einer Stunde trieb sie die Unruhe wieder aus ihrem Zimmer. Vielleicht traf sie Fräulein Léger im Garten an, und sie konnte sich ihr anvertrauen.
Unter der Pergola saß nur Livio Della Valle; er erhob sich bei ihrem Erscheinen, als hätte er auf sie gewartet, und kam ihr entgegen.
»Ich schuldete Ihrer Tante noch den letzten Monat Miete«, sagte er und setzte schnell hinzu, als er ihre Verwirrung bemerkte, »doch das ist unwichtig, ich kann das Geld bei Annina für Sie zurücklassen. Wenn Sie jetzt ein wenig Zeit haben, möchte ich gern mit Ihnen sprechen. Gehen wir zum Belvedere, ist Ihnen das recht?«
»Ja«, willigte Diana ein, obwohl sie vorgezogen hätte, unter der Pergola zu bleiben. Es war kindisch von ihr, das Belvedere meiden zu wollen, weil es sie an Dienstag abend erinnerte, gestand sie sich ein.
An dem geschlossenen Gartentor der Villa Maja vorbeikommend, verzichteten sie beide, zu dem Haus hinüberzublicken. Della Valle kaute nachdenklich an einem Halm, den er von der niedrigen Wegmauer abgerissen hatte; auch Diana schwieg. Erst als sie das Belvedere erreichten und sich auf die Bank, die vor dem Geländer stand, gesetzt hatten, fragte sie impulsiv:
»Sagen Sie mir bitte: wann kann ich abreisen?«

Er schnippte den Halm über die Brüstung in den Abgrund.
»Sobald geklärt ist, daß Sie mit dem Tod Ihrer Tante in keinerlei Verbindung stehen, nehme ich an.«
»Ich weiß nichts von ihrem Tod, das habe ich schon gesagt, aber man scheint mir nicht zu glauben.«
»Ein reines Gewissen ist bereits die erste Voraussetzung, und die Beweise dafür werden Sie schon finden. Lassen Sie sich nicht entmutigen.«
Seine tröstenden Worte schienen sie noch mehr zu bedrükken.
»Ich habe leider kein reines Gewissen!« brachte sie hervor und schien das Gesagte gleich zu bereuen. »Doch mit dem Tod meiner Tante hat das nichts zu tun«, beeilte sie sich hinzuzusetzen.
»Seien Sie nicht so mißtrauisch, das ist kein Verhör«, sagte Della Valle lächelnd. »Ich habe gestern das Telegramm des Kommissariats erhalten, mit dem ich aufgefordert wurde, nach Capri zu kommen. Erst auf dem Schiff hat man mir gesagt, daß Lady Penrose wahrscheinlich ermordet worden ist. Warum erzählen Sie mir nicht genau alles, was Sie wissen, vielleicht kann ich Ihnen helfen, weiter will ich nichts.«
»Aber ich weiß auch nicht, wer der Mörder war, ich weiß nicht, wer, und nicht, warum, ich habe nicht einmal einen Verdacht!«
»Natürlich kennen Sie ihn nicht, so war meine Frage auch nicht gemeint. Der Täter, wenn es überhaupt einen gibt, ist mir völlig gleichgültig. Ich will nur von Ihnen hören, was Sie an dem Todestag gemacht haben, um Sie, wenn möglich, von jedem Verdacht zu befreien. Wo und mit wem waren Sie am Dienstag? Sie werden Zeugen haben...«
»Ja, und wenn der Zeuge das von mir Gesagte abstreitet,

wäre es besser, man hätte ihn gar nicht erwähnt! Wie soll ein Außenstehender da wissen, wer die Wahrheit sagt?«
»Ich will nicht behaupten, daß die Wahrheit immer an den Tag kommt, aber sehr oft ist das gottlob doch der Fall!« Della Valle warf ihr einen belustigten Seitenblick zu. »Soll ich Ihnen verraten, warum Sie jetzt um den Brei herumreden, statt meiner Aufforderung zu folgen und schön der Reihe nach zu erzählen, was Sie am Dienstag erlebt haben?«
»Warum?« fragte sie herausfordernd.
»Sie sind doch Engländerin, nicht wahr?« fragte er lächelnd. »Und die Engländer haben es nicht gern, wenn man sich in ihre ›privacy‹, sagt man nicht so?, einmischt. Es ist Ihnen unangenehm, mir in einer ausführlichen Schilderung alles mitteilen zu müssen, auch das von dem nicht reinen Gewissen, wie Sie vorhin sagten.«
»Stimmt«, bekannte sie überrascht. »Sie haben recht, und da ist es besser, ich nehme das Unangenehmste gleich voraus.«
Zusammenfassend, aber ohne Unterlassungen, erzählte sie ihm den Anlaß ihrer Reise, die erfolglose Unterredung mit ihrer Tante, wie sie anschließend den Geldbetrag entwendet und David geschickt hatte und den Zorn von Lady Penrose, als diese das Fehlen der Wertpapiere bemerkte.
»So, das war das Unangenehmste. Jetzt kommt der zweite Teil.«
»Sehr gut. Sehen Sie, es ist gar nicht so schlimm, wenn man sich endlich überwunden hat...« Er hörte aufmerksam zu, während sie ihm den Verlauf des Dienstagnachmittags schilderte, und unterbrach sie ab und zu mit einer Frage. Die Leute, die sie erwähnte, waren ihm alle bekannt: der Barjunge von Arcucci, die beiden Angestellten des Reisebüros und Giannino vom Telefonamt.

»Als ich die Kirche verließ, war es sieben Uhr oder kurz danach. Ich bin den Bogengang bei Santa Teresa hindurchgegangen, und wenige Schritte vor dem Kloster bin ich einem jungen Mann begegnet, mit dem David und ich seit unserer Kindheit befreundet sind. Er heißt De Gregorio...«

»Ah, der schöne Giulio!«

»Sie kennen ihn auch?«

»Wir haben uns im Sommer am Strand kennengelernt und sind oft zusammen ausgefahren. Er ist ein sehr guter Sportschwimmer, sehr viel mehr scheint er nicht zu machen. Fischen, schwimmen, Wasserski...« Della Valle brach ab.

»... und Jagd auf hübsche Nordländerinnen«, hatte er noch hinzusetzen wollen und nicht ausgesprochen, weil Diana es taktlos finden konnte. Er wußte, daß sich De Gregorio nicht groß anzustrengen brauchte, um bei den reizvollen Mädchen, die er sich aussuchte, Erfolg zu haben. Diana konnte ebenfalls dazu zählen. Diese Möglichkeit mißfiel ihm, und er hörte die Fortsetzung ihres Berichts noch angespannter an als zuvor.

»Wir sind erst eine Weile neben seiner Haustür stehengeblieben und haben uns gegenseitig erzählt, was wir so inzwischen erlebt hatten. Dann hat er mir vorgeschlagen, mich nach Hause zu begleiten. Wir sind langsam gegangen, ich hatte es nicht eilig...«

»Und De Gregorio hat immer Zeit«, warf Della Valle ein.

»Ja, das dachte ich auch, aber er bestreitet es... Doch erst der Reihe nach: bei der Villa Maja angelangt, hat er gesagt, es sei doch noch so früh und wir sollten uns eine Weile hier am Belvedere hinsetzen. Wahrscheinlich hätte ich mich gar nicht überreden lassen, mich noch länger mit ihm aufzuhalten, wenn nicht der unangenehme Vorfall am Mittag mit

meiner Tante gewesen wäre. Ich glaube, daß ich bewußt warten wollte, daß sie bestimmt zu Bett gegangen war, um ihr an diesem Abend nicht mehr begegnen zu müssen. Ihr Zorn war berechtigt gewesen, das wußte ich gut genug, aber ihre harten Worte hatten mich trotzdem verletzt. ›Morgen werde ich sie um Verzeihung bitten und ihr sagen, daß ich David benachrichtigt habe, die Anleihen nicht zu verkaufen, und morgen wird auch sie nicht mehr so aufgebracht sein‹, habe ich mir gesagt.«
»Und so sind Sie mit De Gregorio gegangen...«
»Ja, wir haben bis um neun Uhr hier auf der Bank gesessen.«
»Fast anderthalb Stunden!« Lächerlich, daß ihn das ärgern sollte, dachte Livio Della Valle. Offenbar Eifersucht, diagnostizierte er ironisch, eine ziemlich voreilige Empfindung, wenn man noch gar nicht dazu gekommen ist, sich erst einmal zu verlieben. »Sie haben sich bestimmt gut unterhalten, nehme ich an. Mit De Gregorio wird Ihnen die Zeit kaum lang geworden sein...«
»Sie kennen ihn ja«, sagte Diana lächelnd, von dem spöttischen Unterton seiner Behauptung völlig unberührt, »viel zu sagen hat er nicht. Wir haben Belangloses geredet; ich habe ihm von meiner Arbeit erzählt und von David. Was er gesagt hat, weiß ich nicht mehr genau. Sein Leben muß ziemlich langweilig sein: den ganzen Sommer verbringt er am Strand, und alle übrigen Jahreszeiten verbringt er damit, auf den Sommer zu warten. Es war ein wunderschöner Abend, mild und still. Der Himmel stand voll Sterne, aber es war trotzdem dunkel, der Mond hatte noch nicht das erste Viertel erreicht. Ich wäre gern auch noch länger hier sitzen geblieben, die ganze Nacht.«

»Es ist nicht sehr wahrscheinlich, daß De Gregorio zum Aufbruch gedrängt hat...«
»Da haben Sie recht!« Sie sah ihn belustigt an. »Er wollte unbedingt noch bleiben, aber nachdem unser Gesprächsstoff erschöpft war, wurde er mir ein bißchen zu... na, zu zärtlich. Er ist ein netter Junge, doch ernst nehmen kann ich ihn einfach nicht. Ich mußte laut lachen, als er plötzlich anfing amore, amore zu stammeln und beteuerte, daß er diese letzten zwei Jahre an mich gedacht habe, nur an mich. Es war wie in einer Oper: der Sternenhimmel, die einsame Bank am romantischen Abgrund, und er mimte so treffend den feurigen Liebhaber. Fast sah es so aus, er würde auf die Knie fallen und eine Arie singen. Nur, daß ich so lachen mußte, paßte nicht in das Libretto, und es mußte ihn ärgern, denn er wurde auf einmal ziemlich wild. Da bin ich, um seiner Aufdringlichkeit zu entgehen, aufgestanden und zur Villa Maja zurückgegangen. Er ist mir bis zur Gartentür gefolgt. ›Du hast einen anderen! Wer ist es? Ich muß es wissen!‹ Ob er diesen vermeintlichen Rivalen ins Ohr beißen wolle, wie es compadre Alfio so effektvoll in der ›Cavalleria rusticana‹ tut, habe ich ihn gefragt. Das hat ihn noch mehr aufgebracht. Ich sei frigide, pervers und emanzipiert, hat er mir zum Abschied gesagt, worüber ich wieder lachen mußte.«
Dianas Ausdruck wurde ernst und nachdenklich. »Vielleicht hat ihn mein Lachen beleidigt, aber daß er alles abstreiten würde, wenn er doch wissen muß, wie sehr er mir damit schadet, das hätte ich von ihm nicht erwartet.«
»Wieso, was hat er abgestritten?«
»Vor dem Polizeikommissar hat er ausgesagt, er habe mich vor dem Eingang zu seinem Haus bei dem Kloster von Santa Teresa getroffen und kurz begrüßt. Dann habe er Zigaretten

gekauft und sei schon zehn Minuten nach sieben Uhr wieder in seinem Zimmer gewesen.«

Della Valle sah schweigend auf das Meer; die Sonne war untergegangen und hatte den Himmel hinter Ischia strahlendrot gefärbt.

»Hier sind noch seine Zigarettenenden vom Dienstag abend«, sagte Diana und wies mit den Schuhspitzen auf den Boden, »man erkennt sie an dem goldenen Mundstück, doch das ist wahrscheinlich kein Beweis, nicht für den commissario jedenfalls«, sie seufzte entmutigt, »er hat Giulio geglaubt, nicht mir. Wer weiß, was er überhaupt von mir hält nach der Geschichte mit den Anleihen ... Seit dem letzten Verhör lebe ich ständig in der Angst, daß er mich wieder rufen läßt.«

»Und wenn auch, was haben Sie zu befürchten? Die Aussage von De Gregorio allein kann Sie nicht ins Gefängnis bringen, obgleich Sie frigide, pervers und emanzipiert sind«, sagte Della Valle neckend. »Sehen Sie, ich bringe Sie auch zum Lachen, fast wie unser Freund De Gregorio. Übrigens, was hat er Fusco genau gesagt?«

»Weiter nicht viel: er sei Dienstag abend einen Augenblick ausgegangen, um Zigaretten zu kaufen; nach zehn Minuten sei er bereits zurückgekehrt, um bis elf Uhr zu lernen, denn er studiere Medizin und habe Anfang November zwei oder drei Prüfungen in Neapel abzulegen, ich weiß es nicht mehr genau. Jedenfalls hat er immer wieder betont, wie knapp seine Zeit sei und wie viel er zu lernen habe. Seine Großmutter, bei der er wohnt, hat seine Aussage bestätigt.«

Es begann zu dunkeln; auf dem Meer leuchteten die Lichter der ersten Fischerboote auf, die zum Fang der Tintenfische ausfuhren.

»Ich muß heute abend David anrufen, wie ich ihm in meinem

Telegramm angekündigt habe. Was soll ich ihm sagen? Meinen Sie, das Gespräch wird abgehört werden?«
»Das ist sehr wahrscheinlich, auf jeden Fall müssen Sie sich so ausdrücken, als ob andere zuhören könnten. Deshalb so kurz wie möglich. Sprechen Sie nicht von Ihren Ängsten und vermeiden Sie, daß Ihr Bruder nach Capri kommt; es wäre vollkommen nutzlos. Sagen Sie ihm nur, die Tante sei gestorben und heute beerdigt worden. Die Todesursache können Sie unbestimmt als Unfall angeben. Alles Nähere darüber würden Sie ihm nach Ihrer Rückkehr berichten.«
»Und wenn er die Wertpapiere erwähnt?«
»Da Ihr Bruder in keiner Weise mit dem Tod von Lady Penrose in Verbindung gebracht werden kann und die Staatsanleihen ja für ihn bestimmt waren, ist er jetzt der rechtmäßige Eigentümer und kann damit machen, was ihm beliebt.«
»Vielen Dank, Sie sind sehr freundlich gewesen. Jetzt ist mir nicht mehr ganz so schlimm zumute.« Diana erhob sich.
»Der Mond ist schon ein ganzes Stück gewachsen, obwohl erst drei Tage vergangen sind«, sagte sie, als sie an dem geschlossenen Eisentor der Villa Maja vorbeigingen.

Fusco saß um acht Uhr abends noch an seinem Schreibtisch im Kommissariat. Er blies die Flamme des Spirituskochers aus und füllte seine kleine Espressotasse. Seitdem die Bar von Totò Arcucci geschlossen war, trank er nur noch selbstzubereiteten Kaffee. Der espresso in den anderen Bars war einfach unmöglich.
»Warten wir, Musdeci, bis man uns aus Neapel das Gespräch von Diana Nicholls mit ihrem Bruder durchgegeben hat. Nicht, daß ich mir etwas davon verspreche. Wenn sie nichts

weiß, kann sie nichts sagen, und wenn sie etwas weiß, wird sie noch weniger sagen. Protokollieren müssen wir das Gespräch auf jeden Fall, sonst kann ich mir von Cocorullo anhören, daß wir nicht vorschriftsmäßig verfahren.«
Mißmutig blies er den Rauch seiner Zigarette zur Zimmerdecke. Er schloß seine Schreibtischschublade auf und legte alles vor sich hin, was sich seit dem Tod von Lady Penrose angesammelt hatte: die alte Kakaopulverdose mit den kleinen Tüten voll Kunstdünger; die Schachtel mit den Mörtelstückchen und roten Glassplittern; die Mappe mit der Seite der »Prawda« und vier anonymen Briefen. Drei weitere waren zu dem von Mittwoch morgen hinzugekommen.
Das eine unterschriftslose Schreiben zeigte keinen besonderen Täter an; es beschränkte sich ganz allgemein darauf, die gegenwärtige Verwaltung der Insel anzuprangern:
»Seit den letzten Gemeindewahlen ist vieles faul auf Capri«, auf diese hamletische Feststellung folgten zwei Seiten Beweisführungen, die in der Behauptung gipfelten:
»... und auch diese letzte Schandtat, die Ermordung von Lady Penrose, einer hochgeachteten englischen Staatsbürgerin, zeugt in der krassesten Weise von der gegenwärtigen Tyrannenwirtschaft, die unsere Gemeinde unterjocht. Unter welchem Bürgermeister hat es je zuvor einen Mord auf unserer Insel gegeben? Dieser Skandal wird unübersehbare Folgen für den ganzen Fremdenverkehr auf Capri haben. Von nun ab wird man unsere Insel nicht mehr als ›l'isola azzurra‹ preisen, als ›l'isola insanguinata‹ wird sie berüchtigt sein ...« Nach der düsteren Prophezeiung, Capri werde nunmehr als blutbefleckte Insel im Baedeker erscheinen, schloß der Brief mit der Aufforderung, der commissario solle mit der gegenwärtigen Verwaltung reinen Tisch (wörtlich: piazza

pulita) machen. Der Schreiber war offenbar ein Feind von De Tommaso und wäre selbst gern Bürgermeister geworden.
Der nächste Brief zeigte Benito Vitale an und stammte, wie Musdeci scharfsinnig vermutete, aller Wahrscheinlichkeit nach von einem Anacapresen, der als Bäckergeselle arbeitete und ein Verehrer von Nina gewesen war, bevor ihn diese abgewiesen und sich mit Benito verlobt hatte.
Der letzte Brief betraf wieder Totò Arcucci und schien von dem gleichen Verfasser herzurühren, der bereits den ersten verfaßt hatte, auch wenn er sich diesmal nicht als »Freund der Justiz«, sondern als »Verfechter der Wahrheit« unterschrieb; die Rechtschreibfehler waren jedenfalls haargenau die gleichen.
»Bist du bei Arcucci gewesen, Musdeci?«
»Ja, ich habe ihm gesagt, daß Sie ihn morgen früh wieder verhören werden.«
»Wie ist seine Verfassung?«
»Er sieht sehr niedergeschlagen aus. Gelsomina, seine Frau, bringt ihm zweimal täglich das Essen, doch er rührt kaum etwas an. Er sitzt in einer Ecke und stiert vor sich hin. Der Wärter Giacomino hat gehört, daß er und seine Frau heute mittag heftig gestritten haben, aber er hat nicht verstehen können, um was es sich handelte. Nachher hat ihm Arcucci die ganze Mahlzeit, ohne sie auch nur zu kosten, geschenkt. Dabei war sie sehr lecker: von Gelsomina eigenhändig zubereitete tagliatelle mit Ragout und dann auch noch Schweinebraten. Gelsomina läßt ihrem Mann nichts fehlen.«
»Na, so hat Giacomino wenigstens eine kleine Entschädigung für die besetzte Zelle«, sagte Fusco lächelnd. Er wußte, daß der Gefängniswärter, der eine zahlreiche Familie besaß, seine vielen Kinder gewöhnlich in den drei Zellen des Gefängnis-

ses unterbrachte und es daher gar nicht gern sah, wenn er eine für einen Häftling räumen mußte.

Das Telefon läutete. Fusco nahm den Hörer ab, und Musdeci saß bereits an seiner Schreibmaschine. Das Fräulein vom Haupttelefonamt in Neapel gab den registrierten Text des vor einer Viertelstunde erfolgten Gesprächs Capri–London durch und anschließend die Übersetzung, die der commissario laut wiederholte und der maresciallo niedertippte.

»Besten Dank, signorina, halten Sie das Tonband zu unserer Verfügung«, Fusco hängte den Hörer ein. »Wie zu erwarten, völlig bedeutungslos: die Tante ist tot und beerdigt; ein Unfall, Näheres darüber, wenn ich zurückkomme. Ja, die Anleihen darfst du verkaufen; bye, bye, see you soon, so long...«

»Was soll sie auch sagen, das arme Mädchen. Sie weiß nicht mehr.«

»Diana Nicholls scheint es dir auch angetan zu haben, ganz wie diesem Panini von der ›Tribuna‹.«

»Ach wo, ich könnte ihr Vater sein, und ich kenne sie schon, seitdem sie noch ein Kind war. Nein, sie weiß wirklich nichts.«

»Das Schlimme ist, daß niemand etwas zu wissen scheint. Ich auch nicht.«

»Diana hat jedenfalls nichts mit dem Mord von Lady Penrose zu tun«, beharrte Musdeci.

»Bene, das will ich dir glauben, aber wer hat denn bloß was damit zu tun? Diese lächerlichen vier Briefe etwa? Der Kunstdünger nicht und die ›Prawda‹ auch nicht und dieses Zeug hier?« Fusco hatte die kleine Schachtel geöffnet und blickte auf den Kalkstaub und die Glassplitter. »Und dann muß ich mir auch noch den Amtsrichter mit seiner polizia scientifica anhören! Wenn ich den Täter nicht finde, wird er Zeit

seines Lebens überzeugt sein, daß die Kriminalpolizei aus Neapel ihn bestimmt ausfindig gemacht hätte ...« Fusco warf ärgerlich die Mappe mit den Briefen und dem Zeitungsblatt, die Kakaopulverdose und die kleine Pappschachtel wieder in die Schublade.
Aus seiner Tasche nahm er den kleinen, in Pergament gebundenen Band »Historia ordinis clarissimi equitum teutonicorum«. »Das hat natürlich auch nichts mit dem Tod von Lady Penrose zu tun!« Er legte das Buch ebenfalls in die Schublade und verschloß sie.
»Du kannst jetzt gehen, Musdeci. Das Buch werde ich morgen nach Villa Maja zurückbringen. Cocorullo braucht nichts davon zu wissen, sonst zieht er weiß Gott welche Schlüsse daraus und behauptet am Ende noch, daß Plattenberg an Lady Penrose einen Lustmord verübt hat.«

Man hatte heute bei Strenas etwas später als gewöhnlich zu Abend gegessen. Diana war anschließend gleich auf ihr Zimmer gegangen, und Della Valle hatte sich noch eine Weile mit Steigleder und Fräulein Léger aufgehalten.
»Haben Sie sich schon nach einem neuen Zimmer umgesehen?« erkundigte sich Steigleder.
»Noch nicht. Um diese Jahreszeit kann man bestimmt leicht eins finden. Ich werde mich morgen darum kümmern.«
»So ruhig und nett wie bei Lady Penrose werden Sie es kaum wieder haben. Ja, Stille und Abgeschiedenheit sind auf Capri Seltenheiten geworden...« Steigleder zog an seiner Zigarre. Eine Zigarre nach jeder Mahlzeit, nicht mehr, das hatte er Fietchen fest versprochen. »Auch für uns wird sich hier manches ändern, wer weiß, wie die Villa Maja im nächsten Jahr aussehen wird! Ein Hotel wahrscheinlich. Ich habe

gehört, daß man sogar eine Fahrstraße zu dem Belvedere bauen will. Es ist ein wahrer Jammer. Wenn ich daran denke, wie idyllisch diese Insel noch vor dem Krieg war... Pferdedroschken und zwei Autobusse. Meine Frau und ich gingen immer zu Fuß nach Anacapri hinauf; jetzt macht das keinen Spaß mehr, die vielen Autos, das ewige Gehupe. Ja, es ist ein Jammer...«
Wie viele alte Capribesucher empfand auch Steigleder, daß es sein gutes Recht war, jedes Jahr die inzwischen auf der Insel stattgefundenen Erneuerungen zu benörgeln. Daß das größte Hotel noch einen vierten Stock aufgesetzt hatte, daß man an der Piccola Marina eine neue Villensiedlung plante, daß ein Freilichtkino die Abendstille störte, der Hafen der Grande Marina erweitert werden sollte, die Feriengäste ihre Rundfunkgeräte auf den Strand mitnahmen, zuviel Motorboote um die Küste knatterten, waren Steine des Anstoßes für ihn.
»Es geht nicht mehr so weiter, wenn das so weitergeht«, sagte er jedes Jahr. Aber er kam jedes Jahr wieder.
Della Valle erhob sich. »Ich muß mich leider entschuldigen, da ich noch etwas im Ort zu erledigen habe. Bis morgen also, buona notte!«
»Ein sympathischer Mensch«, sagte Madeleine Léger, nachdem er das Zimmer verlassen hatte.
»Ja. Die beiden jungen Leute waren heute übrigens am Belvedere.«
»Was Sie nicht alles merken, Steigleder!«
»Ich kam gerade von der Piazza zurück, als sie aus dem Garten traten und zusammen zum Belvedere gingen. Ich bin beim Telefonamt gewesen, um in der Klinik anzurufen.«
»Und was gibt es Neues?«

»Nichts bis jetzt. Ich habe nur mit der Oberschwester sprechen können. Meine Frau war nicht da. Evchen ist heute morgen eingeliefert worden und schlief gerade. Die Oberschwester sagte, es sei alles in Ordnung, und vorläufig gäbe es nichts zu berichten«, Steigleder seufzte, »da muß man eben warten.« Er seufzte wieder. »Ich weiß nicht, so richtig froh bin ich dieses Jahr nicht. Der Tod von Lady Penrose hat mir die Ferienlaune verdorben. Ohne meine Frau war es ohnehin nichts Rechtes diesmal«, er legte den Zigarrenstummel in den Aschenbecher und stand auf. »Na, ich werde zu Bett gehen und mich ausschlafen, das ist noch immer das Beste, wenn man sich down fühlt.«
Madeleine Léger arbeitete lustlos noch eine Viertelstunde, dann faltete sie ihre Stickerei zusammen. Auch sie empfand eine gewisse Unruhe und das Bedürfnis, vor dem Schlafengehen noch ein paar Worte zu wechseln.
Es war erst kurz nach neun Uhr. Bestimmt war Jan Franco noch auf, sagte sie sich.
Das Haus des deutschen Schriftstellers ließ sich durch den Weinberg von Carmine Strena mit einer Abkürzung erreichen. Es lag an einem schmalen Feldweg, oberhalb des Friedhofs. In dem Wohnzimmer mit dem Bogenfenster brannte noch Licht. Madeleine Léger klingelte und sagte, als die Tür geöffnet wurde:
»Guten Abend, Franco! Bei uns zu Hause kommt man nicht so hereingeschneit, wie unser Freund Plattenberg sagen würde, aber die Strenas besitzen leider kein Telefon...«
»Kommen Sie herein! Bei uns zu Hause ist man nicht so umständlich wie in Deutschordensritterkreisen«, er führte sie in das Wohnzimmer, »außerdem lebe ich allein, und da ist Besuch immer eine willkommene Abwechslung.«

»Einsam scheinen Sie jedoch nicht zu sein ...«
»Nein, ich genüge mir selbst. Es gibt ja immer etwas zu tun: wenn ich nicht schreibe, muß ich kochen, waschen, saubermachen, im Haus gibt es alleweil etwas zu reparieren, und der Garten will auch versorgt sein. Heute habe ich übrigens meinen ersten eigenen Kohl gegessen ...«, er grinste verschmitzt, »sehr menschenfreundlich, wenn man bedenkt, daß die meisten Leute ihren Kohl zwar selbst produzieren, aber von den anderen verlangen, sie sollen ihn schlucken.« Er fuhr sich vergnügt durch die grauen Haarstoppeln, deren Schnitt ganz so aussah, als sei auch er persönlich ausgeführt.
»Sie sind ein Vorbild geistiger und wirtschaftlicher Autarkie«, gab Madeleine Léger lachend zu. Sie setzte sich auf das Sofa. »Was schreiben Sie gerade?«
»Ein Fernsehspiel, das fast fertig ist. Danach will ich, zur Abwechslung, ein englisches Bühnenstück deutsch bearbeiten und hinterher wird mir schon etwas Neues einfallen, das mich beschwingt und über die manchmal etwas düsteren Wintertage hinwegträgt ...«, er unterbrach sich. »Das Telefon läutet, verzeihen Sie einen Augenblick...«
Er ging in das Nebenzimmer. Während er sprach, sah sich Madeleine Léger in dem Raum um, dessen warme Wohnlichkeit angenehm beruhigend wirkte. Vielleicht werde ich mich auch einmal auf Capri niederlassen, dachte sie, in einem stillen Haus wie dieses, schreiben, kochen, Spinat pflanzen, einen Hund haben und schließlich ein kleines Rechteck im Fremdenfriedhof erstehen, zwischen einem schwedischen Botaniker und einem polnischen Philosophen.
Jan Franco kam zurück und setzte sich in den Ledersessel beim Kamin. »Das war eben Fräulein Reuchlin. Plattenberg

ist vor einer Stunde gestorben. Ein Anginaanfall. Wenn Sie sich entsinnen, er sah ja schon heute morgen sehr schlecht aus.«
»Gestorben, ganz unerwartet... Armer Kerl«, sagte Madeleine Léger betroffen.
»Ja, armer Kerl«, wiederholte Jan Franco. Nach einer Pause setzte er hinzu: »Fräulein Reuchlin hat gesagt, die Deutschen Schwestern würden alle Formalitäten für die Beerdigung regeln, aber begleiten könnten sie ihn nicht. Er soll morgen nachmittag begraben werden, und sie hat mich gebeten dabeizusein, da sie selbst der Bestattung nicht beiwohnen kann. Sie muß morgen früh nach Neapel fahren, um mit dem Deutschen Konsul zu sprechen. Das Konsulat wird hoffentlich für Plattenbergs Grab zahlen; er ist ja gewissermaßen ein Ostflüchtling. Bei dieser Gelegenheit will sie ebenfalls den englischen Konsul aufsuchen, um es noch einmal zu versuchen, auch die Engländer zu einem Spesenbeitrag für die Instandhaltung zu bewegen. Aus Prestigegründen müßten sie es wenigstens machen. Schließlich sind ihre Landsleute in dem Fremdenfriedhof genauso zahlreich wie die Deutschen.«
»Ja, heute eine Engländerin, morgen ein Deutscher. Die Situation bleibt quitt«, bemerkte Madeleine Léger nachdenklich.
»Können Sie morgen zur Beerdigung kommen?«
»Natürlich. Soll ich auch Steigleder auffordern?«
»Ach, lassen Sie man. Wir zwei genügen und wären wahrscheinlich Plattenberg schon zuviel. Vom Armenhaus zum Armengrab, armer Deutschordensritter, er hätte es bestimmt nicht gern gesehen, daß man das erfährt. Behalten wir es für uns.«

Die Kirchturmuhr schlug neun, als Della Valle die Piazza erreichte. Er warf einen Blick in die große Bar bei der Post; dort war nur der Besitzer, der sich mit dem Bürgermeister De Tommaso unterhielt. Er ging weiter, die Hauptstraße hinunter. Die Läden waren alle geschlossen, und nur die Straßenlampen erhellten sie trüb. Aus der Bar Paradiso, am Ende der Straße, drangen Stimmen; an zwei Tischen wurde Karten gespielt, wie man durch die Glastür gut sehen konnte. Della Valle trat ein, setzte sich auf einen Hocker an der Theke und bestellte einen Kognak. Grüßend nickte er zu dem Tisch hinüber, der ihm am nächsten stand. Giulio De Gregorio, der dort mit drei anderen jungen Männern beim Kartenspiel saß, winkte ihm lebhaft zu, beendete die Runde und erhob sich.

»Salve, Della Valle! Das ist eine Überraschung, wann bist du angekommen?«

»Heute morgen. Einen Kognak?«

»Ja, danke. Wegen des Todes von Lady Penrose?«

»Ja, ich muß meine Sachen in Villa Maja abholen. Ich werde mir auch ein neues Zimmer suchen müssen.«

»Stimmt! Da kann ich dir vielleicht behilflich sein. Meine Großmutter besitzt unten an der Piccola Marina ein hübsches Haus, zwei kleine Wohnungen, sehr modern, komplett eingerichtet. Die eine, Zimmer, Bad und Küche, ist noch frei und wäre genau das richtige für dich. Wenn du willst, werde ich sie überreden, dir diese Wohnung für einen vernünftigen Preis zu vermieten, du bist ja kein forestiere, den man schröpfen muß.«

»Danke, das wäre sehr nett. Ich kann sie mir ansehen, bevor ich abfahre.«

»Sie liegt auch viel näher am Strand als die Villa Maja und

ist vollkommen unabhängig. Du hättest nicht immer die Besitzerin um die Ohren wie bisher.« Er leerte sein Glas in einem Zuge. »Was hältst du übrigens von der ganzen Geschichte?«
»Welcher Geschichte?«
»Na, von der Ermordung von Lady Penrose natürlich. Seit drei Tagen redet man auf Capri von nichts anderem.«
»Ich weiß nichts Genaueres darüber.«
»Etwas Genaues weiß hier auch niemand, aber eine ganze Reihe Leute stehen unter Verdacht.«
»Das habe ich gehört.«
»Auch die Nichte... so ganz einwandfrei scheint ihr Alibi nicht zu sein. Nichts Bestimmtes, selbstverständlich, nur was man sich so sagt auf der Piazza, in den Bars. Kennst du sie?«
»Sehr flüchtig, mehr vom Sehen.«
»Und bis man den Täter nicht gefunden hat, werden die Nachforschungen nicht eingestellt, sagt man.«
»Ja, für die Polizei bleibt der Fall offen.«
»Wie lange?«
»Auch mehrere Jahrzehnte, bis man annehmen muß, daß der Schuldige inzwischen selbst gestorben ist. Aber die Capresen werden hoffentlich schon vorher ein anderes Gesprächsthema finden.«
»Ja, das werden Sie wohl«, sagte De Gregorio lachend und zog sein Etui aus der Tasche. »Eine Zigarette?«
»Danke, ich bin an meine gewöhnt. Und was gibt es sonst Neues? Was treibst du so den ganzen Tag?«
De Gregorio hob gelangweilt die Augenbrauen. »Was soll ich schon machen zu dieser Jahreszeit! Nichts! Capri ist ein trauriges Loch, wenn der Sommer vorbei ist. Ich sitze herum

und langweile mich tot. Das ist die einzige Abwechslung«, er wies mit einer Handbewegung auf die Tische mit den Kartenspielern.

»Zum Strand gehst du nicht mehr? Es ist noch warm genug, um unter Wasser zu fischen. Dieser Herbst war besonders schön.«

»Was soll ich da schon allein machen? Kein Mensch ist mehr da.«

»Ja, die hübschen Nordländerinnen fehlen dir wahrscheinlich. Wie nanntest du sie schon?«

»Schmelzende Eisberge«, er lächelte geschmeichelt, doch sein Ausdruck wurde gleich wieder ernst.

»Damit ist es übrigens auch für den nächsten Sommer vorbei.«

»Wieso?«

»Ich habe mich verlobt.«

»Caspita, das ist aber eine Neuigkeit! Da bist du also ein angehender biederer Ehemann und gesetzter Familienvater.«

»Bieder und gesetzt ...«, wiederholte De Gregorio gedehnt und machte eine Grimasse, »so schlimm wird es hoffentlich nicht!«

»Nein, das sieht dir auch nicht ähnlich. Und wer ist die glückliche Erwählte?«

»Assunta, die Tochter des Bürgermeisters De Tommaso.«

»Ah! Ich glaube, ich habe sie einmal kurz mit ihrem Vater zusammen gesehen. Ein zierliches Mädchen mit sehr langen schwarzen Haaren, stimmt das?«

»Ja, das muß sie wohl gewesen sein. Sie ist sehr streng erzogen worden. Bis vor kurzem war sie in einer Nonnenschule in Sorrent. Sie ist sehr moralisch ...«

»... und sehr reich.«

De Gregorio nickte nachdenklich. »Ja, der Vater, aber da sie das einzige Kind ist... Zuerst wollte er gar nichts von unserer Verlobung wissen, sie sollte einen reichen, soliden und viel älteren Vetter heiraten. Schließlich hat er dann doch nachgeben müssen. Sie hat ihm gedroht, daß sie keinen Bissen mehr essen würde, wenn er nicht einwilligte.«
»Dio mio, den Hungertod sterben zu wollen! Das nenne ich Liebe!« Della Valle bezahlte die beiden Kognaks. »Ich glaube, die drei dort am Tisch warten auf dich, und ich muß sowieso jetzt gehen.«
»Bene. Dann sehen wir uns also morgen, und ich zeige dir die Wohnung.«
»Ja, bis morgen. Buona notte!«

9

»Es ist ausgesprochen schwül heute, diese Luft macht einen ganz marode«, sagte Steigleder am nächsten Morgen, Sonnabend, den 30. Oktober, zu Fräulein Léger. Sie saßen beide unter der Pergola am Frühstückstisch. Die Sonne schien durch einen milchigweißen Dunst, und flauschige Nebelschwaden verhüllten die Spitze des Monte Solaro.
Steigleder sah sich suchend um. »Wo ist denn Diana?«
Annina schenkte den Kaffee in die Tassen. »Fräulein Reuchlin mußte heute nach Neapel fahren. Sie ist sehr früh hiergewesen und hat Diana gebeten, bis zum Mittag in ihrem Geschäft zu bleiben.«
»Aha, um sie zu ersetzen. Aber versteht denn Diana etwas davon?« fragte Steigleder.
»Sie muß nicht viel machen, nur auf eine Dame warten, die mit dem Elf-Uhr-Schiff aus Sorrent herüberkommt. Die will sich einige Bilder aussuchen und vielleicht auch eine antike

Marmorfigur für ihren Garten. Sie ist eine sehr reiche Kundin, Fräulein Reuchlin will sie auf keinen Fall verlieren.«
»Ja, ja, das versteht sich, aber mußte sie denn gerade heute morgen nach Neapel?«
»Ja, unbedingt, sie mußte zum Deutschen Konsulat.«
»Wieso denn zum deutschen? Ich denke, sie ist Schweizerin.«
»Ja, ist sie auch. Aber sie geht natürlich nicht für sich — wie gewöhnlich.«
»Ach, wahrscheinlich wegen ihrem Sorgenkind, dem Friedhof. So eilig...« Er schüttelte verwundert den Kopf.
»Ja, das Konsulat ist nur heute noch geöffnet, denn von morgen bis zum 5. November sind alle Behörden geschlossen.«
»Warum?« erkundigte sich Steigleder.
»Morgen ist Sonntag, dann kommt Allerseelen, und der 4. November ist Nationalfeiertag.«
»So, was wird denn gefeiert?«
»Das siegreiche Ende des Ersten Weltkriegs.«
»Des Ersten Weltkriegs!« wiederholte er ungläubig. Er wandte sich Fräulein Léger zu, die bisher schweigend und amüsiert die Fragen Steigleders angehört hatte. »Die Italiener sind schon Lebenskünstler! Die inzwischen verlorenen Kriege vergessen sie einfach und feiern die gewonnenen, auch wenn sie noch so überholt sind...« Er bestrich seine Brotscheibe mit Butter. »Und wo ist dottore Della Valle, Annina?«
»Ich habe ihn heute morgen gar nicht gesehen. Gestern abend, als er von der Piazza zurückkam, hat er mir noch gesagt, daß er heute zeitig nach Neapel fahren müßte. Als ich ihm um halb sieben den Kaffee bringen wollte, war er schon weg.«
Steigleder fuhr sich mit dem Taschentuch über den glänzen-

den Schädel. »Eine Affenhitze heute!« Er sah zu Domenico hinüber, der an einem kleinen Tisch saß, den Kopf über sein Heft geneigt und eifrig schrieb.
»Was ist denn mit dem Jungen los? Er ist so ungewohnt artig, ist ihm nicht wohl?«
»Sein Vater hat ihn gestern tüchtig verhauen, weil er bei dem Begräbnis von Lady Penrose auf einen Baum geklettert ist und heruntergespuckt hat. Jetzt muß er zur Strafe fünf Seiten aus seinem Lesebuch abschreiben, sonst bekommt er noch eine Tracht Prügel«, sagte Annina laut, damit auch Domenico gut hören konnte. »Hoffentlich fängt die Schule bald wieder an«, setzte sie mit einem Seufzer hinzu.
»Jungen müssen so sein, wir waren alle einmal klein«, entgegnete Steigleder versöhnlich. Durch diesen Einspruch ermutigt, sah Domenico hoffnungsvoll von seinem Heft auf, doch Annina warf ihrem Sohn einen strengen Blick zu und ging in das Haus.
»Gehen Sie heute zum Strand?« fragte Madeleine Léger. »Das Wetter ist noch schön, aber lange wird es nicht mehr anhalten, das wird der letzte sonnige Tag sein, und ich muß sowieso bald an die Abreise denken.«
»Ja, ich werde mich wohl auch an den Strand begeben. Zu tun habe ich sonst nichts, da kann ich genausogut unten in der Sonne sitzen. Du lieber Himmel, diese Warterei macht einen mürbe!«
Er sah niedergeschlagen aus, und Madeleine Léger wäre es fast lieber gewesen, er hätte seine Mordtheorien zum Falle Penrose erörtert, als so verstört herumzusitzen.
»Warum machen Sie sich Sorgen! Ihre Tochter ist doch erst gestern in die Klinik gegangen. Sie müssen sich gedulden, es kann manchmal auch Wochen dauern, bis...«

»Wochen sitze ich hier nicht mehr herum! Auch wenn meine Frau und Evchen es nicht wollen, spätestens nächsten Mittwoch fahre ich bestimmt zurück!«

»Vorläufig können wir aber an den Strand gehen, ausnahmsweise einmal zusammen, wenn Ihnen das recht ist.« Madeleine Léger ergriff ihren Beutel und stand auf. Steigleder setzte seine Stoffmütze auf und folgte ihr, während Domenico ihnen traurig nachblickte.

»Dieser Schlingel«, sagte Steigleder lächelnd, »er ist in letzter Zeit ziemlich außer Rand und Band. Die Eltern sind ja beides liebe Menschen, das kann man nicht anders sagen, aber in der Erziehung, na, ich weiß nicht. Carmine ist doch ein bißchen zu primitiv – Annina anderseits über ihren Stand ehrgeizig...«

»Ach, vielleicht fehlt beiden nur die Energie, diesen Nachzügler zu bändigen. Es ist auch nicht leicht, ihn zu beaufsichtigen, und wenn er dann etwas ausgeheckt hat, glaubt Carmine mit einer Dosis Prügel alles wieder einzurenken. Na, er wird schon unbeschadet seinen Flegeljahren entwachsen.«

»Das gewiß«, stimmte Steigleder zu, »er ist im Grunde ein lieber, kleiner Bursche, manchmal ein bißchen ausgelassen und wild, wie Kinder eben so sind, aber schlagen sollte man ihn nicht. Ja, ich weiß, mir wurde als Kind fast jeden Tag die Hose strammgezogen, aber heute macht man das nicht mehr. Das steht auch in dem Buch ›Die moderne Kindererziehung‹, das ich mir für meinen Enkelsohn gekauft habe. Strenge ohne Härte, Liebe ohne Weichheit‹, nach diesem Prinzip werde ich ihn erziehen.« Madeleine Léger warf ihm einen belustigten Seitenblick zu.

Sie gingen die Via del Belvedere hinunter und bogen in die Abkürzung zur Piccola Marina ein.

»Das ist mein letzter Tag unter der Caprisonne für dieses Jahr.« Madeleine Léger empfand ihre elegische Bemerkung als abgeschmackt und setzte scherzend hinzu: »In elf Monaten sehen wir uns wieder, dann sind Sie inzwischen Großvater geworden, und der dottore Fusco hat mittlerweile den Mörder von Lady Penrose ausfindig gemacht.«
»Letzteres scheint mir reichlich unwahrscheinlich. Der commissario ist ein netter Mann, aber schusselig, ich habe es gleich gesagt. Er hätte den Dingen ganz anders auf den Grund gehen müssen, systematisch. Wer hat zuletzt mit Lady Penrose gesprochen? Plattenberg. Plattenberg behauptet, während seines Besuches sei noch jemand zu ihr gekommen, der dageblieben sei, nachdem er sich entfernt habe...«
»Wie wissen Sie denn das?«
»Als Plattenberg verhört wurde, saß ich im Vorraum des Kommissariats und löste Kreuzworträtsel mit Costanzo, der Wache hatte. Ich hatte mich auf die Bank gleich neben der Tür gesetzt, und die Stimme unseres Deutschordensritters ist ja ziemlich penetrant, so habe ich den letzten Teil seines Verhörs mitgekriegt. Wer dieser geheimnisvolle Besucher war, wußte er nicht. Sehen konnte er ihn angeblich nicht, und gehört hat er auch nichts, weil ihm das seine vorbildliche Erziehung verbietet. Nur einen Hund hat er bellen hören, das gestattete ihm die Diskretion.«
»Vielleicht hat sich Plattenberg geirrt.«
»Das ist ganz unwahrscheinlich. Entweder dieser unbekannte Besucher ist von ihm erfunden worden, dann muß er dafür seine Gründe gehabt haben; oder es ist wirklich noch jemand zu Lady Penrose gekommen, dann müßte er doch etwas über ihn aussagen können. Ich finde, der commissario sollte sich Plattenberg vorknöpfen...«

»Das geht nun leider nicht mehr. Plattenberg ist gestern abend gestorben.«

»Tatsächlich?!« Steigleder machte einen Augenblick halt und sah Madeleine Léger bestürzt an: »Gestorben! Ja, ich weiß, er litt seit langem an Angina, aber so plötzlich...« Er ging langsam weiter. »Das tut mir leid... Ich war nicht gerade mit ihm befreundet, aber immerhin, man kannte sich, und er war doch eine alte Capritype, seit Jahren traf ich ihn jeden Herbst auf der Piazza, irgendwie wird er mir fehlen.«

»Ja, mir auch.«

»Armer Kerl, so fern von seiner Heimat zu sterben, in einem Armenhaus. Wenn er wenigstens noch bei seinen Ahnen ruhen könnte, aber die Familiengruft derer von Plattenberg bei Riga haben sich inzwischen die Russen angelacht... Es ist zu traurig.«

Sie legten das letzte Stück Weg schweigend zurück. Als sie die Badeanstalt erreichten, stellten sie fest, daß dort alles verschlossen war. Die beiden Liegestühle, die sonst immer bereitstanden, fehlten: die kleine Bar war mit einem Holzladen und Vorhängeschloß dicht gemacht worden; und die Ankleidekabinen hatte man verriegelt.

»'U Ras ist nicht da!« bemerkte Madeleine Léger verwundert. »Das ist aber merkwürdig, gestern habe ich noch mit ihm gesprochen, und er hat nichts davon gesagt, daß er heute nicht kommen würde.«

Sie setzten sich unschlüssig auf die Stufen, die von der hölzernen Plattform ans Meer führten.

»Wahrscheinlich hat er etwas Besseres zu tun gehabt, als uns die Liegestühle in die Sonne zu rücken. Amore, amore wird es gewesen sein, schließlich muß er seinen guten Ruf als Frauenheld aufrechthalten...«, schmunzelte Steigleder,

der wie viele anhängliche langjährige Capribesucher lebhaften Anteil am Inselklatsch nahm und sich immer auf dem laufenden hielt. »Na ja, da müssen wir es uns heute hier unten eben ohne 'U Ras gemütlich machen...«

Vittorio Fusco hatte in der Nacht vom Freitag zum Sonnabend schlecht geschlafen und wirres Zeug geträumt. Jetzt war es neun Uhr morgens, er saß hinter seinem Schreibtisch, trank einen frisch zubereiteten espresso und versuchte sich an den Traum zu erinnern. Von psychoanalytischen Traumdeutungen nach Freud hielt er gar nichts, um so mehr vom Lottospiel. Wie jeder echte Neapolitaner spielte auch er einmal wöchentlich einige Tausend Lire bei der nächsten Lottokollektur, dem bancolotto, meistens drei Zahlen, manchmal auch vier, je nachdem, ob sich aus dem Traum eine Terne oder Quaterne deuten ließ. Manche spielten sogar eine Quinterne, doch ein Fünfergewinn war ein ganz seltener Glücksfall. Der Mann hinter dem Schalter im Bancolotto besaß »La Smorfia«, die Bibel aller Lottospieler; dort konnte man nachschlagen, welchen Nummern die geträumten Geschehnisse entsprachen. Die wichtigsten Zahlen wußte in Neapel allerdings jedes Kind auswendig: Liebe (platonisch) 7; Liebe (sinnlich) 8; erwiderte Liebe 12; nicht erwiderte Liebe 87; Hochzeit 6; Ehe 84; Schicksal 95; Angst 90; Unglück 17; eine Leiche 12; aufgebahrte Leiche 51.
»Musdeci«, sagte Fusco, »hör gut zu. Also, ich habe heute nacht geträumt, daß Lady Penrose auf ihren langen, dürren Beinen vor mir herlief...«
»Coscie di vecchia 77«, sagte Musdeci.
»Stimmt, Beine eines alten Weibes 77.« Fusco schrieb die

Zahl auf seinen Notizblock. »Ich bin ihr nachgelaufen, und als ich sie endlich erreichte, lag sie tot auf der Erde, das Gesicht lachend verzogen...«
»Morto che ride 35.«
»Lachende Leiche 35«, schrieb Fusco. »Zwei Zahlen, eine Ambe, hätte ich also schon. Dann habe ich mich über sie gebeugt und wollte sie aufrichten, aber da war es gar nicht mehr Lady Penrose, sondern ein Hund, der genau wie Cocorullo aussah, er trug sogar den gleichen Kneifer...«
»Hund, der wie Amtsrichter mit Kneifer aussieht...« Musdeci kratzte sich nachdenklich den Kopf. »Was das für eine Nummer ist, weiß ich nicht. Wir müssen in der ›Smorfia‹ nachsehen.«
»Ja, unbedingt, nachher werde ich mich bei Gaetano vom bancolotto erkundigen. Wenn bei diesem verflixten Mord nicht der Täter herauskommt, so hoffentlich wenigstens eine Terne«, und in der Aussicht auf einen Dreigewinn beschloß er, diese Woche einen höheren Einsatz zu wagen.
Peppino trat ein.
»Draußen ist die Frau von Totò Arcucci, Gelsomina, und will Sie sprechen. Sie ist mit 'U Ras gekommen.«
»'U Ras? Wie heißt er bloß noch richtig?« fragte Fusco, doch weder Musdeci noch Peppino kannten den wahren Namen.
»Laß sie eintreten.«
Gelsomina hatte eines ihrer besten Kleider angezogen, die Schuhe mit Absätzen, die sie nur trug, wenn sie nach Neapel fuhr, und hatte die Krokodilledertasche mitgenommen, wahrscheinlich, um schon äußerlich zu bekunden, welchen Respekt ihr das Kommissariat einflößte.
'U Ras trug Hemd und Hose wie gewöhnlich. Das Hemd war halb offen, und in dem schwarzen Gekräusel der dichten

Brusthaare baumelte die goldene Kette mit dem Medaillon der Madonna von Pompeji, die man ihm als Säugling zur Taufe umgehängt hatte.

Gelsominas sonst rundlich vergnügtes Gesicht sah sorgenvoll und abgehärmt aus.

»Wir sind gekommen, um Totò herauszuholen.«

'U Ras wies ihr mit einer autoritären Handbewegung an, daß sie zu schweigen habe, und sie senkte demütig den Kopf.

»Commissario, da ich ein Freund von Totò bin, habe ich mich entschlossen, die Wahrheit zu sagen, damit er aus dem Gefängnis herauskommt. Ich weiß, wo Totò Arcucci Dienstag nachmittag war.«

»Und wo war er?« erkundigte sich Fusco.

»Im Schrank.«

»Wo?«

»In seinem Haus, in seinem Zimmer, in seinem Schrank.«

»Und wie weißt du das?«

»Weil ich auch da war.«

»Auch im Schrank?«

»Nein, im Bett. Wir waren zusammen im Bett.«

»Was heißt zusammen?«

»Wir«, 'U Ras wies mit einer Kopfbewegung auf Gelsomina, die verschämt die Augen niederschlug.

»So«, Fusco zündete sich eine Zigarette an, »du warst... Wie heißt du eigentlich? Der maresciallo muß deine Aussage zu Protokoll bringen.«

»Giuseppe Ferrari, aber sagen Sie ruhig 'U Ras, so kennen mich alle.«

»Also, jetzt bitte der Reihe nach: was ist am Dienstag nachmittag, den 26. Oktober, in dem Haus von Arcucci vorgefallen?«

»Wenn Totò nicht in seiner Bar ist, geht er fischen ...«
»Ja, das ist bekannt. Dienstag war er nicht in seiner Bar, aber fischen war er auch nicht.«
»Dienstag wäre er bestimmt fischen gegangen, wenn nicht ... Commissario, Sie wissen ja, wie das auf dieser Insel ist: keiner schert sich hier um den eigenen Dreck, und niemand lassen sie in Frieden leben. Totò hat einen anonymen Brief bekommen, in dem etwas über mich und seine Frau stand. Manchmal nämlich, wenn er fischen ging, trafen wir uns«, 'U Ras wies wieder mit einer Kopfbewegung auf Gelsomina, die züchtig ihren Rock über die Knie glattstrich. »Wir sind gut befreundet.«
»Das kann man wohl behaupten«, gab Fusco zu.
»Ich bin auch mit Totò immer gut befreundet gewesen.«
»Ja, das gibt es«, nickte Fusco.
»Und deshalb sind wir immer sehr vorsichtig gewesen«, fuhr 'U Ras fort, »damit er keinen Ärger haben sollte. Aber, wie gesagt, auf dieser Insel ist es einfach unmöglich, daß sich die Leute um ihre eigenen Angelegenheiten kümmern. In dem Brief stand, Gelsomina würde ihm mit mir die Hörner aufsetzen, Gelsomina ti mette le corna con 'U Ras, verstehen Sie, commissario? So haben sie natürlich den armen Mann um seinen Frieden gebracht, diese Giftzungen! Sie haben auch geschrieben, daß ich gewöhnlich am Nachmittag, nachdem ich meine Badeanstalt geschlossen hatte und er ahnungslos fischen gegangen war, heimlich Gelsomina besuchen kam. Aus Freundschaftsgründen müßten sie ihm dies mitteilen! Und am Schluß stand auch noch: ›Aber vielleicht ist Dir schon alles bekannt, und Du bist damit einverstanden ...‹ Das konnte Totò natürlich nicht auf sich sitzenlassen.«
»Ja«, bestätigte Fusco verständnisvoll.

»Deshalb«, fuhr 'U Ras fort, »hat er am Dienstag nachmittag wie üblich seinen Köder zubereitet und Gelsomina gesagt, er würde zur Unghia Marina gehen, statt dessen hat er sich im Schlafzimmer in dem großen Kleiderschrank versteckt. Mit wütendem Gebrüll ist er dann plötzlich herausgesprungen und hat sich über mich hergemacht. Ich war so überrascht, daß ich ihm auch einige Fausthiebe versetzt habe, was ich sonst vermieden hätte, denn er ist viel schwächer als ich. Davon bekam er dann ein blaues Auge und eine blutige Backe. Mich hat er auch verwundet mit dem Haken eines Kleiderbügels, den er sich aus dem Schrank mitgenommen hatte ...«
'U Ras wies auf das Pflaster, das seine Stirn verklebte.
»Es hat mir natürlich leid getan, so diese Handgreiflichkeiten, und auch Gelsomina, sie hat sich sehr erschreckt ... Wenn es nach mir gegangen wäre, hätten wir die Sache auch friedlich regeln können, wie es sich unter zivilisierten Menschen gehört. Doch er war außer sich, es war nicht mit ihm zu reden. In England hingegen gehen die Männer in solchen Fällen in den Klub und sprechen sich aus ...«
»Ja, in England«, sagte Fusco, »aber hier sind wir in Italien, in Süditalien, und von Hörnern wollen wir nichts wissen.«
»Eh sì, wir sind leider noch ein primitives Volk«, sagte 'U Ras traurig, »elementar und primitiv, immer gleich losschlagen. Ich hätte es Totò auch übelnehmen können, was ist das für eine Manier, so hinterrücks aus dem Kleiderschrank zu springen und draufloszuhauen! Aber ich bleibe sein Freund und will nicht, daß er meinetwegen unter Mordverdacht steht.«
Fusco drückte seine Zigarette aus und sah 'U Ras fragend an.
»Ja«, fuhr dieser fort, »als Sie ihn nämlich den nächsten

Tag auf das Kommissariat gerufen und ausgefragt haben, wollte er nicht sagen, was am Dienstag nachmittag geschehen war, deshalb hat er Ihnen erzählt, er sei fischen gegangen. Und auch am nächsten Tag, als Sie von Nardino wußten, daß er nicht an der Unghia Marina gewesen war, hat er immer noch darauf bestanden, denn er wollte seine Ehre retten, il suo onore, commissario! Und jetzt sitzt er im Gefängnis unter dem Verdacht, Lady Penrose ermordet zu haben.«

»Das hat niemand gesagt«, bemerkte Fusco.

»Gesagt nicht, aber so ist es. Warum ist er sonst im Gefängnis? Weil er verdächtigt wird wegen seiner falschen Aussage und weil ihm die Villa Maja gehört und jeder weiß, daß er Lady Penrose ein rasches Ende wünschte, um ein Hotel dort zu bauen.«

Gelsomina hatte mit Kopfnicken die Worte von 'U Ras begleitet.

»Es ist doch besser, man hat Hörner, als unter Mordverdacht zu stehen«, sagte sie klagend.

»Ja, das bestimmt«, gab Fusco zu. »Natürlich wird Arcucci eure Aussage bestätigen müssen.«

»Das wird er«, sagte Gelsomina schnell. »Zuerst wollte er gar nichts davon hören, die Wahrheit einzugestehen. ›Lieber das Zuchthaus als ehrlos!‹ hat er immer wieder gesagt. ›Meglio l'ergastolo che cornuto‹... Aber gestern mittag habe ich ihn endlich überzeugt. Ich halte es nicht mehr aus, daß er im Gefängnis sitzt. Seine Zelle ist so schrecklich feucht, sie liegt nach Norden, ohne Durchzug, und er leidet doch an Rheuma...«

»Ja«, unterbrach 'U Ras Gelsominas weinerliche Klage, »wir sind ein zivilisiertes Volk, aber unsere Gefängnisse sind eine Schande. Wir haben das Kolosseum und Sankt Peter und

haufenweise Kirchen, Tempel und Museen, warum können wir unsere Gefängnisse nicht verbessern? In Schweden sind die Gefängnisse wie Luxusvillen, jede Zelle mit Bad und Fernsehapparat...«
»Ja, in Schweden, wir sind in Italien, Süditalien«, entgegnete Fusco geduldig, »wenn unsere Gefängnisse Luxusvillen wären, würde die Bevölkerung freiwillig einziehen. Musdeci, sieh mal nach, ob Arcucci inzwischen da ist. Ich hatte Peppino gesagt, ihn um zehn Uhr abzuholen.«
Als Arcucci hereingeführt wurde, grüßte er nur den commissario.
»Also, Totò«, sagte Fusco, »machen wir die Sache kurz. Wo warst du Dienstag nachmittag, den 26. Oktober?«
»In meinem Haus.«
»Welche Zeugen hast du für diese Behauptung?«
Er wies wortlos nach links und rechts, auf 'U Ras und Gelsomina, ohne sie anzusehen.
»Um wieviel Uhr hast du den Schrank verlassen?«
»Um sechs ungefähr«, sagte Arcucci dumpf.
»Und wann bist du aus dem Haus gegangen?« erkundigte sich Fusco, an 'U Ras gewandt.
»So gegen halb sieben muß es gewesen sein, ich habe nicht auf die Uhr geschaut. Der Apotheker wird es wissen, er hat mir Jod und ein Pflaster gegeben.«
»Und du bist anschließend zu Hause geblieben, Totò?« fragte Fusco.
Arcucci nickte stumm, düster vor sich hinstierend.
»Ja«, bestätigte Gelsomina eifrig, »ich habe ihm den ganzen Abend kalte Umschläge machen müssen.«
»Gut, dann ist ja alles geklärt«, sagte Fusco mit forcierter Aufgeräumtheit, »warum hast du das nicht gleich gesagt?

Wegen solcher Lappalien im Gefängnis sitzen! Na, ich hätte dich sowieso bald herausgeholt, um endlich wieder einen halbwegs anständigen Kaffee zu trinken.«
Musdeci rollte den letzten Bogen aus der Schreibmaschine und legte ihn Arcucci, Gelsomina und 'U Ras zur Unterschrift vor.
'U Ras stand als erster auf. »I miei rispetti, commissario«, sagte er und verließ den Raum.
Danach erhob sich auch das Ehepaar Arcucci; sie grüßten und gingen mit starren Mienen aus dem Zimmer.
»Armer Totò«, bemerkte Musdeci, »ich kann mir vorstellen, wie ihm zumute ist...«
Fusco zündete sich eine Zigarette an. »Warum geht er auch soviel fischen?« sagte er nachdenklich.

Livio Della Valle kam um elf Uhr morgens mit dem Schnellboot zurück. Von dem Dutzend Passagiere war er der erste, der auf den Hafendamm sprang, und als erster erreichte er auch die kleine rote Drahtseilbahn. Geräuschlos und langsam erklomm sie an Apfelsinengärten und Villen vorbei die Anhöhe bis zur Ortschaft. Er überquerte mit eiligen Schritten die Piazza, erstieg die Stufen bei der Kirche und ging durch den Bogengang, der zum Kloster von Santa Teresa führte. Vor dem Haus von De Gregorio blieb er stehen und klingelte. Eine alte Magd öffnete ihm die Tür.
»Mein Name ist Della Valle. Ich möchte signore De Gregorio sprechen.«
»Ja, ich weiß nicht, ob il signorino schon aufgestanden ist. Un momento, ich werde nachsehen...« Sie schlurfte in ihren abgelatschten Pantoffeln davon.
Gleich danach ertönte De Gregorios Stimme hinter einer Tür:

»Della Valle, ich komme gleich, warte nur einen Augenblick, ich rasiere mich gerade.«
Nach zehn Minuten erschien er in frischgebügelter Hose, nach Rasierwasser duftend, ein fröhliches Lächeln auf dem Gesicht.
»Salve! Wie geht's? Alles in Ordnung, übrigens, meine Großmutter ist einverstanden, ich habe sie 'rumgekriegt, du kannst die Wohnung haben. Wir können gleich hingehen, damit du sie dir erst einmal ansiehst.«
»Das hat noch Zeit«, sagte Della Valle, »ich weiß noch gar nicht, ob ich überhaupt eine neue Wohnung mieten werde. Es könnte sein, daß ich mir ein kleines Grundstück kaufe und ein eigenes Haus baue. Doch das ist alles noch Zukunftsmusik, ich muß es mir gut überlegen.«
De Gregorio sah ihn unsicher an. »Wie du meinst. Ein eigenes Haus ist natürlich viel netter für dich... Kann ich dir sonst irgendwie behilflich sein?«
»Nein. Umgekehrt. Ich werde dir behilflich sein.«
Etwas in dem Ton Della Valles ließ den jungen Mann aufhorchen.
»Wieso mir behilflich? Wirke ich so hilfsbedürftig?« fragte er gezwungen scherzhaft.
»In gewisser Hinsicht schon. Ich werde dich zum Kommissariat begleiten.«
»Warum? Der commissario hat mich bereits vernommen. Ich habe nichts mehr auszusagen. Und er hat mich nicht wieder rufen lassen. Außerdem ist das nicht deine Angelegenheit«, wehrte er sich mit gespielter Empörung, »ich brauche keinen Vormund!«
»Jetzt mach gefälligst keine Faxen! Los, gehen wir«, sagte Della Valle kurz.

Sie legten den Weg wortlos zurück. Erst als sie kurz vor dem Kommissariat waren, versuchte De Gregorio noch einmal einen schwachen Protest:
»Aber warum? Was soll ich dem commissario sagen?«
»Das wird dir schon rechtzeitig einfallen.«
Costanzo saß im Vorraum und stand auf, um sie anzumelden.
Fusco konnte ein Lächeln nicht unterdrücken, als er De Gregorio erblickte.
»Prego«, er wies auf die beiden freien Stühle vor seinem Schreibtisch.
»Ich war heute morgen in Neapel«, begann Della Valle nach der Begrüßung, »und bin im Sekretariat der Universität gewesen...«
»... und dort haben Sie erfahren...« Fusco unterbrach sich und suchte, immer noch lächelnd, unter den Papieren auf seinem Tisch ein Blatt hervor. »Sehen wir mal, dottore Della Valle, ob sich die von Ihnen eingeholte Auskunft mit dieser deckt, die ich vor kurzem telefonisch erhalten habe.«
»Von dem Medizinstudenten Giulio De Gregorio ist in den Registern des Sekretariats seit drei Jahren kein Lebenszeichen mehr vorhanden. Er hat sich im zweiten Semester zu einem Examen gemeldet, in dem er durchgefallen ist. Für die nächsten zwei Jahre hat er noch die Beiträge eingezahlt, ist aber nicht mehr zu den Vorlesungen erschienen. Seit drei Jahren sind auch die Beiträge ausgeblieben. Für die Prüfungssession des kommenden Novembers ist der Name De Gregorio zu keinem Examen irgendwo verzeichnet.«
»Ja, das gleiche ist auch mir mitgeteilt worden.« Fusco sah von seinem Blatt auf und zu De Gregorio herüber. »Die Anmeldung zu einer Prüfung muß schon einen Monat vorher

eingereicht werden, wie Ihnen bekannt ist. Aber ganz abgesehen von der verpaßten Anmeldung wissen Sie genau, daß man Sie sowieso nicht zugelassen hätte, wenn Sie die Vorlesungen nicht regelmäßig besucht haben.«

De Gregorio zog sein Etui aus der Tasche. Mechanisch machte er die Geste, seine Zigaretten Fusco und Della Valle anzubieten, doch dann besann er sich und nahm nur eine für sich heraus.

»Daß Sie also den ganzen Dienstag nachmittag gelernt haben und dann auch noch von sieben bis elf Uhr abends über medizinischen Texten gesessen haben, ist angesichts Ihrer bisher reichlich erratischen studentischen Laufbahn ganz unwahrscheinlich«, sagte Fusco. »Folglich muß ich annehmen, daß die Aussage von Fräulein Nicholls stimmt. Sie waren mit ihr bis um neun Uhr am Belvedere und haben sich dann am Eingang von Villa Maja von ihr verabschiedet.«

»Ja.« De Gregorio atmete den tief eingezogenen Rauch seiner Zigarette in dichten Schwaden aus, als wolle er sich darin vernebeln.

»Und warum haben Sie es vorgezogen, eine falsche Aussage abzulegen?«

»Ich bin verlobt«, sagte De Gregorio und stockte.

»Ja, mit der Tochter des Bürgermeisters De Tommaso. Und?« fragte Fusco.

»Sie ist sehr eifersüchtig. Wenn sie erfahren hätte, daß ich abends allein mit einem Mädchen am Belvedere gewesen bin..., sie hätte mir eine furchtbare Szene gemacht. Auch bei einer ganz unschuldigen Bekanntschaft wie dieser. Diana und ich sind seit unserer Kindheit befreundet, eine gute Freundschaft, weiter nichts, aber Assunta hätte das bestimmt nicht geglaubt.«

»Schöne Freundschaft! Und aus einem so albernen Grund bringen Sie einen unschuldigen Menschen in Schwierigkeiten? Sie mußten doch wissen, daß das von Ihnen nicht bestätigte Alibi Fräulein Nicholls dem Verdacht aussetzen würde, sie stehe mit dem Tod der Tante in Verbindung und habe da etwas zu verschweigen!«
De Gregorio nickte stumm.
»Gut, gehen Sie. Es ist bestimmt für die Menschheit besser, wenn aus Ihnen kein Arzt wird.«
Nachdem De Gregorio den Raum verlassen hatte, stand auch Della Valle auf. »Kann ich Fräulein Nicholls jetzt mitteilen, daß sie abfahren kann? Sie muß Montag nachmittag unbedingt wieder in Brüssel sein.«
»Ja, sie ist durchaus frei, die Insel zu verlassen, wann es ihr paßt. Es wäre allerdings angebracht, daß sie sich vorher in der Villa Maja das ihr testamentarisch zustehende Erbteil abholt. Das könnte morgen früh in Gegenwart des Notars geschehen. Bei dieser Gelegenheit müßten auch Sie Ihr Zimmer räumen, denn Totò Arcucci wird wahrscheinlich bald von dem Haus Besitz ergreifen und mit dem Umbau beginnen wollen. Ich werde Sie jedenfalls heute abend noch benachrichtigen, wann der Notar morgen in der Villa Maja sein wird.«
»Dann werde ich Fräulein Nicholls also sagen, daß sie morgen nachmittag abfahren kann. Besten Dank, commissario...«
»Arrivederla, dottore...«
Fusco blieb mit Musdeci zurück; sie schwiegen beide und blickten nachdenklich vor sich hin.
»Bè, commissario...« Der maresciallo sah fragend auf seinen Vorgesetzten.

»Bè, Musdeci...«, sagte Fusco, »was soll ich dir sagen? Totò Arcucci und Diana Nicholls sind jetzt von jedem Verdacht befreit; Plattenberg ist im Jenseits, und wir sind keinen Schritt weitergekommen. Ich muß unbedingt vor morgen noch einmal zur Villa Maja. Heute ist der letzte Tag, an dem noch alles so ist wie in der Todesstunde von Lady Penrose. Vielleicht ist mir doch noch etwas entgangen...«, er sah auf seine Uhr, »ich werde jetzt essen gehen.«
Musdeci suchte die herumliegenden Papiere zusammen und stülpte eine Schutzhülle aus Wachstuch über die alte Schreibmaschine.
»Guten Appetit, commissario.«
»Einen Augenblick noch: tu mir den Gefallen und gehe bei Gaetano vom bancolotto vorbei und schlage in der ›Smorfia‹ nach, ob du die dritte Nummer findest, du weißt schon, Amtsrichter als Hund, damit ich eine Terne auf meinen Traum spielen kann. 77 – 35, nur der Hund, der wie Cocorullo aussah, fehlt mir noch.«
»Wird es dafür eine Nummer geben?«
»Natürlich, es gibt für alles eine Nummer, man muß nur richtig nachschlagen. Suche unter Hund und unter Richter nach, dann...«
Costanzo kam in das Zimmer: »Il giudice, dottore Cocorullo«, meldete er und gleichzeitig trat der Amtsrichter ein.
»Ich war gerade im Begriff wegzugehen, im Wirtshaus ›Da Titina‹ erwartet man mich in einer Viertelstunde«, sagte Fusco in der Hoffnung, daß diese Mitteilung Cocorullo bewegen möge, seinen Besuch auf einen gelegeneren Zeitpunkt zu verschieben. Doch dieser sagte nur:
»Dann ist es ja gut, daß ich Sie noch rechtzeitig erwischt habe.« Er ließ sich auf einem Stuhl nieder, nahm die kleine

Dose mit den Pillen aus der Tasche und steckte zwei in den Mund. »Immer zwei eine Stunde vor jeder Mahlzeit und zwei eine Stunde hinterher. Nein, danke, Wasser ist nicht nötig, man muß sie langsam zergehen lassen. Die Verdauung beginnt im Mund.«
Fusco verzog angeekelt das Gesicht. »Du kannst gehen, Musdeci«, sagte er mit einem Seufzer.
»Ich hatte eigentlich erwartet, Sie gestern bei mir zu sehen«, sagte der Amtsrichter, »um den weiteren Verlauf der Untersuchungen zu erfahren. Da Sie nicht zu mir gekommen sind, muß ich wohl zu Ihnen kommen. Wie heißt es im Koran? Se Maometto non va alla montagna, la montagna va da Maometto.«
»Stört es Sie, wenn ich rauche?«
»Dieses Zimmer ist geradezu vernebelt von Rauch, da kann eine Zigarette mehr keinen großen Unterschied machen. Nein, lassen Sie nur, offene Fenster sind mein Tod! Bei meiner chronischen Bronchitis auch noch Zugluft! Dann schon lieber dieser Dunst. Nun, was gibt es Neues? Hat Totò Arcucci gestanden?«
»Ja, ich habe ihn heute morgen aus dem Gefängnis entlassen.«
»Wieso?« fragte Cocorullo.
»Er hat mit dem Tod von Lady Penrose nichts zu tun. Den Dienstag nachmittag und abend hat er in seiner Wohnung verbracht; er hat außer seiner Frau auch einen anderen Zeugen, Giuseppe Ferrari, den Besitzer der Badeanstalt an der Piccola Marina.«
»Und warum hat er erst erzählt, er sei fischen gegangen?«
»Weil er nicht wollte, daß sich die Wahrheit herumsprach, nämlich daß er an dem Nachmittag eine häusliche Ausein-

andersetzung, sagen wir, gehabt hat. Giuseppe Ferrari, genannt 'U Ras, und seine Frau waren zusammen im Bett – in seinem Bett.«
»Aha, cherchez la femme!« Wie viele Neapolitaner sprach auch Cocorullo genauso gern wie schlecht französisch.
»Und Fräulein Nicholls? Ist sie inzwischen mit der Sprache herausgerückt?«
»Sie nicht, denn sie hätte nur bestätigen können, was von ihr bereits ausgesagt worden war...«
»Aber diese zwei Stunden am Dienstag«, unterbrach der Amtsrichter, »von sieben bis neun Uhr abends, die sie angeblich mit De Gregorio verbracht haben will, was dieser ableugnet?«
»Inzwischen hat sich De Gregorio entschließen müssen, zuzugeben, daß er eben diese zwei Stunden doch mit Fräulein Nicholls zugebracht hat.«
»So, und warum hat er erst vorgegeben, er sei zu Hause geblieben, um sich auf seine Examen vorzubereiten?«
»Weil er vermeiden wollte, daß seine Verlobte von diesem abendlichen Spaziergang mit einem Mädchen zum Belvedere erfuhr. Seine Verlobte soll sehr eifersüchtig sein.«
»Aha. Cherchez la femme! Auch in diesem Fall. Das wäre also der gegenwärtige Stand der Untersuchungen?«
Fusco blickte dem Rauch seiner Zigarette nach. »Totò Arcucci hat mit dem Tod von Lady Penrose nichts zu tun. Diana Nicholls ebenfalls nicht. Ihre Beteiligung schien mir auch von Anfang an zweifelhaft; nach dem Geständnis von De Gregorio haben wir die Gewißheit.«
»Sie zählen mir immer nur auf, wer bestimmt nicht an dem Mord beteiligt war. Die bisherigen Untersuchungen könnte man daher als negative Fortschritte bezeichnen...«

Es gibt todsicher eine Nummer in der »Smorfia« für Hund von einem Amtsrichter, dachte Fusco. Laut sagte er: »Morgen ist Sonntag, und bis zum 5. November sind Feiertage...«
»Nicht für mich, ich werde immer zu erreichen sein, wenn Sie das meinen«, sagte der Amtsrichter kühl, »und ich darf wohl annehmen, daß auch Sie angesichts der besonderen Umstände dieses Mal darauf verzichten werden, die Feiertage wie gewöhnlich in Neapel zu verbringen.« Sein Tonfall wurde oratorisch, während er fortfuhr: »Das Auge der Welt ist auf uns gerichtet, commissario, vergessen Sie das nicht. Gestern war ein Reporter der Associated Press bei mir, heute steht über den Fall Penrose auf Capri ein Artikel in der Stockholm Tidningen und der France Presse. Der Täter muß gefunden werden, sonst ist es eine nationale Blamage.« Er machte eine kurze Pause und setzte dann hinzu: »Damit die Verantwortung nicht ganz auf Sie fällt, commissario – zweifellos verstehen Sie die gute Absicht meines Vorschlags, die keinerlei Kritik enthält! – würde ich vorschlagen, einen Sachverständigen von der Interpol für die weiteren Untersuchungen hinzuzuziehen.«
»Das ist mir durchaus recht, giudice«, erwiderte Fusco gleichmütig. »Jetzt muß ich aber leider aufbrechen. Darf ich Sie zum Mittagessen ins Wirtshaus ›Da Titina‹ einladen?«
»Danke, danke, sehr freundlich«, sagte Cocorullo sich erhebend, »doch ich kann Ihr Angebot nicht annehmen. Ich lebe diät, die Kost in diesen Wirtshäusern ist Gift für mich, vor allem das Öl, das Öl ist ganz besonders schädlich für meine Leber. Ich vertrage nur reines Olivenöl, frei von Bodensatz und frisch, höchstens ein Jahr alt und mit einem Säuregehalt unter 2 Prozent. Das schickt mir meine Schwester regelmäßig aus Apulien. Bè, dunque, buon appetito, commissario!«

10

Jan Franco erreichte als erster das schmiedeeiserne Tor des Fremdenfriedhofs; wie verabredet blieb er wartend stehen, und nach wenigen Minuten bog auch Madeleine Léger um die Straßenkurve. Sie trugen beide kleine Blumensträuße, und Jan Franco hatte sogar einen Kranz aus Lorbeerzweigen geflochten, der mehr wie eine Ellipse ausgefallen war.
»Wie hübsch!« sagte Madeleine Léger anerkennend.
»Kränzewinden scheint mir nicht sehr zu liegen«, er hielt sein Machwerk in Armeslänge von sich und betrachtete es kritisch, »immerhin, ich habe es versucht.«
Plattenbergs Sarg stand bereits auf dem Sockel in der offenen Leichenhalle. Auf der Stufe davor saßen rauchend der Friedhofswächter und sein junger Gehilfe. Sie standen beide auf, als sie Jan Franco und Madeleine Léger erblickten.
»Kommt noch jemand?« fragte der Wärter und trat sein Zigarettenende mit der Schuhsohle aus.

»Nein, niemand mehr.«

»Dann also los«, sagte der Wärter zu seinem Gehilfen, der das glimmende Ende seiner Zigarette an der Mauer abstrich und den Zigarettenrest in die Brusttasche steckte. Trägen Schritts näherten sie sich dem Sockel.

»Schafft ihr das allein?« fragte Jan Franco besorgt.

»Sì, ce la facciamo, es wird schon gehen, Cap 'e limone era magro...«

»Zitronenkopf war mager«, wiederholte Madeleine Léger nachdenklich und blickte auf den Sarg. Erst jetzt wurde es ihr bewußt, daß in dieser Bahre die lange, hagere Gestalt Plattenbergs lag. Gestern morgen noch hatte er an dieser Stelle hier aufrecht neben ihnen gestanden. Die weißen Tennisschuhe, der dunkle verschlissene Anzug, sein Monokel... Manchmal, wenn sie ihm in vergangenen Jahren auf der Straße begegnet war, trug er eine Reitgerte und dazu eine Sportkappe aus Tweed, auch einen Siegelring mit Wappen und goldene Manschettenknöpfe hatte sie früher an ihm bemerkt, doch die waren inzwischen wohl verkauft worden. Wer weiß, ob man ihm sein Monokel und die Reitgerte, die letzten Theaterrequisiten einer vergangenen Blütezeit, mit in den Sarg gelegt hatte? Und das unvollendete Manuskript der Familienchronik, die gleichzeitig die Geschichte des Deutschritterordens sein sollte, drei dicke Bündel, zusammen ein paar tausend Seiten. Vielleicht war der Sarg doch nicht so leicht.

»Weit zu gehen haben wir nicht«, sagte der Wärter. »Er wird gleich hier neben der Mauer begraben. Es ist eins der schlechten Gräber, dort wo die Armen hinkommen...«

»Gute Gräber, schlechte Gräber«, bemerkte sein Gehilfe philosophisch, »was heißt das schon? Grab ist immer schlecht.«

»Nein«, widersprach sein Vorgesetzter, »auch im Tod gibt es Unterschiede. Möchtest du nicht lieber oben, in unserem Friedhof in einer schönen Marmorgruft liegen, ganz aus schwarzem Marmor, der ist der teuerste, und dein Name mit goldenen Buchstaben darauf, als hier unten, zwischen Brennnesseln, und nicht einmal ein Priester ist bei deiner Beerdigung dabei?«

Der Gehilfe schüttelte den Kopf. »La morte ...«, sagte er gedehnt mit einer geringschätzigen Handbewegung, als wiese er eine unpassende Zumutung weit von sich ab, »mit Priester und Marmor oder unter Brennesseln: Tod bleibt Tod.« Er war sehr jung, und der Tod bedeutete offensichtlich für ihn noch etwas, das ihn nicht betraf und nur den anderen geschah, die so dumm waren, darauf hereinzufallen.

»Die capresische Version der Friedhofsszene aus Hamlet«, sagte Jan Franco. Madeleine Léger nickte wortlos.

Sie schritten den beiden Männern nach, die den Sarg hochgehoben hatten und ihn aus der offenen Halle zu der hinteren Friedhofsmauer trugen. Vor der offenen Grube blieben sie stehen.

»Können wir ihn gleich hineintun und zuschaufeln?« fragte der Friedhofswärter.

»Ja«, sagte Jan Franco.

Unter den ersten Schaufeln Erde widerhallte er hohl, als sei er leer; Wurzelstücke und Steine kollerten auf den Deckel mit dumpfem Tamtam. Jan Franco und Madeleine Léger sahen schweigend zu, wie sich die Grube füllte.

»Ecco fatto«, sagte der Wärter schließlich und wischte sich mit einem Taschentuch die Stirn. Sein Gehilfe nahm das angerauchte Zigarettenende aus der Brusttasche und zündete es an.

»Kein Priester und richtig geweihte Erde wie in unserem Friedhof ist das hier auch nicht. Wie ein Mörder ist Cap 'e limone begraben worden ...«

»Wie ein Mörder ...«, echote sein Gehilfe.

»Was ist das für ein Unsinn?« fragte Jan Franco.

»Ich weiß nur, was man sich auf der Piazza erzählt«, entgegnete der Wärter, »und auf der Piazza sagt man, daß Cap 'e limone Lady Penrose umgebracht hat. War er es nicht, der sie zuletzt am Dienstag besucht hat? Und nachher lag Lady Penrose tot im Garten. Die Nichte ist unschuldig und Totò Arcucci auch, deshalb hat er heute morgen das Gefängnis verlassen dürfen. Doch alle können nicht unschuldig sein. Cap 'e limone war zuletzt in der Villa Maja ...«

»Ja«, bekräftigte der Gehilfe, »und meine Mutter hat gestern nachmittag den commissario und den maresciallo gesehen, wie sie zu den Deutschen Schwestern gegangen sind, um Cap 'e limone zu verhaften ...«

»Und als er die Polizei gesehen hat, da wußte er, daß man ihn entdeckt hatte. Vor lauter Schreck hat er da einen Herzschlag gekriegt und ist gleich danach vor Schreck tot umgefallen.«

»Dummes Gerede! Der Baron war seit langem krank und gestern morgen schon, nach dem Begräbnis von Lady Penrose, hatte er einen schweren Anfall ...«

Doch der Wärter achtete nicht auf die Worte von Madeleine Léger.

»Er war zuletzt bei Lady Penrose«, beharrte er. »Nimm die Schaufeln und den Korb«, befahl er seinem Gehilfen und setzte erklärend hinzu: »Wir müssen gehen. In dem Friedhof oben gibt es jetzt viel zu tun. In drei Tagen ist Allerseelen ...«

Die beiden Männer nahmen ihre Werkzeuge auf und entfernten sich gemächlich. Nachdem sie verschwunden waren, legten Jan Franco und Madeleine Léger die Sträußchen und den Kranz auf den Grabhügel neben der kahlen Mauer. Die Blumen nahmen sich spärlich arm auf dem Erdhaufen aus.
»Armer Plattenberg, beliebt hat er sich auf der Insel nicht gemacht«, sagte Madeleine Léger bedrückt, »aber diese Beschuldigung verdient er wirklich nicht.«
»Das sind nur alberne Gerüchte, die von selbst verstummen werden, sobald man den Täter gefunden hat.«
»Sie glauben also auch, daß Lady Penrose ermordet worden ist?«
»Ich denke, daß jemand ihren Tod verursacht hat, ob willkürlich oder zufällig, wer kann das sagen? Ihr und Plattenberg ist das nunmehr ganz gleichgültig, sie haben ihren Frieden – mehr wage ich als Agnostiker nicht zu hoffen.« Er blickte auf das Grab. »Ich werde für eine Namenstafel sorgen und die Inselflora wird bestimmt bald für die Blumenzierde aufkommen, dann sieht alles netter aus.«
Das rote Licht der untergehenden Sonne verlieh auch den Zypressen, die wie schwarze Ausrufezeichen zwischen den Gräberreihen Spalier bildeten, einen goldenen Schimmer.
Jan Francos Gesicht verzog sich zu dem ihm eigenen verschmitzten Lächeln, als er deklamierend anhob:
»Ich bin so hold den sanften Tagen,
wenn auf der mild besonnten Flur
gerührte Greise Abschied sagen,
dann ist die Feier der Natur...«
Madeleine Léger fiel in sein Rezitativ ein:
»Sie prangt nicht mehr in Blüt' und Fülle,

all ihre regen Kräfte ruhn,
sie sammelt sich in süßer Stille,
in ihre Tiefen schaut sie nun...«
»Ja, Uhland, bei den alten Dichtern findet sich für jede Gelegenheit etwas Passendes, auch ein Abgesang für unsere beiden Freunde«, sagte Jan Franco heiter. »Kommen Sie, statten wir den hier Ruhenden einen kurzen Besuch ab, ich habe sie allmählich alle kennengelernt. Manchmal kommt es mir vor, als würde dieser Friedhof mir gehören, ich sehe täglich von meinem Fenster auf ihn hinunter. Er ist gewissermaßen mein Vorgarten.«
Sie schritten langsam den oberen Gräbergang entlang. »Dieser Friedhof ist nicht traurig«, fuhr er fort, »er ist ein bißchen verrückt und ausgefallen wie die Menschen, die von Gott weiß wo und wer weiß wann auf Capri gestrandet sind und nun hier liegen. Dort der französische Lebemann, der Mon Plaisir, jetzt Villa Caritas, erbaute; er ruht unpassenderweise gleich neben Madame Zorska, der polnischen Teosophin. Gegenüber Dr. Hüte, deutsch-kaiserlicher Konsul in der Türkei a. D., und Gemahlin. Er war ein passionierter Schmetterlingssammler und um einer Acherontia atropos nachzujagen, ist er abgestürzt...«
»Und hier?« fragte Madeleine Léger. Sie war vor einem mit Efeu überwucherten Grab stehengeblieben. Jan Franco lachte. »Das ist die Ruhestätte eines sehr sparsamen englischen Philosophen und seiner Familie. Als sein seit langem kränklicher Bruder starb, ließ er zur Verwunderung des Friedhofwärters eine sehr tiefe Grube graben; der Grund dafür wurde in den folgenden Jahren deutlich, denn seine Mutter, seine Frau und schließlich er selbst wurden einer über den anderen hineingelegt in dieses ökonomische Etagengrab.«

Sie stiegen die Stufen zu dem unteren Teil des Friedhofs hinunter, der die beste Aussicht hatte, wo die wohlhabenderen Toten lagen und auch die jetzt verwahrlosten Gräber noch teilweise ihr ehemaliges prätenziöses Aussehen bewahrten.
»Eine Sonnenuhr?« Madeleine Léger wies verblüfft auf eine kleine Säule, von Zypressen fast verborgen.
»Die Ruhestätte meiner speziellen Freunde, ein schottisches Ehepaar, das ich zwar nicht lebend gekannt habe, aber jetzt oft besuche. Sie starb zuerst – das Datum läßt sich nicht mehr entziffern. Für sie kaufte er diese Ruhestätte und errichtete die kleine Säule mit der Sonnenuhr darauf. Genau im Norden, an der schattigsten Stelle, ausgerechnet eine Sonnenuhr! ›Es gibt keinen Tod: nur Vergessenheit‹ steht um das zeigerlose Zifferblatt gemeißelt. Wenn er seine Frau hier besuchen kam, hinterließ er jedesmal eine Visitenkarte mit eingekniffener Ecke, wie es einmal üblich war, wenn man einen Besuch machte und niemanden zu Hause vorfand. Dann ist auch er gestorben, und seitdem kommt außer mir kaum jemand mehr an diese verlassene Stelle mit der Sonnenuhr, die niemals eine Stunde anzeigen kann, weil keine Sonne sie bestrahlt...«
»Ich werde eine Visitenkarte hinterlassen«, sagte Madeleine Léger mitfühlend, nahm ein Kärtchen aus ihrem Beutel und legte es auf das marmorne Zifferblatt.
»Außer der Vergessenheit, die das schottische Ehepaar fürchtete, können einem nach dem Tod noch andere Malheure passieren, dafür zeugt dieses Beispiel.« Jan Franco blieb vor einem Grabstein aus schwarzem Marmor stehen, der im Gegensatz zu den anderen verblaßten Steinen, unleserlichen Tafeln und billigen Holzkreuzen recht opulent wirkte. »Hier

ruht ein französischer Ästhet und Literat. Er war reich, raffiniert und romantisch. Seine etwas blutleeren dekadenten Gedichte ließ er auf eigene Kosten in wunderbar gepflegten Liebhaberausgaben erscheinen, deren Korrekturbögen er so lange durchsah, bis er auch den geringfügigsten Schnitzer des Setzers ausgemerzt hatte, denn Druckfehler haßte er auf den Tod. Nun liegt er hier, unter diesem Stein, der Baron Jaques Adelsward de Fersen und seinem Namen, Jacques, fehlt ein c...«
»Man hat ihn unter einem Druckfehler begraben, den Unglücklichen, wer kann da noch die Existenz eines Druckfehlers bezweifeln?«
Längs des letzten Grabes, am Ende des Ganges, war eine kleine, mit bunten Kacheln ausgelegte Bank eingemauert.
»Setzen wir uns einen Augenblick, ich will Ihnen ein merkwürdiges Gästebuch zeigen.« In der Mauer, zwischen Bank und Grab, war eine Nische mit einem Glastürchen eingelassen; Jan Franco öffnete es und zog ein Album heraus. »Hier dürfen sich die Besucher dieses Grabes eintragen...«
Er schlug den leicht modrig riechenden Band auf und begann die Seiten zu durchblättern. Madeleine Léger las halblaut die Namen, Daten und die dazwischen gestreuten kurzen Bemerkungen.
»Am drolligsten finde ich diesen Besucher hier«, sagte Jan Franco und wies auf einen runden blaulila Stempel: »Dr. Oskar Popelka, Zahnarzt, Wien.«
»Stellen Sie sich diesen Mann vor«, fuhr er fort, »der trägt seinen Stempel mit dazugehörendem Stempelkissen auch auf Ferienreisen ständig griffbereit in der Tasche. Man kann nie wissen, muß er sich gedacht haben, und so ein Gummistempel ist auch viel praktischer, sauberer und leserlicher als

handschriftliche Namenszüge. So hat er sich, bums! auch in dieses Gästebuch fürs Jenseits eingestempelt.«
Sie lachten beide. »Nein, das ist tatsächlich kein trauriger Friedhof«, gab Madeleine Léger zu.
Vor dem schmiedeeisernen Tor blieben sie stehen. Die Sonne war untergegangen; der schwüle Wind hatte sich verstärkt und bewegte das Gitter quietschend in den Angeln.
»Hm, Südwind...«, bemerkte Madeleine Léger und sah stirnrunzelnd auf das Meer, »ich verstehe nichts vom Wetter hier, aber es sieht ganz so aus, als wenn es umschlagen würde. Da ist es wohl besser, wenn ich nicht bis Montag warte und lieber schon morgen nachmittag abfahre. Was meinen Sie, als alter Wahlcapreser und Wetterexperte?«
»Gewiß, dieser Schirokkowind geht leicht nach Südwest über, da ist es ratsamer, die Insel rechtzeitig zu verlassen. Wenn diese Herbststürme erst einmal anfangen, hören sie so schnell nicht auf. Im vorigen Herbst war die See so stürmisch, daß der Dampfer zwei Tage lang ausgeblieben ist.«
Sie schlugen die Fahrstraße ein und, bei der Kreuzung angelangt, wo die Via del Belvedere abzweigte, machte Jan Franco halt. Mit seiner abrupt verlegenen Art die Hand ausstreckend, sagte er hastig:
»Ja, dann leben Sie wohl und auf Wiedersehen im nächsten Herbst...«

Fusco erstieg die Stufen, die vom Garten zur Terrasse der Villa Maja führten. Auf dem Absatz angelangt, der den ersten Stufenteil in rechtem Winkel von den restlichen acht Stufen trennte, blieb er stehen. In hockender Stellung untersuchte er wieder die beschädigte Stelle an der Schutzmauer, doch er konnte nichts Neues daran entdecken, seine Schlußfolgerung blieb immer die gleiche: jemand mußte einen harten Gegenstand dort angeschlagen haben; von diesem Gegenstand stammten die roten Glasteilchen, die beim Anprall abgesplittert waren. Vielleicht der verzierte Knauf eines Spazierstocks, eines Regenschirms oder weiß der Teufel was. Er erhob sich ächzend aus der unbequemen Stellung. Der Punkt, wo der Mörtel abgebröckelt war, befand sich auf der Höhe seines Oberschenkels. Wie groß war Lady Penrose gewesen? Er hatte sie sehr groß in Erinnerung behalten, aber vielleicht hatten ihre Magerkeit und die aufrechte Haltung diesen Eindruck erweckt. Immerhin, auch bei ihr mußte die beschädigte Mauerstelle mit der oberen Beinhöhe übereingestimmt haben, wo die Schenkelschlagader verlief. Er beugte sich über die Schutzmauer und sah ungefähr zwei Meter tief hinab auf ein leeres Beet, das an die Treppe grenzte. Es war im Sommer mit Dahlien bepflanzt gewesen. Montag hatte Benito Vitale die verblühten Pflanzen ausgerissen, das Erdreich umgegraben und gedüngt. Lady Penrose wollte zum Frühjahr Freesienzwiebeln einpflanzen, die sie bereits bestellt hatte... Auf der dunklen, lockeren Erde waren Fußspuren von Costanzo und Peppino zu sehen, die das Gelände erfolglos nach Indizien abgesucht hatten.

Fusco erstieg langsam den zweiten Treppenteil, ging über die Terrasse und schloß die breite Glastür zur Villa Maja auf. Die Luft in dem großen Wohnzimmer roch nach dem modrigen Wasser der Blumenvasen; niemand hatte daran gedacht, die Blumen zu entfernen. Jetzt waren sie alle verwelkt. Fusco atmete angewidert den fauligen Geruch ein; es riecht nach Friedhof, fand er, öffnete die beiden Fenster und ließ auch die mit großen Scheiben versehene Eingangstür offen.

Nachdem er den kleinen Band »Historia ordinis clarissimi equitum Teutonicorum« wieder an seinen Platz in das Regal der Bibliothek eingereiht hatte, kehrte er in das Wohnzimmer zurück. Er setzte sich an den Schreibtisch von Lady Penrose, auf dem die Pflanzenkataloge, Briefe, Stifte und allerlei Krimskrams genauso herumlagen wie an ihrem Todestag. Um einen freien Platz zu schaffen, ordnete er alles zu einem Stapel und legte den Briefbeschwerer aus Malachit darauf; aus seiner Tasche zog er den Schlüssel und öffnete die Schublade, in der die Wertsachen und Papiere verwahrt lagen. Auf einem großen, nicht zugeklebten Umschlag stand in energischen Schriftzügen: »Mein Testament. Eine Abschrift befindet sich im Besitz von Notar Dr. Francesco Turco.«
Das Testament bestand aus einem handbeschriebenen Bogen, dessen Inhalt Fusco bereits am Mittwoch gelesen hatte. Lady Penrose vermachte ihren ganzen geldlichen Besitz ihrem Neffen David und ihrer Nichte Diana (insgesamt fünfzehntausend Pfund in Staatsanleihen und fast ebensoviel in Industrieaktien und einige hunderttausend Lire flüssiges Geld); ihr Schmuck, der sich in einer kleinen Kassette des Schreibtisches befand, als Queen-Anne-Besteck und das Toilettennecessaire aus Elfenbein und Silber mit Monogramm sollten ebenfalls Diana zugehen. Die beiden Bilder von Adrien Brouwer, die Tanagrafigürchen und die Statuetten aus Jade waren für David bestimmt. Beiden war auch das antike Familiensilber zu gleichen Teilen zugedacht. Die Bibliothek ihres Mannes hinterließ sie der Britischen Akademie in Rom. Soweit das knapp abgefaßte Testament.
Fusco entnahm dem Umschlag einen zweiten kleineren, prall angefüllten, dessen Inhalt er noch nicht kannte, denn am Mittwoch hatte er nur die Aufschrift flüchtig gelesen:

»Kodizille zu meinem Testament. Notabene: soweit ich zu meiner Lebzeit über die hier erwähnten Gegenstände, die sich alle in der Villa Maja befinden, nicht anderweitig verfügt habe, sind sie nach meinem Tode, den beiliegenden Dispositionen entsprechend, an die genannten Personen zu übergeben.«
Dieser Umschlag war ebenfalls nicht zugeklebt worden. Fusco zog den Inhalt, etwa ein Dutzend Blätter, heraus und breitete ihn auf der Schreibtischplatte aus. Einige hatten das Format eines Briefbogens, andere waren nicht größer als ein Notizblockzettel, doch nicht nur die Größe und die Papiersorte dieser Blätter war sehr unterschiedlich, Lady Penrose hatte auch nicht immer die gleiche Tinte und Feder benutzt. Allem Anschein nach waren also diese Zusätze zu ihrem Testament in einer längeren Zeitspanne, vielleicht sogar im Laufe vieler Jahre, angesammelt worden, und sie hatte immer wieder Korrekturen und Änderungen gemacht, was auch erklären mochte, warum sie von diesen Notizen nicht, wie bei dem Testament, eine Abschrift für den Notar angefertigt hatte. Wenn ihr gerade etwas einfiel, mußte sie es notiert haben, um dann, je nach Laune, das Geschriebene zu ergänzen oder sogar auszustreichen und den besagten Gegenstand für einen anderen Empfänger zu bestimmen.
Obwohl sie diese Kodizille offenbar rasch und einem Impuls folgend aufgeschrieben hatte, waren ihre Schriftzüge doch immer klar und ebenmäßig; auch für die kleinste Notiz hatte sie ein Linienblatt benutzt, und jeder Buchstabe verriet, daß die Schreiberin einer Generation angehört hatte, die jahrelang in der Schule Schönschrift übte, eine längst vergessene kalligraphische Disziplin: Aufstrich, Abstrich, Aufstrich, Abstrich.

Fusco begann ein Blatt nach dem anderen zu lesen:
»Signora Annina Strena, die seit ihrer Kindheit in meinen Diensten steht und der ich hiermit meine Zufriedenheit für ihre Treue und Verläßlichkeit auszudrücken wünsche und meinen Dank für ihre aufopfernde Pflege während meines Gallenleidens, hinterlasse ich die gesamte Hauswäsche, Kissen, Matratzen und Wolldecken. Ich vermache ihr gleichfalls das von mir gewöhnlich benutzte Tafelbesteck aus Silber (Mappin & Webb, London) und das weiße Porzellanservice mit Goldrand für zwölf Personen.« Ein offensichtlich zu einem späteren Datum angefügter Nachsatz erklärte: »Von der Hauswäsche ist die handgestickte Batisttischdecke mit dazu passenden Servietten ausgenommen, über die ich anderweitig verfügt habe.«
Fusco überflog das nächste Blatt:
»Benito Vitale, meinem Gärtner, der sich während seiner Dienstzeit bei mir als sehr rührig und lernbegierig erwiesen hat, vermache ich sämtliche Gartengeräte, die sich in dem Schuppen von Villa Maja befinden. Er darf ebenfalls frei über den Vorrat an Blumentöpfen und Ablegerkästen verfügen. Ich hoffe, daß er auch nach meinem Tode seine Tätigkeit als Gärtner fortsetzen und das bei mir Gelernte in diesem Beruf auswerten wird. Um ihn in diesem Sinne anzuspornen und ihm die anfänglichen Spesen einer selbständigen Tätigkeit zu erleichtern, habe ich für ihn bei Sutton's, meinem Samenlieferanten in England, ein fünfjähriges Konto eröffnet, das ihm erlauben wird, die Samen unentgeltlich zu beziehen (in der Höhe von fünfzehn Pfund jährlich).«
Fusco zündete sich lächelnd eine Zigarette an. Fünfzehn Pfund jährlich und jährlich unterstrichen! Lady Penrose kannte ihren Benito gut und wollte somit vermeiden, daß

er mit einem Schlag den ganzen Betrag in Samen abhob, diese an die hiesigen Gärtnereien verkaufte und den Erlös verjubelte, statt den von ihr mit Geduld und Liebe vorgewiesenen Weg als Gärtner zu beschreiten.

Lady Penrose hatte mit Überlegung und Einfühlung ihren Besitz verteilt, wie auch das nächste Blatt bewies:

»Meiner langjährigen treuen Freundin, Fräulein Käthe Reuchlin, hinterlasse ich die drei Perserteppiche und den roten Bokhara sowie die beiden böhmischen Kristallvasen, die blaue Schale aus Sèvresporzellan, das Wedgewoodservice und die drei Capodimontetassen. Ich bitte sie, sich nach meinem Tode meiner Hündin Daisy und der Siamkatze Beryl anzunehmen oder ihnen bei tierliebenden Menschen eine Unterkunft zu suchen...«

»... und der Siamkatze Beryl«, war ausgestrichen worden und am Ende des Blattes stand das Postscriptum: »Am 6. Mai 1963 von unbekannter Hand vergiftet.«

Fusco begann ungeduldig die nächsten Aufzeichnungen rascher zu lesen. Die Schwester Oberin von Villa Caritas durfte über alle Möbel von Villa Maja verfügen, die ein Beitrag zur Einrichtung des neuen Altersheims sein sollten.

Der österreichische Oberst Wegener, Jan Franco, die beiden Töchter von Annina Strena, die Schwestern Thompson... Fusco unterbrach die Lektüre der Liste der von Lady Penrose Bedachten und schaute zur Glastüre dem eintretenden Musdeci entgegen.

»Du kommst gerade recht! Ich sehe eben die von Lady Penrose verfaßten Kodizille zu ihrem Testament durch, in denen sie ihre in diesem Haus vorhandene Habe an Freunde und Angestellte verteilt. Ich werde dir die einzelnen Dispositionen vorlesen, und du kontrollierst, ob alles vorhanden ist.

Wer weiß, vielleicht gibt uns das einen Aufschluß. Also, drei Perserteppiche und ein Bokhara, wohl auch ein Teppich oder so ähnlich.«

»Vier Teppiche also, das müssen diese hier sein.«

»Ja. Ferner Wedgewoodteller, zwei Kristallvasen, eine blaue Porzellanschale...«

Musceci zeigte auf die Vitrine: »Vielleicht die dort? Teller und Vasen sind es, ob sie nun so heißen, mah, chissà...«

»Wahrscheinlich, ich kenne mich mit diesem antiken Zeug auch nicht so aus«, sagte Fusco und nahm ein neues Blatt in die Hand:

»Ein Briefbeschwerer aus Malachit...«

»Der da auf dem Schreibtisch.«

Fusco nickte und fuhr fort: »... die etruskische Vase mit Opferszene, eine in Pompeji ausgegrabene Bronzelampe (Delphin, mit einem Knaben spielend)...«

»Das hier auf dem Topf sieht nach Delphin aus und dort auf dem Tisch steht so was wie eine Lampe«, bestätigte Musdeci.

»Deine Schwägerin Annina bekommt die Hauswäsche, ein Tafelservice und noch so allerlei Hausgerät, davon wird nichts fehlen, und das kann sie morgen selbst nachzählen, sie kennt gewiß jedes Stück auswendig. Benito Vitale erhält die Gartengeräte, die brauchst du auch nicht zu kontrollieren, außerdem sind sie sowieso nicht einzeln erwähnt...«

Fusco überflog das nächste Blatt und bemerkte kopfschüttelnd:

»Dem armen Baron Plattenberg hat sie die Garderobe ihres verstorbenen Mannes, ein Rundfunkgerät und die Gesamtausgabe der Encyclopaedia Britannica vermacht...«

»Damit wird Cap e' limone nun nichts mehr anfangen kön-

nen. Schade, ein Paar gute Schuhe hat er schon seit langem nicht mehr getragen!«
Fusco schwieg und schien die Bemerkung des maresciallo nicht gehört zu haben. Er hielt einen Zettel in den Händen, auf dem nur eine kurze Notiz stand, die er mehrmals las, als müsse er sie sich gut einprägen. Dann steckte er den Zettel in seine Jackentasche und begann die auf dem Schreibtisch liegenden Papiere, Briefe und Kataloge zu durchwühlen.
»Suchen Sie etwas?« erkundigte sich Musdeci.
»Ja ..., das heißt nein, ich will nur Ordnung schaffen, hier liegt alles durcheinander ...«
»Vorher war es doch ganz ordentlich, als alles auf einen Haufen geschichtet lag. Sie haben es jetzt erst durcheinandergebracht. Warten Sie, ich werde Ihnen helfen ...«
»Nein, laß deine Hände davon, Musdeci, ich werde schon allein fertig«, wehrte der commissario ungehalten ab.
Es begann zu dunkeln, und der Wind, der seit Sonnenuntergang aufgekommen war und sich zusehends verstärkte, fuhr mit einem Stoß in den Raum und ließ die losen Papierblätter zu Boden flattern. Musdeci schloß die Fenster und die Glastür und sammelte die Bögen auf.
»Es wird spät, Musdeci, da ist es besser, du gehst jetzt und benachrichtigst die verschiedenen Leute, die Lady Penrose hier erwähnt. Sie sollen sich morgen früh Punkt zehn Uhr in der Villa Maja einfinden, wenn der Notar zur Testamentseröffnung kommt. Also, Annina, ihre Töchter, signorina Reuchlin, signor Franco, Vitale ... warte, ich werde dir die Namen alle aufschreiben, vergiß nicht dottore Della Valle, der hat zwar mit dem Testament nichts zu tun, aber er muß sein Zimmer räumen. Sag allen, daß sie pünktlich hier sein müssen.«

»Ja und soll ich dann im Kommissariat auf Sie warten?«
»Nein, es wird zu spät werden, bis du alle benachrichtigt hast. Außerdem habe ich hier noch verschiedenes nachzusehen. Wenn du jetzt zu Annina Strena gehst – die wohnt ja am nächsten, und du kannst sie gleich aufsuchen –, dann schick mir deinen Neffen her, den Kleinen, wie heißt er noch, ja, Domenico, er wird mir helfen können, wenn ich etwas brauche.«
»Domenico?« fragte Musdeci zweifelnd und verwundert. »Soll ich nicht lieber Costanzo oder Peppino herbestellen? Auf Domenico, diesen scugnizzo, ist kein Verlaß.«
»Zigaretten wird er mir wohl kaufen können. Schick mir ruhig Domenico.«
Musdeci war schon bei der Tür, als er wieder stehenblieb. Er blickte kopfschüttelnd auf den commissario, der wieder die Unordnung auf dem Schreibtisch durchwühlte.
»Wenn Sie mir sagen, was Sie suchen, vielleicht kann ich...«
»Nein, jetzt halte dich an meine Verordnung«, unterbrach ihn Fusco gereizt, »ich brauche dich hier nicht. Wir sehen uns Montag morgen im Kommissariat, wenn...«, er stockte unschlüssig, »... oder wenn diese Feiertage vorüber sind, ich weiß es noch nicht genau. Aber jetzt geh, geh schon...«
»Va bene, va bene, wie Sie wollen...« Musdeci ging über die Terrasse und war schon bei der Treppe, als er, wie von einem plötzlichen Gedanken betroffen, wieder kehrtmachte. Er öffnete die Tür, steckte aber nur den Kopf ins Zimmer:
»Bevor ich es vergesse: Hund ist 12 und Richter 32. Verkleideter Hund ist 29. Sie müssen selbst sehen, was für ihren Traum am besten paßt. Gaetano vom bancolotto schlägt 29 vor. Diese Nummer ist seit drei Jahren nicht mehr herausgekommen. Das vermehrt die Gewinnchancen, sagt er.«

»Grazie, grazie«, sagte der commissario zerstreut, ohne aufzusehen. Er schrieb diese Zahlen auch nicht wie die anderen in sein Notizbuch und schien überhaupt nicht richtig hingehört zu haben.
Musdeci schloß die Tür und entfernte sich kopfschüttelnd.
Als Domenico nach einer Viertelstunde in den Raum trat, hatte Fusco inzwischen jeden Gegenstand einzeln von der Schreibtischplatte auf ein Nebentischchen geräumt. Er lehnte sich in dem altmodischen Sesselchen zurück und zündete eine neue Zigarette an.
»Na, Domenico«, sagte er freundlich, »noch immer keine Schule, nicht wahr? Da hast du auch keine Hausaufgaben und kannst mir hier helfen.«
Er sah den Jungen aufmerksam an. Ein hübsches Kind mit aufgewecktem Ausdruck, nicht sehr groß für seine acht Jahre, zierlich gebaut. Annina hatte offensichtlich ihrem Sohn eben in Eile ein frischgebügeltes Hemd angezogen und seine Haare mit Wasser glattzukämmen versucht, damit er sich ordentlich präsentierte. Abwartend blickte er den commissario an und in seinen dunkelgrauen Augen war eine leichte Spur Mißtrauen. Er wußte aus Erfahrung, daß auf die Erwachsenen kein Verlaß war und man als Kind ihnen am besten aus dem Wege ging, wenn man seinen Frieden haben wollte.
»Ich kenne mich in diesem Haus nicht gut aus, du weißt bestimmt viel besser Bescheid. Sag mal, erinnerst du dich, wie dieser Schreibtisch am Dienstag aussah, am letzten Tag, dem Lady Penrose noch lebte?«
Das Mißtrauen schwand aus Domenicos Augen. »Ja, ich weiß es noch genau«, sagte er eifrig, »alle die Sachen, die jetzt auf dem Tischchen dort sind, lagen darauf, viele Papiere und Briefe und die Hefte mit den Blumen drauf. Auch der große

grüne Stein lag auf dem Schreibtisch, das Tintenfaß und die beiden Glasschalen mit den Federn und Bleistiften. Und auch zwei Rahmen mit Fotos.«
»Gut, Domenico, und kannst du alles so hinlegen, wie du es am Dienstag gesehen hast? Ganz genau ist nicht nötig, ziemlich genau ist schon gut.«
»Ja«, sagte Domenico und begann die Gegenstände auf der Tischplatte zu verteilen. Fusco sah ihm dabei zu und sagte, scheinbar beiläufig:
»Du bist am Dienstag nachmittag hiergewesen, es war so um fünf Uhr, nicht wahr?«
Domenico nickte zerstreut, ganz von seiner Tätigkeit in Anspruch genommen. Er legte den Malachit auf den Tisch.
»Um fünf, nicht wahr?« drängte Fusco ihn.
Er sah einen Augenblick hoch. »Ja, vielleicht, es war noch nicht dunkel...«
Der Junge hatte alle Gegenstände verteilt und blickte den commissario erwartungsvoll an.
»Das hast du schön gemacht! Du bist ein flinker Bursche. Jetzt zeig mir noch die Stelle, wo der kleine Dolch lag, mit dem Lady Penrose immer ihre Briefe öffnete.«
»Hier!« sagte Domenico, über das Lob stolz errötend, und zeigte auf eine Stelle zwischen der Schreibmappe und dem Federständer.
»Bravo! Und nun tu mir noch einen Gefallen und geh mir den Dolch schnell holen, damit wir ihn dort hinlegen können und ich genau weiß, wie alles am Dienstag nachmittag aussah.«
Die Anerkennung des commissario und daß er ihn vertrauensvoll wie einen Erwachsenen behandelte, spornten Domenico zu ungewohnter Bereitwilligkeit an.

»Ich laufe nach Hause und komme gleich wieder«, versicherte er und flitzte davon.

Fusco sah dem Kind nach, wie es über die Terrasse sprang und die Treppe hinunter verschwand. Er lockerte seine Krawatte. Ihm war heiß und leicht übel. Das kam gewiß von dem Friedhofsgeruch der faulenden Blumen in den Vasen, sagte er sich. Jetzt einen espresso trinken können...

11

Während der Nacht hatte sich der Wind sehr verstärkt und war von Schirokko auf Südwest umgeschlagen.
»Das ist der libeccio«, sagte Carmine Strena am nächsten Morgen, »der wird heute noch zunehmen, um diese Jahreszeit kann der libeccio auch über eine Woche anhalten.« Er spähte durch das Fenster auf das grünlich aufgewühlte Meer, das jeder Windstoß mit Schaumkrönchen zierte.
»Die ganze Nacht hat ein loser Fensterladen geknarrt, ich habe kein Auge zugemacht«, beklagte sich Steigleder, »es pfiff durch alle Ritzen. Die Häuser sind ja für den Sommer sehr hübsch mit ihren Steinfußböden, und daß Fenster und Türen miserabel schließen, macht während der warmen Jahreszeit nichts aus, aber den Winter möchte ich hier nicht bezahlt verleben.«
Er hatte deutsch gesprochen, aber Madeleine Léger blickte verstohlen zu Carmine Strena hinüber, der noch am Fenster

stand, und dann zu Annina, die die wieder aufgefüllte Kaffeekanne auf den Tisch stellte. Sie wußte, wie stolz beide auf ihr selbsterbautes Haus waren, und wollte vermeiden, daß sie etwas von Steigleders Nörgeleien aufschnappten. Carmine war zu einfältig, um den kritisierenden Ton seines Gastes zu bemerken. Annina hingegen, die sich im Laufe der Jahre viel Schliff und eine Anzahl deutscher Begriffe angeeignet hatte, konnte mit ihrer Hellhörigkeit und Empfindlichkeit von Steigleders Worten verletzt werden. Sie schien jedoch vollkommen geistesabwesend zu sein und verschwand wortlos in der Küche, wie Madeleine Léger erleichtert feststellte.

»Wird es heute regnen?« erkundigte sie sich und trat zu Carmine an das Fenster.

»Vorläufig nicht, aber im Laufe des Tages bestimmt. Der libeccio bringt immer Regen mit. Ich werde jetzt das Dach fegen, damit mir der Regen nicht den ganzen Staub und die trockenen Blätter in die Zisternen schwemmt.« Ein Windstoß riß Carmine Strena beim Hinausgehen die Tür aus der Hand.

»Na, Sie werden heute eine feine Überfahrt haben«, bemerkte Steigleder und leerte seine Kaffeetasse. Wegen des stürmischen Wetters frühstückten sie heute im Hause.

»Die Pergola sieht schon so entblößt aus, der Wind hat das ganze Laub abgerissen. Abwechslungsweise ist auch dieses Wetter schön«, sagte Madeleine Léger. »Meinen Koffer habe ich schon gepackt, und so werde ich den Morgen ausnutzen und einen Spaziergang zum Tiberiusberg machen. Bei diesem Wetter muß es da oben herrlich sein.«

»Dann wünsche ich Ihnen viel Vergnügen, ich werde Sie dabei nicht begleiten«, kam Steigleder ihrer Aufforderung zuvor, »dieser Wind macht mich ganz kribbelig.«

Nachdem Madeleine Léger gegangen war, näherte auch er sich dem Fenster und blickte unschlüssig auf die treibenden Blätter. Das wurde ihm bald zu langweilig, und er trat in die Küche.

»Was gibt es heute Gutes zum Mittagessen? Außer mir fahren dann ja alle ab, das wird ein richtiges Abschiedsmahl, Annina.«

»Minestrone und Kalbsbraten, kein besonders feines Essen, aber ich habe heute keine Zeit und muß mich beeilen, daß ich bis um zehn Uhr fertig werde.« Sie rollte den Teig für die Suppeneinlage flink aus; da ihre Hände mit Mehl bestäubt waren, wischte sie sich mit dem Unterarm eine Haarsträhne aus der Stirn.

»Warum um zehn?«

»Weil ich um die Zeit in der Villa Maja sein muß. Mein Schwager Musdeci war gestern nachmittag hier und hat gesagt, daß der Notar uns alle um zehn Uhr in der Villa Maja erwartet.«

»Was heißt: uns alle?«

»Diana, mich, meine Töchter, Benito Vitale und noch andere, alle die in dem Testament von Lady Penrose erwähnt werden.«

»Aha, das Testament soll also geöffnet werden. Wissen Sie schon, was sie Ihnen zugedacht hat?«

»Ich glaube, sie hat mir die Hauswäsche hinterlassen, das sagte sie einmal vor Jahren, genau weiß ich es nicht.«

»Das wäre aber schön! Warum machen Sie denn so ein bedrücktes Gesicht, Annina?«

»Ich weiß nicht«, sagte sie mit einem leisen Stöhnen, »seitdem Lady Penrose gestorben ist, habe ich wie einen Kloß auf dem Magen. Ich sehe sie immer vor mir, wie sie dalag

zwischen den Chrysanthemen, mit offenen Augen, als wollte sie noch etwas sagen. Und jede Nacht träume ich von ihr.«
»Was soll das schon bedeuten? In Deutschland sagen wir: ›Träume sind Schäume‹, das heißt: ›I sogni sono...‹« Er stockte und suchte nach dem passenden Wort, das ihm nicht einfiel. »›I sogni sono... niente, niente‹«, sagte er schließlich.
Doch Annina schüttelte den Kopf. »Seitdem sie gestorben ist, kann ich nicht mehr richtig froh sein.«
»Das werden Sie schon wieder werden. Jetzt fühlen Sie sich so, weil Sie sich überarbeitet haben. Mit Fräulein Léger und mir hatten Sie schon genug zu tun, dazu sind noch Diana und dottore Della Valle gekommen und die ganze Aufregung dieser letzten Tage. Aber von heute ab wird es nun stiller werden, und Sie können sich endlich ausruhen und erholen. Dann werden Sie sich auch über den Tod von Lady Penrose hinwegtrösten.«
»Ja, gewiß...«, sagte sie ohne Überzeugung und wischte sich die Hände an der Schürze ab. »Jetzt muß ich mich wohl umziehen, es ist bald zehn Uhr.«
»Wo ist denn Domenico?«
»Heute ist Sonntag, da hält der Pfarrer die Katechismusstunde für die Kinder. Ich habe ihn hingeschickt – im nächsten Frühjahr macht er die Erste Kommunion –, aber wer weiß, ob er auch hingegangen ist...« Sie seufzte. »Hoffentlich brauche ich nicht so lange wegzubleiben. Es ist niemand im Haus, und wenn da in der Zwischenzeit jemand kommt...«
»Ich kann so lange hierbleiben und aufpassen. Heute habe ich sowieso keine Lust auszugehen.«
»Oh, grazie, das beruhigt mich.« Sie lächelte ihn dankbar an und verschwand eilig.

Der Dampfer aus Neapel kam an diesem Sonntagmorgen, dem 31. Oktober, wegen der stürmischen See mit fast einer Stunde Verspätung an. Zahlreiche Müßiggänger lehnten schon lange über der Brüstung der Funicolareterrasse und blickten zur Marina Grande hinunter, bis sie zwischen den Wellenkämmen den kleinen Dampfer entdeckten, der sich mühsam gegen den hohen Seegang vorwärtskämpfte. Der Sturm hatte heute die Capresen abgehalten, wie sonst jeden Sonntag nach Neapel zu fahren, um sich das Fußballspiel anzusehen. Man würde sich begnügen müssen, am Nachmittag die Partie im Fernsehen mitzuerleben, was man als mageren Ersatz empfand. Doch auch die enttäuschten Sportsfreunde vergaßen ihren Mißmut, als die Zeitungsbündel endlich in dem Kiosk abgeladen wurden.

Die Messe war gerade beendet, und die sonntäglich gekleidete Menge entströmte dem Kirchenportal und hastete die breite Treppe zur Piazza hinab, um die neuesten Nachrichten zu erfahren.

Sowohl die »Tribuna« wie »Il Progresso« brachten jedoch zum Falle Penrose nur wenige Zeilen. Vorläufig gäbe es nichts Neues, die Untersuchungen würden fortschreiten; es handelte sich ja, wie bekannt, um einen sehr komplizierten Fall, dessen Lösung mit Gewißheit, aber auch mit Geduld und Vertrauen zu erwarten sei. Beide Zeitungen hatten heute ihren Lesern eine neue, sensationelle Mordgeschichte zu bieten, die das merklich abgekühlte Interesse an dem gewaltsamen Tod von Lady Penrose erklären mochte. In Pozzuoli, einem Vorort von Neapel, waren nämlich in einem Hotelzimmer die mit Vitriol verunstalteten Leichen einer jungen verheirateten Frau und ihres reichen Geliebten aufgefunden worden. Bildschön und steinreich auf einen Schlag, dazu reichlich amore, ein betrogener Ehemann und wahrscheinlich, wie man vermuten durfte, ein guter Schuß Camorra, der neapolitanische Geheimbund der Verbrecher, das war eine Kombination, die viel mehr herzugeben versprach als das unerklärliche Ende einer alten Engländerin.

Die Capresen aber fühlten sich mit diesem Doppelmord keineswegs dafür entschädigt, daß »ihr Mord« schon so bald in den Hintergrund gerückt worden war. Die von dem ins Wasser gefallenen Fußballspiel bereits ziemlich angeschlagene Laune wurde zusehends schwärzer. Man stand – die Männer dunkelgekleidet und die Frauen festlich bunt angetan – in kleinen Gruppen zusammen und beklagte die Unzulänglichkeit der hiesigen Polizei, die noch immer im dunkeln tappte. Alle teilten jetzt die Ansicht, daß der Fall längst geklärt worden wäre, wenn man rechtzeitig die Kriminalpolizei aus Neapel, die polizia scientifica, herzugezogen hätte.

»Die wissen, wie man bei einem Mord vorzugehen hat: sie nehmen gleich überall Fingerabdrücke ab, die Leiche und Umgebung werden fotografiert, und sie haben dressierte Wolfshunde, die den Mörder im Handumdrehen aufspüren...«, erklärten die Gutinformierten, und alle waren sich einig, daß man sich auf Capri wieder einmal schändlich blamiert habe.

Der Wind fegte die dürren Blätter der Hibiscussträucher über die Gartenwege der Villa Maja und zerrte an den schon fast verblühten Zweigen der Mimosenbäume. Das hochrote Laub der wilden Weinranken tanzte durch die Luft, während die schweren Blumenköpfe der verspäteten Sonnenblumen hin und her schwankten und jeder Windstoß ihnen ein paar Blütenblätter abriß, wie bei dem orakelnden Kinderspiel: sie liebt mich, sie liebt mich nicht, viel, wenig, ein bißchen, immer, sie liebt mich, sie liebt mich nicht...

Aus alter Gewohnheit brach Benito Vitale, als er die Treppe zur Terrasse hinaufstieg, einige trockene Zweige von den Geranien ab. Wo Lady Penrose gelegen hatte, waren die Chrysanthemen unordentlich abgeschnitten oder ausgerissen worden; jetzt lagen sie in einem welken Haufen auf der zertrampelten Erde. Die erst vor einer Woche eingepflanzten Viburnumbäumchen hatte niemand mehr bewässert, und die Äste hingen schlaff herab. Wie fremd und verwahrlost der Garten schon nach so wenigen Tagen aussah! Benito Vitale mochte gar nicht hinsehen und stierte stur auf die Stufen. Während er in das Haus trat, fielen die ersten Regentropfen.

In dem ehemaligen Wohnzimmer von Lady Penrose waren die anderen alle bereits um den Notar, einen ältlichen, mageren Mann, versammelt. Benito Vitale nahm seine Baskenmütze ab und stellte sich in eine Ecke.

Der Notar warf einen prüfenden Blick auf die Versammlung. »Ich glaube, jetzt sind alle anwesend.« Er machte eine kurze Pause und setzte hinzu: »Außer Baron Plattenberg.« Seine bürokratische Denkweise konnte auf eine so überflüssige Feststellung nicht verzichten. In seinem monotonen Tonfall, der seit jeher nur vorgeschriebene Prozeduren und nie persönliche Gedanken auszudrücken gewohnt war, fuhr er fort: »Fräulein Diana Nicholls, die zusammen mit ihrem Bruder David Nicholls die einzige Verwandte der verstorbenen Lady Hermione Penrose ist, hat bereits den Inhalt des Testaments zur Kenntnis genommen. Die in Kodizillen von der verstorbenen Lady Hermione Penrose hinterlassenen und dem

Testament beigefügten Bestimmungen über ihre Besitztümer, die den hier anwesenden Freunden, Bekannten und Angestellten der besagten verstorbenen Lady Hermione Penrose zugehen sollen, werde ich jetzt laut verlesen. Anschließend möchte ich die Anwesenden bitten, die ihnen zugedachten Gegenstände so bald wie möglich aus der Villa Maja zu entfernen. Die kleineren Objekte können die betreffenden Besitzer schon heute morgen mitnehmen. Für die großen, wie Möbel und dergleichen, werde ich im Laufe des morgigen Tages zur Verfügung stehen, um der Verfrachtung beizuwohnen...«

Er nahm den Umschlag mit den Verfügungen der Verstorbenen aus der Aktentasche, setzte seine Brille auf und begann zu lesen:

»Meiner langjährigen treuen Freundin, Fräulein Käthe Reuchlin, hinterlasse ich ...« Es war still in dem großen Raum, während er las; alle lauschten aufmerksam seinen Worten und versuchten mit verstohlenen Seitenblicken die von ihm aufgezählten Gegenstände zu entdecken. Fräulein Reuchlin schneuzte sich und betupfte ihre Augen mit dem Taschentuch. »Ach, die liebe, liebe Gute, hat sie sich doch daran erinnert, daß mir die Wedgewoodteller so gefielen!« Sie nahm sich vor, aufzupassen, wem die etruskische Tonschale zugehen würde, die sie eigentlich auch gern gehabt hätte; vielleicht konnte sie die zu einem günstigen Preis abkaufen.

Der Notar nahm das nächste Blatt.

»Signora Annina Strena, die seit ihrer Kindheit in meinen Diensten steht...«

Die beiden Töchter stubsten ihre Mutter an, und diese senkte verlegen den Kopf.

Der Regen klatschte jetzt laut gegen die Fensterscheiben; es war dunkel geworden, und der Notar schaltete die Schreibtischlampe an.

»Meinem guten Freund, Herrn Jan Franco, der mir in unserer langjährigen Freundschaft immer hilfreich zur Seite stand, hinterlasse ich die in Herkulaneum ausgegrabene Bronzestatuette (Schlafender Faun), den gleichfalls aus Herkulaneum stammenden Tränenkrug aus Alabaster und die etruskische Tonschale mit mythologischem Motiv (Sterbender Achill)...«
Der Notar machte eine kurze Pause und verlas dann die nächsten Bestimmungen. Als er auch den Inhalt des letzten Blattes vorgelesen hatte, steckte er alle zurück in den Umschlag.
Oberst Wegener hob die Hand, wie ein Schüler, der sich meldet:
»Gestatten Sie eine Frage, dottore...«
»Sì, prego«, sagte der Notar und blickte über die Brille hinweg in den Raum.
»Da Baron Plattenberg inzwischen verstorben ist, möchte ich fragen, was mit dem für ihn bestimmten Nachlaß geschieht.«
»Ein nicht angenommenes Erbteil geht, laut unserem Gesetz, an die Haupterben, in diesem Falle an Fräulein Nicholls und ihren Bruder. Sollten auch diese die Annahme verweigern, so geht es...«
»Ich denke, es wäre im Sinne meiner Tante gewesen«, sagte Diana rasch, »wenn das Baron Plattenberg zugedachte Lexikon, das Radio und die Garderobe meines Onkels Oberst Wegener...«
»Das Radio würden wir gern zum Andenken an unsere Hermione übernehmen«, unterbrachen die Schwestern Thompson Diana wie aus einem Mund.
»Die Garderobe von Sir Penrose würde in unserem Armen-

heim bestimmt die passendste Verwendung finden«, erklärte die Schwester Oberin mit Autorität.

»Wenn Fräulein Nicholls einverstanden ist, geht die Ausgabe der Encyclopaedia Britannica an Oberst Wegener, die Garderobe an das Armenheim von Villa Caritas und das Radio an die Damen Thompson«, entschied der Notar kurz, der im Laufe seiner beruflichen Tätigkeit gelernt hatte, rechtzeitig Streitigkeiten vorzubeugen.

Es hatte aufgehört zu regnen, und der Wind blies mit verstärkter Gewalt die grauen Wolkenschwaden durch den Himmel.

Die Anwesenden schwiegen und blickten je nach Einstellung und Temperament abwartend, neugierig, erwartungsvoll, selbstbeherrscht oder, wie die Schwestern Thompson, sprungbereit auf den Notar. Dieser machte eine einladende Handbewegung:

»Meine Damen und Herren«, er stockte einen Augenblick und sah auf die Schwester Oberin, als wüßte er nicht, in welche Kategorie sie einzureihen sei. Schließlich fand er einen Ausweg: »Meine Damen und Herren«, wiederholte er, »Madre Superiora, Sie dürfen jetzt die Ihnen zugedachten Gegenstände, die Ihnen wohl schon alle bekannt sind, an sich nehmen und forttragen, soweit das gleich möglich ist.«

Die Schwestern Thompson standen gleichzeitig auf und steuerten auf das Radio zu, das sie mit einem schiefen Blick auf Oberst Wegener an sich nahmen. Da erhoben sich auch die anderen. Fräulein Reuchlin, die in den Räumlichkeiten von Villa Maja gut Bescheid wußte, holte sich eine leere Schachtel aus der Küche und Papier aus dem Schrank im Flur; mit erfahrener Geschäftigkeit begann sie die Wedgewoodteller einzupacken.

Die Oberin entnahm ihrer Tasche Block und Bleistift, schritt langsam die Möbelstücke ab und stellte ein genaues Inventar auf. Jan Franco wickelte die etruskische Schale sorgsam in seinen Pullover und den Tränenkrug passenderweise in sein Taschentuch.

Diana war reglos stehengeblieben und blickte geistesabwesend auf das geschäftige Treiben.

»Es wirkt fast wie eine Plünderung«, sagte Della Valle leise zu ihr. Er war eben, eine kleine Reisetasche in der Hand, aus dem Flur in das Wohnzimmer getreten. »Doch vielleicht ist alles besser so: die vielen Leute, das Durcheinander, die Plötzlichkeit, mit der altgewohnte Dinge von ihren angestammten Plätzen verschwinden, da kommt man nicht zum Nachdenken und Grübeln. Solche Liquidationen sind immer traurig. Man soll sie so rasch wie möglich hinter sich bringen. Meine paar Sachen habe ich schon gepackt, jetzt werde ich Ihnen helfen. Gewiß finden wir einen Koffer Ihrer Tante, in den hineinpaßt, was Sie mitnehmen müssen.«

Diana lächelte ihn erleichtert an. »Ja, Sie haben recht. Je schneller, desto besser.« Sie löste die beiden Bilder für David von der Wand. »Jetzt hole ich den schwarzen Lederkoffer, da paßt alles hinein, die Bestecke, das Silber, die Statuetten...«

Die anfänglich etwas verlegene und verstohlene Betriebsamkeit hatte sich merklich aufgelockert; man betätigte sich emsig, und die Stimmung war freundlich aufgeschlossen. Man nickte sich lächelnd zu und bot sich gegenseitig kleine Hilfeleistungen, wie das Aufrollen eines Teppichs, das Herunterholen einer auf einem hohen Bort aufgestellten Vase, das Wegrücken eines Möbelstücks an. Ein unwissender Betrachter hätte den Eindruck gehabt, daß hier nette Leute zusammengekommen waren, um gemeinsam bei einem Umzug anzupacken.

Die beiden Ehemänner von Anninas Töchtern und Carmine Strena erschienen, um ihren Frauen beim Wegtragen zu helfen. Auch zwei Brüder von Benito Vitale tauchten plötzlich auf unerklärliche Weise auf und packten draußen die Gartengeräte auf einen Handwagen. Sie erklärten sich bereit, ebenfalls die zweiunddreißig Lexikonbände von Oberst Wegener nach Anacapri zu verfrachten.

Nur der Notar saß unbeweglich auf seinem Sessel und verfolgte teilnahmslos das Treiben.

»Wie lieb Ihre Tante jeden bedacht hat«, sagte Livio Della Valle, während er die Bestecke in den Koffer verstaute, »sie hat für jeden etwas Passendes gewußt.«

Diana nickte zustimmend. Ihre Beklemmung war gewichen; es kam ihr fast vor, als sei ihre Tante als unsichtbarer Zuschauer zugegen. Ihre Tante hätte sich über diese Geschäftigkeit amüsiert, das wußte sie.

Jan Franco verabschiedete sich als erster. Seine Gefühle waren gemischt: teils stimmte es ihn wehmütig, daß er nun nie mehr als willkommener Freund die Villa Maja betreten würde, teils war er freudig gerührt, weil ihm Lady Penrose gerade die von ihm oft bewunderten Antiquitäten zugedacht hatte. Er verzichtete darauf, so subtilen Empfindungen Ausdruck zu geben, drückte Diana die Hand und entfernte sich eilig, um den Schwestern Thompson zu entgehen, die sich mit leidvoll verzogenen Mienen näherten. Sie trugen das Radio und die anderen Gegenstände in vorsorglich mitgebrachten Taschen unter die Arme geklemmt. Da sie keine Hand frei hatten, beschränkten sie sich darauf, Diana mit tiefen Seufzern auf die Wangen zu küssen.

»Liebe Diana, ach, es ist zu traurig, unsere gute, gute Hermione, wie sieht ihre schöne Wohnung nun aus ...« Mit vorsichtigen Schrittchen trippelten sie weg.
Diana hatte nie verstanden, was ihre Tante an diesen beiden Klatschbasen fand. »Sie sind so herrlich middle-class, ihr bloßer Anblick versetzt mich in die Heimat zurück. Diese wohlausgewogene Mischung an Cant und Tradition, Beschränktheit und Gediegenheit, Herablassung und Snobismus, ich möchte sie nicht missen!« hatte Lady Penrose einmal erklärt.
Als der Libecciowind zwölf Glockenschläge von dem Kirchturm auf der Piazza herüberwehte, waren alle fertig, auch die Oberin mit ihrem Inventar.
Besonders das große Wohnzimmer wirkte jetzt fremd und entblößt. An den Wänden hoben sich die helleren Stellen ab, wo die Bilder gehangen hatten; ohne die schweren Vorhänge sahen die Fenster wie leere Augenhöhlen aus; auch der kirschrote Seidenschirm der Hängelampe war abgenommen worden, und die Birne baumelte nackt herab.
Diana, Della Valle und der Notar verließen als letzte das Haus. Der Notar schloß die Türe ab und steckte den Schlüssel in die Tasche. Die Luft war von dem Regenguß merklich kühler geworden; der Wind schüttelte immer noch große Tropfen von den Zweigen. Auf der nassen Terrasse klebten die bunten Blätter des wilden Weins wie Abziehbilder.
An der eisernen Gartentür angelangt, wandte sich Diana noch einmal um, doch Della Valle legte ihr einen Arm um die Schultern und zog sie mit sich auf die Via del Belvedere, wo sie Annina und Carmine Strena einholten. Auch Fräulein Léger, die ganz durchnäßt, aber vergnügt von ihrem Spaziergang zum Tiberiusberg zurückkam, schloß sich ihnen an.

Sie traten alle zusammen in den Garten, und schon unter der Pergola vernahmen sie Stimmen und Gläserklingen, die aus dem Wohnzimmer drangen.
»Herr Steigleder scheint Besuch zu haben«, sagte Annina verwundert.
Als sie eintraten, gewahrten sie Steigleder und Giannino vom Telefonamt, die am Tisch bei einem halbleeren Fiasco Capriwein saßen. Sie sahen beide sehr heiter aus und rauchten dicke Zigarren. Steigleder erhob sich und schwenkte ein Telegramm:
»Es ist ein Junge!«
Er wurde freudig beglückwünscht, und Giannino, der auch seinen Teil Gloriole abhaben wollte, versuchte die anderen zu überschreien:
»Ich, ich habe die Nachricht gebracht! Am Sonntag werden die Telegramme telefonisch durchgegeben, und schon als das Fräulein vom Amt in Neapel sagte: ›Un telegramma per il signor Fritz Steigleder‹, da wußte ich: der Enkelsohn ist da! Hurrah! Evviva la grande nazione tedesca!«
Man würdigte Gianninos Beitrag, indem man auch seine hingehaltene Hand beglückwünschend schüttelte.
»Es ist ein Junge!« wiederholte Steigleder wie benommen. »Ich fahre mit dem nächsten Schiff!«
»Dann fahren wir also alle zusammen«, sagte Madeleine Léger.
»Ja, und morgen früh bin ich in Stuttgart!«
Alle mußten mit ihm anstoßen und gleich darauf mit Giannino, der sich als Überbringer der freudigen Botschaft vor Begeisterung überkugelte:
»Prosit! Zum Wohl! Evviva! Hurrah!«

Auch beim Mittagstisch war Steigleder der Mittelpunkt: Man stieß immer wieder auf sein Wohl an, auf die strahlende Zukunft des Enkelsohns, auf ein frohes Wiedersehen im nächsten Jahr. Madeleine Léger, Diana und Della Valle ließen sich gern durch seine hemmungslose Freude von ihren eigenen Gedanken abbringen.
Als am Ende der Mahlzeit Carmine Strena mit einer Champagnerflasche erschien, die er schnell auf der Piazza besorgt hatte, erhob sich Steigleder leicht beschwipst:
»Meine Damen und Herren, Tischreden sind nicht mein Forte, und die italienische Sprache ist es auch nicht, doch diese Gelegenheit, signore e signori, macht eine kurze Ansprache in dem wohllautenden Idiom Dantes unerläßlich. Heute gehen wir alle auseinander, alte Freunde«, er wies auf Fräulein Léger und das Ehepaar Strena, das auch an den Tisch gekommen war, »und neue Freunde«, er machte eine Verbeugung in der Richtung von Diana und Della Valle. »Wieder einmal haben wir unter Capris sonnigem Himmel sorglos glückliche Tage verlebt und...« Er stockte und sah verlegen zu Diana hinüber. »Das heißt, ich meine...«, murmelte er konfus. Della Valle kam ihm zur Hilfe:
»Arrivederci also im nächsten Jahr und allen: buona fortuna!« Man klatschte laut, und Carmine Strena ließ den Korken der Champagnerflasche springen.
»Wo ist Domenico? Er soll auch ein Gläschen haben. Domenico!« rief Steigleder.
»Ich habe ihn vor dem Mittagessen ins Bett gesteckt. Er hatte keinen Hunger, seine Stirn war sehr heiß, und er klagte über Kopfschmerzen. Nun hat er sich doch bei seinen Freunden angesteckt. Alle Kinder in seiner Klasse haben Grippe gehabt«, erklärte Annina.

»Einen kleinen Schluck wird er trotzdem trinken können, das kann nicht schaden«, bestand Steigleder und trug das halbvolle Glas in das Zimmer, in dem es dunkel war, denn Annina hatte die Fensterläden geschlossen. Er tappte sich zu dem Bett vor und beugte sich darüber. »Hier, ein Schluck spumante, da, trink, Domenico...« Der Junge richtete sich auf, leerte das Glas und sank wieder auf das Kissen zurück.
»Arrivederci! Im nächsten Jahr sehen wir uns wieder. Sei brav inzwischen, hörst du, dann bring' ich dir etwas Schönes mit. Was wünschst du dir denn? Ein Gewehr oder einen Dolch?«
Domenico bewegte sich unruhig unter der Bettdecke:
»Der Dolch... ich habe ihn nicht genommen...«
»Ja, mein Junge, einen schönen Dolch sollst du bekommen!« sagte Steigleder aufgeräumt. »Und bleib jetzt ruhig liegen, damit du schnell wieder gesund wirst!« rief er ihm weggehend durch die offene Tür zu.
Madeleine Léger, die auch ins Zimmer getreten war, blieb bei Domenico zurück und legte eine Hand auf seine heiße Stirn.
»Lady Penrose hat ihn mir gegeben...«, murmelte er.
»Was hat sie dir gegeben?«
»Den Dolch...«
»Ja, gewiß«, sagte sie unsicher und ging leise aus dem Raum.
Die beiden von Carmine bestellten Gepäckträger erschienen pünktlich.
»Aber Annina, Sie brauchen uns wirklich nicht zum Hafen zu begleiten. Bei diesem Wetter! Und Domenico ist krank. Ich glaube, er hat Fieber«, versuchte Madeleine Léger Annina zu überreden, aber diese beharrte:

»Doch, doch, ich komme gern mit, und Carmine bleibt ja zu Hause.« Laut rief sie mahnend in das Nebenzimmer: »Domenico, senti, steh nicht auf, ich komme bald zurück!«
»Jetzt müssen wir gehen«, drängte Steigleder, »sonst verpassen wir den Dampfer. Bei schlechter See fährt er manchmal auch früher ab, hat Giannino vom Telefonamt mir gesagt.«
Sie machten sich auf den Weg. Als sie die ungeschützte Via Nuova erreichten, erfaßte sie der Wind mit voller Kraft, bauschte die Röcke auf, schlug ihnen die Mäntel um die Beine und riß ihnen die Worte aus dem Mund.
»Das ist ein tolles Wetter!« schrie Steigleder.
»Waaas?« riefen die anderen.
»Tolles Wetter«, wiederholte er, mit der Hand seinen Hut auf dem Kopf festdrückend.

Der Wind trieb sie gewaltsam der Piazza zu, und aufatmend bestiegen sie die fast leere Funicolare.
»Das wird eine Überfahrt werden!« prophezeite Steigleder.
Ein Klingelzeichen und die Drahtseilbahn setzte sich langsam in Bewegung. Gemächlich rutschte sie an den sturmgeschüttelten Apfelsinenbäumen vorbei zur Marina Grande hinunter. Das grünlich brodelnde Meer füllte den Golf wie eine übervolle Tasse, deren Inhalt jeden Augenblick überzuschwappen drohte. Von oben gesehen wirkte der Dampfer, noch von dem schützenden Arm des Hafendamms umfangen, beängstigend klein und hilflos. Man vernahm ein langgezogenes Tuten.
»Die Schiffssirene! Was habe ich gesagt, der Dampfer fährt heute vorzeitig ab! Wir kommen noch gerade eben weg«, verkündigte Steigleder.

Della Valle löste die Fahrkarten, und die kleine Gruppe hastete über den Kai auf das Schiff zu.
»Presto! Presto!« riefen die Matrosen ihnen entgegen. Sie bestiegen den Dampfer, und gleich danach wurde die Schiffsbrücke weggerollt.
»Addio, addio, arrivederci und viele Grüße noch an Carmine und Domenico und Ihre Töchter!«
Sie lehnten über der Reling, riefen und winkten Annina zu, die vom Hafendamm zu ihnen aufblickte und mit ihrem Kopftuch zurückwinkte, das der Wind abgerissen hatte.
»Die gute Annina, sie ist eine treue Seele«, sagte Steigleder, als das Schiff um die äußerste Spitze des Hafendamms bog und mit verstärktem Motorengeräusch in die See stieß.
»Ja, hoffentlich hat sie jetzt nicht eine neue Sorge mit Domenico«, sagte Madeleine Léger und schlug ihren Mantelkragen hoch. »Er war so unruhig und redete wirr wie im Fieber.«
Steigleder schrie, um sich verständlich zu machen: »Wird nichts weiter sein, eine leichte Grippe...«
Sie wollte noch etwas sagen, aber der Wind nahm ihr den Atem. Salzige Spritzer und ein Geruch von Motorenöl und Rauch schlug ihnen ins Gesicht.
»Nein, Kinder, hier draußen ist es mir zu ungemütlich! Ich gehe in die Bar hinein, Platz gibt es da bestimmt reichlich: wir scheinen die einzigen Passagiere zu sein.« Steigleder entfernte sich, von einer Bank zur nächsten tastend, eine Hand immer auf dem Hut, um weder das Gleichgewicht noch die Kopfbedeckung zu verlieren.
»Wir setzen uns da hinten unter das Verdeck, dort hat man frische Luft, und es ist trotzdem geschützt. Wollen Sie nicht auch mitkommen?« forderte Della Valle Madeleine Léger höflich auf.

»Danke, später vielleicht«, sagte sie lächelnd und blieb an der Reling stehen. Sie mußte sich fest an die hölzerne Brüstung klammern, um einen Halt gegen die Windstöße und das wilde Schlingern des kleinen Dampfers zu haben.
Diana und Della Valle hatten sich bei den Händen gefaßt und torkelten über das Deck. Sie sahen unbeschwert und übermütig aus, und der Wind wehte Fetzen ihres Gelächters zu Fräulein Léger herüber. Die beiden waren froh, allein zu sein, das wußte sie. Sie wollten miteinander sprechen oder auch schweigen, wie das so am Anfang ist, wenn Worte und Schweigen und alles einen unwiederholbaren Zauber hat.
Einen Augenblick lang empfand Madeleine Léger schmerzlich ihre eigene Einsamkeit; doch sie hatte längst gelernt, sich zu trösten. Das Glück war auch ihr einmal begegnet (wie hätte sie denn sonst die beiden auf der Bank dort drüben verstehen können?), ein kurzes Glück, doch das war vollkommenes Glück wohl immer.
Eine Welle hob das Schiff hoch und ließ es schütternd wieder hinabgleiten. Madeleine Léger krallte sich an die Brüstung und hatte ein bißchen Angst und trotzdem Freude an diesem Tanz. Der Wind durchzauste ihre kurzen grauen Haare und warf ihr Spritzer wie Sprühregen ins Gesicht. Auch die Luft schmeckte salzig.
Capri hob sich dunkel vom Himmel ab, ein blauviolettes Profil am Horizont. Jean Paul war die Insel vom Meer aus wie eine Sphinx erschienen, und Gregorovius wie ein Sarkophag. Beides waren passende Vergleiche, fand sie.

Bevor Annina den Rückweg antrat, suchte sie ihren Bruder auf, der einen kleinen Laden an der Marina Grande besaß, in dem er Capriandenken verkaufte: die Blaue Grotte auf einer Muschel gemalt, als Nachttischlampe, Faraglioni aus Gips, Keramik, Porzellan, Messing und Plastik, Tücher aus Kunstseide mit Ansichten der Insel, all die netten Scheußlichkeiten, die sich die Touristen zur Erinnerung an die Insel kaufen.

»Jetzt sind sie alle abgefahren«, sagte Annina zu ihrem Bruder, als sie in den Laden trat, der mit seinem bunten, vielfältigen Kram einem Basar glich.

»Ja, vorhin habe ich euch vorbeigehen sehen; sie haben das Schiff noch gerade im letzten Augenblick erwischt. Dottore Della Valle war heute morgen sehr früh mit Fräulein Nicholls bei mir, du weißt, er hat im Sommer sein Boot in meinem Schuppen untergestellt.«

»Ja, wird er es bei dir lassen?«

»Vorläufig bestimmt, er will sich ein Grundstück kaufen und ein Haus bauen, hat er gesagt.«

»Er war mit signorina Nicholls hier«, warf seine Frau ein.

»Das habe ich schon gehört«, antwortete Annina.

»Sie scheinen sich ja gut zu verstehen...« Die Schwägerin machte eine bedeutungsvolle Pause. »Glaubst du, sie werden heiraten?«

»Wer weiß...«

»Sie passen gut zusammen«, bemerkte der Bruder.

»Ja, sie passen gut zusammen«, gab seine Frau zu, »jedenfalls hat er sie überraschend schnell über den traurigen Tod ihrer Tante hinweggetröstet...« Säuerlich setzte sie hinzu: »Die Jugend ist heute sehr herzlos und nur auf den eigenen Vorteil bedacht.« Nach dieser Feststellung gewann ihre neugierige Natur wieder die Oberhand:

»Ich habe gehört, ihr seid alle heute morgen mit dem Notar

in der Villa Maja gewesen. Was hat dir denn Lady Penrose hinterlassen?«
»Hausgerät...«
»Was, kein Geld?! Nach all den Jahren, die du bei ihr gearbeitet hast!«
»Sie hat mich regelmäßig bezahlt und schuldet mir nichts«, antwortete Annina kurz.
»Ich meine ja bloß. Die Möbel hätte sie dir auch ruhig geben können, warum sollen die Deutschen Schwestern sie haben! Und wie Benito Vitale all die Gartengeräte verdient hat, ist mir auch nicht klar.«
»Du scheinst gut unterrichtet zu sein«, bemerkte Annina. Der Bruder, der wohl wußte, daß es zwischen den beiden Schwägerinnen leicht zu Spannungen kam, lenkte das Gespräch auf andere Bahnen:
»Und den Mörder hat man immer noch nicht entdeckt!«
Annina schüttelte schweigend den Kopf.
»Der ist bestimmt schon über alle Berge und wird sich nie mehr schnappen lassen«, sagte der Bruder.
»Unsere Polizei taugt nichts«, sagte die Schwägerin entschieden, und Annina, die diese Bemerkung als Beleidigung für ihren Schwager Musdeci empfand, entgegnete:
»Die Polizei hat alles abgesucht und jede verdächtigte Person verhört! Was glaubst du denn, daß alle Mörder immer gefunden werden?«
»Bestimmt ist er noch auf der Insel«, sagte die Schwägerin mit Überzeugung und setzte hinzu: »Ich würde mich ja schrecklich graulen, so nahe bei der Villa Maja zu wohnen wie du. Besonders bei Nacht...«
»Bè, buona notte, ich muß jetzt gehen«, sagte Annina; sie stand auf und band ihr Kopftuch um.

Es war schon finster, als sie die Via Nuova erreichte; sie beschleunigte ihre Schritte und bei der Via del Belvedere angelangt, begann sie zu laufen. Der Wind nahm ihr fast den Atem und schlug ihr die Ranken der Mauerpflanzen ins Gesicht. Vor der Gartentür zur Villa Maja hatte sich von dem Regen des Vormittags eine Lache angesammelt, die sie im Dunkeln übersah. Das Wasser durchnäßte ihre Sandalen, und auf dem glitschigen Grund wäre sie ausgerutscht, wenn sie sich nicht rechtzeitig an den Stäben des eisernen Gitters aus der schlammigen Pfütze gezogen hätte. Atemlos trat sie in ihr Haus.

Carmine saß im Wohnzimmer und hörte die Resultate der sonntäglichen Fußballspiele im Fernsehen.

»Wie geht es Domenico?« fragte Annina keuchend.

»Das Fieber ist gestiegen, und er klagt noch immer über starke Kopfschmerzen. Sonst war er ganz brav, ausnahmsweise.«

Annina ging in das Nebenzimmer und kam nach einigen Minuten zurück:

»Carmine, ich mache mir Sorgen, vielleicht ist es doch nicht nur eine Grippe, wie sie die anderen Kinder gehabt haben. Es ist besser, du gehst dottore Salvia holen.« Carmine nickte und sah enttäuscht auf den Bildschirm.

»Geh, mach schnell«, drängte sie ungeduldig.

»Ja, ich geh ja schon«, sagte er gutmütig, schaltete das Fernsehgerät aus und setzte seine Baskenmütze auf.

»Ich werde Domenico eine Limonade machen, die kann nicht schaden, und er ist so durstig«, sagte sie, als führe sie ein Selbstgespräch, und ihrem Mann, der schon die Haustüre geöffnet hatte, rief sie nach: »Sieh dich vor, bei der Gartentür der Villa Maja ist eine große Pfütze...«

Sie trug das Glas in Domenicos Zimmer, und der Junge leerte es mit gierigen Zügen.
»Noch eine Limonade«, bat er.
»Nachher, wenn der dottore dagewesen ist. Jetzt bleib schön still liegen.« Sie streichelte sein fieberheißes Gesicht. »Schön ruhig liegenbleiben«, wiederholte sie zärtlich und zog ihm die Decke hoch.
»Mir ist so heiß, ich will die Decke nicht...«
»Doch, zitto, stai buono, sei brav«, sagte sie beschwichtigend.
Um es ihm etwas frischer zu machen, nahm sie sein Kopfkissen, schüttelte es aus und schob es ihm wieder unter den Kopf. Dabei rutschte ein Gegenstand unter der Matratze hervor und fiel zu Boden. Bei dem schwachen Schein der Nachttischlampe fand sie nicht gleich, was da gefallen war. Sie tastete die Fliesen ab und stieß auf etwas Längliches, Hartes.
»Was ist das?« Sie starrte auf die mit bunten Glasstücken verzierte Dolchscheide in ihrer Hand.
Domenico blickte mit fieberblanken Augen zu ihr auf.
»Du weißt doch, das gehört zum Dolch...«
Natürlich wußte sie es. Über dreißig Jahre hatte sie den kleinen Kris, den Lady Penrose von einer Reise nach Malaya mitgebracht hatte und als Brieföffner benutzte, auf dem Schreibtisch gesehen. Ungezählte Male hatte sie ihn abgestäubt. Einmal, als sie ihn mit dem übrigen Silber putzen wollte, hatte Lady Penrose gesagt: »Laß man, Annina, das lohnt nicht, es ist ein wertloses Ding, das ich nur als Andenken an die Reise damals mit meinem Mann aufbewahre.«
»Woher hast du das?« drängte Annina.
»Lady Penrose hat es mir gegeben.«
»Wann?«

»Am Dienstagnachmittag.«
»Sie hat es dir gegeben? Warum? Wie? Was hat sie gesagt?« Ihre Fragen überstürzten sich.
Domenico begann leise zu weinen. »Das hat mich der commissario schon alles gefragt... Mein Kopf tut so weh...«
»Der commissario? Wann?«
»Gestern nachmittag, als er mich nach der Villa Maja gerufen hat, weil ich ihm helfen sollte.«
»Was hat er dich gefragt? Nun sag doch endlich, parla, parla!«
Domenicos Schluchzen machte seine Worte kaum verständlich:
»Ich weiß es nicht mehr... Aber er war nicht böse mit mir, er war nicht böse... Mein Kopf tut so weh...«
»Und wo ist der Dolch?«
»Er hat ihn behalten. Jetzt kann er auch die Scheide haben... Ohne den Dolch brauche ich sie nicht...«
»Madonna mia«, sagte Annina leise, und immer wieder: »Madonna mia, Madonna mia...«
Die vom Fieber und Weinen schwer gewordenen Augenlider Domenicos blinzelten müde. »Mir ist so heiß...«, murmelte er klagend; seine Beine bewegten sich unruhig unter der Decke, um sie abzuwerfen.
Annina zog sie wieder glatt und setzte sich an sein Bett, doch nach wenigen Sekunden stand sie wieder auf und schritt rastlos im Zimmer auf und ab. Die Dolchscheide legte sie auf eine Truhe und nahm sie gleich darauf weg, um sie in einer Nische zu verbergen. Vor der Muttergottesstatue aus Gips, die mit bunten Papierblumen unter einer Glasglocke auf der Kommode stand, verharrte sie, die Hände gefaltet, als wollte sie beten. Aber sie konnte keinen zusammenhängenden Ge-

danken fassen und flüsterte nur angstvoll: »Madonna mia, Madonna mia!«
So trafen sie Carmine und der dottore Salvia an.
»Buona sera, Annina! Da ist er also, der Schlingel! Jetzt hast auch du die Grippe erwischt wie deine Schulfreunde. Du dachtest wohl, du würdest verschont bleiben! Keine Schule und keine Grippe, das hätte dir so gepaßt, nicht wahr?« sagte der Arzt jovial und öffnete seine Tasche. Forschend betrachtete er Annina. »Was ist denn los? Du siehst so verstört aus. Mach dir keine Sorgen, wir werden gleich sehen, was der Junge hat. Mehr als ein bißchen Grippe wird es nicht sein. Zieh ihm die Jacke aus.«
»Ja, ja«, antwortete sie benommen.
Er beugte sich über Domenico, hörte die Lungen ab, maß ihm den Puls. »Mach den Mund auf, so, weit auf, aaaaah.«
»Die Mandeln sind ein wenig geschwollen«, er richtete sich auf und packte sein Stethoskop in die Tasche.
»Die gleiche Grippe wie sie auch die anderen Kinder gehabt haben, nichts weiter. Das war eine richtige Epidemie dieses Jahr, deshalb haben wir die Schulen schließen müssen. Zuerst hatte man eine ernstere Infektionskrankheit befürchtet, aber dann hat sich Gott sei Dank herausgestellt, daß es sich um eine einfache Form von Influenza handelt: Kopfschmerzen, ziemlich hohes Fieber in den ersten Tagen, geschwollene Mandeln, das sind die einzigen Symptome, die ohne Folgen verschwinden. Bist du jetzt beruhigt, Annina?«
Sie nickte schweigend.
»Du bist doch eine erfahrene Mutter und hast schon viel schlimmere Krankheiten deiner Kinder mit Fassung überstanstanden! Damals, als deine Tochter Concetta Typhus hatte, erinnerst du dich noch? Ja, ich weiß, der Jüngste ist einem

immer besonders lieb, da verliert man leicht den Kopf, wenn was los ist...« Er gab Domenico einen leichten Klaps auf die Wange. »Bleib ruhig liegen, bis das Fieber ganz vorbei ist, hörst du, und mach deiner Mutter keine Sorgen!«
Sie gingen in das Wohnzimmer.
»Bettruhe und leichte Kost, gekochter Reis. Fruchtsaft. Alle vier Stunden gibst du ihm eine von diesen Pillen, bis das Fieber gefallen ist. Er darf nicht aufstehen, bevor er nicht mindestens zwei Tage lang fieberfrei war.«
Annina nickte. Sie hielt die Finger krampfhaft verschlungen, wie zu einem stummen Gebet.
»Ich werde Sie bis zur Via Nuova mit der Taschenlampe begleiten, dottore, unser Weg ist stockdunkel«, sagte Carmine. »Hoffentlich entschließt sich unser Bürgermeister endlich, auch die Via del Belvedere mit einer Beleuchtung zu versehen.«
Dottore Salvia lachte: »Na, nach dem Tod della povera Lady Penrose sind dafür gute Aussichten! Ihr habt ja jetzt einen neuen Nachbarn... Arcucci soll sich sehr gut mit De Tommaso stehen, und wie ich ihn kenne, wird er sich schon dahinterklemmen.«

12

Dieser 31. Oktober schien Fusco der längste Sonntag, an den er sich entsinnen konnte; es war auch der erste Sonntag, den er, seit er im Amt war, auf Capri verbrachte. Sonst fuhr er immer Sonnabendnachmittag ab und kam Montagmorgen zurück.

Wenn er gestern abend, als er die Villa Maja verlassen hatte, gleich zum Amtsrichter gegangen wäre, um seinen Bericht zu erstatten, hätte er wenigstens heute morgen nach Neapel fahren können. Einen Augenblick lang hatte er auch die verlockende Möglichkeit erwogen, doch eben nur einen Augenblick lang, dann hatte er sie gänzlich ausgeschlossen. Er mußte erst überlegen, bevor er Cocorullo aufsuchte. Er mußte überlegen und klare Ideen haben, wenn er den Amtsrichter schlagen wollte. So hatte er den Sonntag damit zugebracht, sich jede kleinste Einzelheit durch den Kopf gehen zu lassen, immer wieder, bis es ihm schließlich vorkam, als

bewegten sich seine Gedanken im Kreis, ohne Anfang und Ende, wie eine Schlange, die sich in den Schwanz beißt.
Er war noch vor Morgengrauen nach einer unruhigen Nacht aufgewacht. Überall im Haus hatten Fensterläden geknarrt und Türen in den Angeln gequietscht; die Zweige der Eukalyptusbäume vor seiner Wohnung hatten gegen die Fensterscheiben geschlagen, und der Wind mußte die Blumentöpfe von der Terrassenmauer gerissen haben, jedenfalls hatte es sich so angehört.
Auf dieser öden Insel taugten auch die Häuser nichts, der erste Herbststurm riß sie auseinander, sagte er sich, und da er wußte, daß er trotz der frühen Stunde nicht mehr einschlafen würde, zündete er den Spirituskocher und eine Zigarette an und begann zu überlegen. Er wollte sich einen richtigen Plan vorbereiten, in dem alles vorgesehen war. Sein Bericht sollte möglichst kurz sein, und vor allem mußte er die Einwände des Amtsrichters voraussehen, um sie rechtzeitig geschickt parieren zu können. Cocorullo würde Einwände haben, darüber bestand kein Zweifel, doch auch er würde dann schließlich einsehen müssen... Fusco lüftete den Deckel seiner kleinen Kaffeemaschine: schwarz und duftend stiegen die ersten, von dem Dampf durch das Sieb gepreßten Tropfen auf. Fusco schüttelte gedankenverloren den Kopf. Auch nachdem er den Kaffee getrunken und inzwischen drei Zigaretten geraucht hatte, waren seine Überlegungen immer noch in einem konfusen Anfangsstadium. So beschloß er, erst einmal aufzustehen.
Seine Wohnung (Vorzimmer, Schlafzimmer und Bad) war die typische Behausung des Junggesellen, die nur nachtsüber benutzt wurde. Wie alle neapolitanischen Junggesellen (und die meisten neapolitanischen Ehemänner) lebte er auf der

Straße, im Kino, in seinem Arbeitsbereich und vor allem in der Bar. Die Wohnung diente ihm als Abstellraum, und so sah sie auch aus. Jeden Morgen, nachdem er zur Arbeit gegangen war, kam seine Hauswirtin zum Saubermachen, was meistens nur bedeutete, daß sie die Zigarettenstummel wegwarf und die Briefe las, die er von seiner Mutter und zwei Freundinnen aus Neapel bekam.

An diesem Sonntag morgen war sie nicht wenig erstaunt, ihn in der Wohnung anzutreffen: »Come mai, Sie sind nicht nach Neapel gefahren, signor commissario?«

»Nein.«

»Wohl wegen des Mordes?« forschte sie.

»Nein, das Meer ist heute zu stürmisch.«

»Ja, es ist sehr stürmisch«, gab sie enttäuscht zu.

Auf der Kommode, unordentlich gegen den Spiegel aufgestapelt, lagen ein paar Dutzend Bücher, fast alles Taschenbuchausgaben. Fusco nahm einen ziemlich abgegriffenen Band, das Strafgesetzbuch heraus und setzte sich damit auf den Bettrand. Er blätterte eine Weile herum, bevor er bei dem Paragraphen 224 das Buch aufschlug. Er las den Absatz mehrmals und verweilte besonders auf den letzten Zeilen: »... im Falle eines schweren Vergehens und in Anbetracht einer sittlich ungeeigneten Umgebung, in der der Jugendliche aufwächst, wird dieser, auf Verfügung des Richters, in eine gerichtliche Erziehungsanstalt eingeliefert...« Fusco wiederholte leise: »... ordina che questi sia ricoverato nel riformatorio giudiziario...«

»Permesso, verzeihen Sie, wenn ich störe, ich muß unter dem Bett fegen...« Die Haushälterin tat an diesem Morgen, in Anwesenheit des Mieters, besonders geschäftig. Fusco schloß das Buch und ging an das Fenster. Die Blumentöpfe waren tatsächlich von der Mauer auf die Terrasse gefallen, er hatte sich also doch nicht getäuscht in der Nacht. Unschlüssig blickte er auf die wogenden Kronen der Eukalyptusbäume. Er konnte den Amtsrichter aufsuchen, wann es ihm beliebte. Cocorullos Wohnung war im Amtsgericht, und heute, bei diesem Wetter, würde er sich bestimmt nicht herauswagen. Doch das hatte noch Zeit, erst wollte er überlegen. Nur dieses Schlafzimmer war nicht die geeignete Umgebung zum Nachdenken. Ins Kommissariat konnte er heute nicht gehen, das wäre aufgefallen; außerdem war es abgeschlossen, Musdeci bewahrte die Schlüssel, und Musdeci wollte er heute auf keinen Fall treffen. Der maresciallo, der mit seiner Familie am Arco Naturale wohnte, pflegte die Feiertage seiner Briefmarkensammlung zu widmen; es bestand keine Gefahr, ihm auf der Piazza zu begegnen. Deshalb beschloß Fusco, zur Piazza zu gehen; er konnte auch unterwegs überlegen.

Auf der Piazza trank er einen espresso, kaufte die Zeitungen und wechselte ein paar belanglose Worte mit diesem und jenem. Man vermied es, sich ihm gegenüber über den noch immer nicht aufgeklärten Mord zu äußern, und beschränkte sich darauf, die verpaßte Fußballpartie zu beklagen.

Er kannte alle, von vielen Capresen wußte er mehr, als den Betreffenden lieb war, aber befreundet war er mit niemand. Das konnte er sich als commissario in einem so kleinen Ort nicht erlauben. Eine engere Bekanntschaft hätte ihn gleich ins Gerede gebracht und dem Verdacht ausgesetzt, daß er jemanden bevorteilte oder sich sogar bestechen ließ. Man war äußerlich sehr zuvorkommend und mitteilsam, was ihn keinesfalls darüber hinwegtäuschte, wie sehr man ihm mißtraute. Polizei ist immer Polizei, schienen sich alle zu sagen.

Dieser Morgen war aus Gummi. Kurz vor ein Uhr traf er den Notar.
»Ich komme gerade von der Villa Maja. Alles erledigt, nur die Möbel der Deutschen Schwestern müssen noch verfrachtet werden. Ich habe mich schon mit der Oberin für morgen früh verabredet.«
Um ein Uhr ging Fusco in sein gewohntes Wirtshaus »Da Titina«. Heute kam er wenigstens einmal rechtzeitig zum Mittagessen und würde darauf achten, daß die Spaghetti nicht zerkocht zu Tisch kamen.
Er war der einzige Kunde in dem kahlen Raum, der deshalb noch unfreundlicher wirkte als gewöhnlich. An den weißgetünchten Wänden waren eine Vermouthreklame, eine Preisliste und ein Kalender angebracht. Von der Decke baumelte ein Langustenfangkorb aus Binsen, der als Lampenschirm diente und gleichzeitig die Aufgabe hatte, als pittoresk-dekoratives Motiv daran zu erinnern, daß man sich auf einer Fischerinsel befand. Die Besitzerin des Wirtshauses bezeichnete ihren bescheidenen Verschwörungsversuch als »molto caratteristico«, wenn jedoch das Binsengeflecht dem unbewanderten Kunden schmackhafte Gerichte von Schalentieren suggerierte, so wurde er bald in seinen Erwartungen enttäuscht, da sich solche Delikatessen nicht auf Titinas bescheidenem Speisezettel befanden.
Fusco aß seine Spaghetti und hätte anschließend nicht einmal sagen können, ob sie zerkocht waren, denn er redete im Geist mit Cocorullo, was viel angenehmer war als in Wirklichkeit, weil er sich erlauben konnte, den Amtsrichter nicht zu Worte kommen zu lassen.
»Und Sie sind heute nicht nach Neapel gefahren?« erkundigte sich Titina. Sie war so vollbusig, daß man allgemein behaup-

tete, sie könne auf ihrem Busen zwei Kaffeetassen servieren wie auf einem Tragbrett. Doch diese Fähigkeit nutzte sie nie aus, anstandshalber. Ihr Onkel war Pfarrer.
»Nein«, antwortete Fusco, »bitte die Rechnung.«
»Wohl wegen des Mordes?« forschte sie.
»Nein, das Meer war mir zu stürmisch.«
»Ach so«, sagte sie ungläubig. »Ja, mit dem Dampfer ist heute morgen auch niemand herübergekommen, keine Sterbensseele«, mit einer weitausladenden Armbewegung wies sie über die leeren Tische.
Fusco überlegte, ob er jetzt Cocorullo anrufen sollte und verschob diese Möglichkeit auf später. Leute mit schlechter Verdauung soll man nicht kurz nach der Mahlzeit aufsuchen. Auch die Piazza war menschenleer. Er kaufte sich noch eine Zeitschrift und setzte sich mit einem espresso in eine Ecke von Arcuccis Bar. Hinter der Theke hantierte nur der schläfrige Kellner.
»Sie sind nicht nach Neapel gefahren, signor commissario?«
»Nein, und nicht wegen des Mordes, aber weil mir das Meer zu stürmisch ist.«
Kurz nach drei Uhr sah er Steigleder, Diana, Della Valle und Madeleine Léger mit Annina und von zwei Gepäckträgern gefolgt, vorbeihasten. Er sah ihnen, hinter seiner Zeitschrift verborgen, nach, bis sie in der Funicolare verschwunden waren. Dann beschloß er, in das einzige Kino der Insel zu gehen. Als er schon Platz genommen hatte, stellte er fest, daß er den Film bereits kannte, doch das war ihm gleichgültig. Er mußte ja überlegen, sagte er sich, obwohl er nunmehr wußte, daß das wenig Zweck hatte.
Das Kino war kärglich besetzt; um diese Zeit saßen die Capresen vor dem Fernseher. Zwei Reihen vor ihm erkannte er

'U Ras und daneben die Tochter von Gaetano vom bancolotto, die mit Giacomino vom Telefonamt öffentlich verlobt war. Solange das Licht brannte, taten sie, als seien sie Luft für einander. Im Dunkeln hingegen schienen sie nahe befreundet zu sein, was man von hinten gut erkennen konnte.
Nach dem Film sah er ein, daß er Cocorullo jetzt aufsuchen mußte, sonst wurde es für heute zu spät. Einen Plan hatte er sich nicht zurechtlegen können, und es war sinnlos sich vorzumachen, daß man dem Amtsrichter mit einem Plan kommen konnte. Er rief ihn von seiner Wohnung aus an, denn in der öffentlichen Telefonstelle und in den Bars hörten immer zuviel Leute den Gesprächen zu.
»Kann ich um sieben Uhr bei Ihnen vorbeikommen, giudice?«
Die erkältete Stimme am anderen Ende war einverstanden, bestand aber auf Pünktlichkeit.
»In punto alle sette«, versicherte Fusco. Gut, so hatte er noch Zeit, vorher einen espresso bei Arcucci zu trinken.
Sowohl Totò wie Gelsomina waren in der Bar, sie hinter der Kasse, er hinter der Theke, und sie begrüßten ihn besonders lebhaft. Auch sie waren bestimmt erstaunt, ihn an einem Sonntag auf der Insel zu sehen, verzichteten jedoch darauf, ihn nach dem Grund zu fragen. Wer viel fragt, kriegt viel Antwort, und von der Mordgeschichte wollten sie jedenfalls nichts mehr wissen. Ihre betonte Aufgeräumtheit verriet, daß sie beide entschlossen waren, über die unangenehmen Erfahrungen und Enthüllungen der letzten Woche Gras wachsen zu lassen.
»Schreckliches Wetter, nicht wahr? Bitte sehr, hier ist Ihr espresso, extra stark, molte ristretto«, sagte Totò eifrig.
»Danke. Ja, es ist sehr windig.«

»Hier, bitte schön, der Zucker, signor commissario«, sagte Gelsomina und lehnte sich mit gewinnendem Lächeln über die Kasse hinweg, um ihm die Zuckerdose über die Theke zuzuschieben.

Ein harmonisches Ehepaar. Totò hatte sich offensichtlich über seine Hörner hinweggesetzt, und Gelsomina sah sich wohl schon als Hotelbesitzerin, sinnierte Fusco.

Die Glastür ging auf, und mit einem Windstoß trat der Bürgermeister ein. Er sah käsig aus und ließ sich einen espresso mit einem Schuß Kognak geben, was man einen caffè corretto nannte.

»Commissario, i miei rispetti, Sie sind auch hier! Wie vernünftig von Ihnen, daß Sie heute nicht abgefahren sind! Ich komme gerade aus Neapel zurück. Eine Überfahrt, kann ich Ihnen sagen, sogar die Flaschen in der Bar sind umgefallen...« De Tommaso goß in einem Schluck den Kaffee hinunter.

»Mußten Sie denn ausgerechnet bei solchem Sturm nach Neapel fahren, sindaco!«, sagte Gelsomina, geschickt ihre Neugier in dieser fürsorglich vorwurfsvollen Formulierung verkleidend.

»Meine Amtspflichten...«, sagte De Tommaso mit ergebener Miene, »Ihr wißt es doch, wochentags bleibt mir ja keine freie Minute, so habe ich eben heute morgen fahren müssen, um meine Tochter zu meiner Schwester zu bringen, die sie in die Schweiz begleiten wird.«

»Ach, signorina Assunta bleibt nicht auf Capri?« sagte Gelsomina bedauernd, »Sie hat doch erst vor so kurzer Zeit die Nonnenschule in Sorrent beendet...«

»Ja, ich habe mich entschlossen, sie noch für ein paar Jahre auf eine Töchterschule nach Lausanne zu schicken, damit sie

sich in den Fremdsprachen ausbildet, Deutsch, Englisch, Französisch. Sprachen sind heutzutage sehr wichtig, meinen Sie nicht, commissario?«
»Ja, sicher, sehr wichtig...«
»Ein gebildetes Mädchen, das einige Fremdsprachen beherrscht, findet immer eine Stellung.«
»Aber das hat signorina Assunta doch nicht nötig!« warf Totò ein.
»Man kann nie wissen, was einem das Leben bringen kann heutzutage. Ich denke modern, und meine Tochter soll auf alles vorbereitet sein. Geld hat doch gar keinen Wert mehr, die sicherste Garantie für die Zukunft ist eine gute Ausbildung, finden Sie nicht, signor commissario?«
»Ja, bestimmt, certo, certo...«
»Bè, ich werde jetzt nach Hause gehen. Diese Überfahrt sitzt mir noch in den Knochen.«
Kaum hatte der Bürgermeister die Tür hinter sich geschlossen, sagte Gelsomina: »Dann stimmt es also doch, was ich heute morgen gehört habe!«
»Was denn?« fragte Totò gespitzt.
»Daß De Tommaso gestern nachmittag eine Auseinandersetzung mit dem jungen De Gregorio, dem Verlobten seiner Tochter gehabt hat. ›Assunta kannst du dir aus dem Kopf schlagen! Mein Schwiegersohn wirst du im Leben nicht, darauf kannst du Gift schlucken‹, hat er geschrien, das weiß ich von der alten Magd, die bei De Gregorios Großmutter dient.
Sie hat es genau gehört.«
»Warum denn? Die Verlobung war doch schon bekanntgegeben worden!« verwunderte sich Totò.
»Ja, jedoch gern gesehen hat De Tommaso sie nie. De Gre-

gorio ist ein hübscher junger Mann, aber wahrscheinlich war er dem zukünftigen Schwiegervater nicht reich genug, meinen Sie nicht auch, signor commissario? Vielleicht dachte er, der junge Mann sei auf die Mitgift aus...«
»Das könnte sein«, sagte Fusco unverbindlich und fragte sich, wie De Gregorios Entlarvung wohl so schnell dem Bürgermeister zu Ohren gekommen sein konnte.
»Arme Assunta, sie war so verliebt...«, seufzte Gelsomina mitfühlend.
Fusco bezahlte und öffnete die Tür.
»Buona sera, grazie, signor commissario«, rief ihm das Ehepaar nach.
Der Amtsrichter empfing ihn in der gewohnten Amtsstube, obwohl seine Wohnung gleich nebenan war und man dort vielleicht bequemer gesessen hätte, als auf diesen altmodischen Holzstühlen, deren steife, geschnitzte Lehnen mit Akanthusblättern verziert waren, die den Sitzenden in den Rücken stachen.
»Buona sera, buona sera, commissario«, grüßte er ungewohnt aufgeräumt, »Ihr unerwarteter Besuch an einem Feiertag läßt mich gute Nachrichten erwarten.«
Wer weiß, vielleicht ließ sich diesem leberkranken Kodex doch eine menschliche Seite abgewinnen, dachte Fusco skeptisch. Er zog ein längliches Päckchen aus der Tasche, wickelte das Zeitungspapier auf und legte einen kleinen Dolch und einen mehrfach gefalteten Zettel auf den Schreibtisch.
Cocorullo streckte blitzschnell die Hand nach dem Dolch aus.
»Die Waffe, mit der Lady Penrose ermordet worden ist!«
»Die den Tod von Lady Penrose verursacht hat«, korrigierte Fusco, doch der Amtsrichter schien nicht hingehört zu haben. Er hatte den Zettel auseinandergefaltet und las laut:

»Dem kleinen Domenico Strena hinterlasse ich, wie versprochen, den malaiischen Kris, den ich als Brieföffner benütze.«
Der Amtsrichter sah auf. »Interessante, molto interessante! Und die Zusammenhänge? Wer ist dieser Domenico?«
»Der achtjährige Sohn von Annina und Carmine Strena, die gegenüber der Villa Maja wohnen. Sehr anständige Leute. Annina war seit ihrer Kindheit bei Lady Penrose im Dienst; sie ist auch die Schwägerin unseres maresciallo Musdeci. Lady Penrose kannte natürlich Domenico seit seiner Geburt, und gestern, als ich in Villa Maja ihr Testament und die beigefügten Kodizille durchsah, bin ich auf diesen Zettel gestoßen. Daß der erwähnte Dolch nicht auf dem Schreibtisch lag, hat mich veranlaßt, den kleinen Domenico zu rufen...«
»Aha, molto interessante, und er hat alles gestanden? Haben Sie das Protokoll nicht hier?«
»Es gibt kein Protokoll«, Fusco holte tief Atem. »Ich wollte erst mit Ihnen sprechen, giudice.«
»Kein Protokoll!« Cocorullo schüttelte mißbilligend den Kopf. »Ich muß mich über Sie wundern, commissario! Sie wissen doch, daß der Täter nach dem Geständnis nur zu oft seine Aussage widerruft. Hatten Sie wenigstens einen Zeugen?«
»Nein, wir waren allein im Wohnzimmer der Villa Maja.«
»So, allein. Wie haben Sie es denn fertiggebracht, diesen Domenico zu zwingen, daß er seine Tat eingestanden hat?«
»Ich habe ihn zu nichts gezwungen, wir haben uns ganz einfach unterhalten, und er hat mir alles erzählt, wie er es wußte«, antwortete Fusco irritiert. Er sah Domenicos eifriges Kindergesicht vor sich und empfand wieder das Unbehagen, das ihn beschlichen hatte, während er ihn ausfragte.

Domenico war, wie er versprochen hatte, schon nach wenigen Minuten zurückgekehrt.

»Da!« sagte er keuchend und legte den Dolch auf den Schreibtisch. »Hier lag er, genau hier.«

»Ein schöner Dolch«, sagte Fusco, nahm ihn in die Hand und betrachtete ihn. Er war grob gearbeitet; auf der Klinge stand verschnörkelt »Souvenir« und darunter, sehr klein, »made in Germany«; der Griff war reichlich mit bunten Glassteinen verziert.

»Ein schöner Dolch«, wiederholte Fusco und befühlte mit dem Daumen den zerbrochenen roten Stein am Griffende.

»Ja, ich habe ihn geputzt, vorher war er nicht so blank. Nur hier ist er ein bißchen kaputt...« Er wies auf die zersplitterte Glasperle am Ende des Griffes.

»Wie ist das denn passiert?«

»Ich weiß es nicht, auf einmal war er kaputt. Ich habe es erst gemerkt, als ich ihn geputzt habe.« Wichtig setzte er hinzu: »Das ist ein richtiger Kris aus Malaya.«

»Ja genau, ein echter Kris. Du hast ihn Lady Penrose weggenommen, und sie hat es gemerkt, nicht wahr?«

Domenico sah Fusco mißtrauisch an; daß dieser ihn jedoch nicht beachtete und nur bewundernd den Kris betrachtete, beruhigte ihn.

»Erst habe ich ihn weggenommen«, gab er zu, »aber nur so, ich wollte ihn mir bloß ansehen. Nachher hat sie ihn mir dann von selbst gegeben.«

»Capisco«, sagte Fusco, »jetzt erzähle mir mal alles genau, wie es war, aber richtig der Reihe nach. Warum bist du am Dienstagnamittag zu Lady Penrose gegangen, heimlich, um dir den Dolch anzusehen?«

Domenico schüttelte mit Nachdruck den Kopf. »Nein, das

war erst nachher. Ich bin zu ihr gegangen, um Daisy zurückzubringen.«

»Ah, die kleine Hündin?«

»Ja, sie war seit zwei Tagen weg, und Lady Penrose wußte nicht, wo sie war, das hatte meine Mutter gesagt, und mein Vater hat gesagt: ›Vielleicht hat Benito Vitale sie vom Belvedere hinuntergeschmissen...‹«

»Warum hätte er das tun sollen?«

»Weil sie immer die Blumenzwiebeln ausgrub, die er gerade eingepflanzt hatte. Dann, als ich am Dienstag ganz hinten auf unserem Weinberg spielte, da habe ich plötzlich ein Winseln gehört. ›Das ist Daisy!‹ habe ich gleich gedacht. Und da war Daisy in der alten Zisterne, die leer ist, weil mein Vater sie nicht mehr braucht, denn sie ist voll Wurzeln, und mein Vater sagt, es hat keinen Zweck, da was zu machen, weil die Wurzeln von den Feigenbäumen, die lange ›code di cavallo‹, Pferdeschwänze, machen, wenn sie Wasser riechen, doch wieder hineinwachsen. Daisy war in die leere Zisterne gefallen und konnte nicht wieder 'raus. Da bin ich 'runtergeklettert und habe sie geholt und habe sie Lady Penrose gebracht. Daisy winselte wie verrückt und hinkte auch. Ein Bein war blutig.«

»Und was hat Lady Penrose gesagt?«

»Sie war sehr froh, als sie Daisy gesehen hat. ›Warte einen Augenblick, Domenico, ich will Daisy schnell das Bein verbinden.‹ Da bin ich hier im Wohnzimmer geblieben, und sie ist in den Flur gegangen!«

»Hast du sie dort mit jemand sprechen hören?«

»Als sie hinausging, hat sie mit Daisy gesprochen, und das war komisch: ›Por, por switi‹, hat sie gesagt oder so ähnlich, und ich mußte lachen, doch das hat sie nicht gemerkt. Und

Daisy hat gebellt, weil sie froh war, daß sie aus der Zisterne 'raus war.«

»Ich meine nachher, als Lady Penrose im Flur war, hat sie da etwas gesagt?«

»Vielleicht, ich habe nicht aufgepaßt. Wenn sie jetzt zurückkommt, gibt sie mir bestimmt den Dolch zur Belohnung, weil ich ihr Daisy zurückgebracht habe. Sie hatte mir schon einmal versprochen, daß ich ihn haben sollte, wenn sie tot war, aber wegen Daisy bekam ich ihn jetzt schon vorher...«

»Hast du gedacht und ihn vom Schreibtisch genommen...«

»Ja, ich wollte ihn mir mal richtig ansehen, ob die Klinge auch scharf war und so. Dann habe ich ihn in den Gürtel gesteckt, nur so um mal zu sehen, und da ist Lady Penrose 'reingekommen. ›Piccolo ladro!‹ hat sie geschrien. Du bist ein kleiner Dieb, und ich werde das deiner Mutter sagen!‹ Ich hatte den Kris schon wieder aus dem Gürtel gezogen und wollte ihn ihr auch geben, doch sie war so böse! Mit großen Schritten ist sie auf mich zugekommen, und ich dachte, jetzt schlägt sie mich. Da bin ich durch die offene Tür dort 'rausgelaufen, über die Terrasse, sie immer hinterher. Auf der Treppe hat sie mir den Kris weggezogen, aber die Scheide nicht, die ist in meiner Hand geblieben.«

»Warum hast du sie ihr nicht zurückgegeben?«

»Daran habe ich gar nicht gedacht, sie war so böse, proprio furiosa, und ich hatte Angst.«

»So, und was dann?«

»Dann bin ich schnell die ganze Treppe 'runtergelaufen, und dann wollte ich den Gartenweg entlang nach Hause rennen, aber als ich unter der Mauer von der Treppe war, da habe ich 'raufgeschaut, denn Lady Penrose hatte laut etwas gerufen. Sie stand da oben und hielt den Kris mit ausgestreck-

tem Arm hoch, ihr Mund war offen, als würde sie lachen. Sie hat die Hand geöffnet und den Kris 'runterfallen lassen, auf dem leeren Beet, genau vor mir...« Er streckte die geballte Faust hoch und öffnete sie mit weitgespreizten Fingern: »So! Vorher hatte sie nur Spaß gemacht, sie wollte ihn mir doch geben. Da habe ich den Kris schnell aufgehoben und bin weggelaufen.«
»War der Dolch nicht schmutzig?«
»Doch. Als er heruntergefallen ist, ist er tief in der Erde steckengeblieben. Ich habe ihn herausgezogen, und er war ganz mit Erde verklebt. Ich habe ihn erst an meiner Hose abgewischt und in die Scheide gesteckt. Zu Hause dann habe ich ihn gewaschen und geputzt, bis er so blank geworden ist.«
»Jetzt zeig mir genau, wo Lady Penrose stand, als sie dir den Kris hinuntergeworfen hat.«
Fusco folgte Domenico über die Terrasse, die ersten acht Stufen hinab: auf dem Absatz machten sie halt.
»Hier, und so hat sie gemacht!« Er stellte sich gegen die Schutzmauer, streckte den rechten Arm steil in die Höhe und riß den Mund zu einer Grimasse auf. »So, und dann hat sie den Dolch hinunterfallen lassen.«
»Zeig mir, wo er hingefallen ist.« Fusco blieb auf dem Absatz stehen und blickte über die Brüstung auf die zertrampelte Erde unterhalb der Treppenmauer, während Domenico die restlichen acht Stufen hinuntersprang und in den Gartenweg einbog.
»Irgendwo hier in der Erde ist der Kris steckengeblieben, genau kann man es jetzt nicht mehr sehen.«
»Va bene«, sagte Fusco. Er hielt den Dolch mit der Spitze gegen seinen Oberschenkel und mit dem Griffende gegen die

beschädigte Mauerstelle. Es paßte genau, auch wenn Lady Penrose vielleicht etwas größer gewesen war als er.
Domenico stieg langsam die Stufen hinauf und sah ihn abwartend an. Es begann zu dämmern. Sie gingen in das Wohnzimmer zurück, und Fusco schaltete das Licht an.
»Hat in diesen Tagen jemand den Dolch gesehen? Was hast du damit gemacht?«
»Gespielt damit. Ich habe mich als corsaro nero verkleidet, der hatte auch einen Kris...«
»Wer hat den Dolch gesehen, deine Eltern?« drängte Fusco.
»Nein, die hätten ihn mir sonst weggenommen, wie sie es mit dem Taschenmesser gemacht haben. Wenn ich nicht spielen konnte, habe ich ihn versteckt.«
»Wo?«
Domenico zögerte einen Augenblick, bevor er sein Geheimnis preisgab: »In meiner Höhle, bei der leeren Zisterne...«
»Du hast ihn immer in der Höhle versteckt?«
»Nur bei Tag, und nachts unter meiner Matratze.«
»Und deinen Freunden hast du den Dolch auch nicht gezeigt?«
»Nein, die hätten mich nur wieder an die Lehrerin verpetzt, wie damals mit den Patronen...«
»Welche Patronen?«
»Die ein Jäger liegengelassen hatte, der immer auf unseren Weinberg kommt, um Wachteln zu schießen. Die Lehrerin hat sie mir weggenommen und hat alles meinem Vater gesagt.«
»Ja, ja«, sagte Fusco zerstreut, »Domenico, du kannst jetzt gehen, sonst sorgt sich deine Mutter, es ist schon dunkel...«
»Ja«, der Junge nickte bereitwillig, blieb aber unbeweglich stehen.

»Du kannst gehen«, wiederholte Fusco. Dann begriff er. »Nein, den Dolch kann ich dir nicht geben. Den muß ich behalten.«
Der ist auch wie die anderen, sie sind alle gleich, die Großen, es ist kein Verlaß drauf, schien Domenicos Blick auszudrücken, als er sich schließlich umdrehte und wortlos wegging.

»Ein richtiger kleiner Verbrecher...«, sagte Cocorullo langsam, als Fusco geendet hatte. Er nahm seinen Kneifer ab, hauchte die Gläser an und putzte sie umständlich mit einem kleinen Lederlappen, den er aus der Brusttasche gezogen hatte.
»Un momento, giudice«, sagte Fusco rasch, »es handelt sich hier eindeutig um ein Unglück.« Seine Worte überstürzten sich, um einer Unterbrechung des Amtsrichters vorzubeugen. »Lady Penrose ist dem Jungen nachgelaufen und hat ihm den Dolch entrissen; die Scheide ist in Domenicos Hand geblieben, und er ist damit verängstigt weitergerannt. Sie hingegen wollte wohl stehenbleiben, doch nach der Verfolgung des Jungen hat sie ihren Lauf nicht rechtzeitig bremsen können. Und so ist sie gegen die Schutzmauer gestoßen: der Griff des Dolches hat die Mauer beschädigt – daher die Glasstückchen, die mit dem zersprungenen Stein am Griffende übereinstimmen – und mit dem Oberschenkel ist sie gegen die Dolchspitze geschlagen und diese hat die Schlagader verletzt. Ein verzweifelter Aufschrei, der Domenico veranlaßt hochzuschauen. Mit letzter Kraft hat sie die Klinge aus der Wunde gezogen, hält sie hoch und läßt sie dann gleich, von dem schweren Blutverlust entkräftet, unten auf das leere Beet fallen. Danach ist sie – von Domenico nicht gesehen,

der sich ja unten befand, ungefähr zwei Meter tiefer als sie und wohl nur an seinen kostbaren Dolch dachte, der ihm plötzlich zu Füßen lag – noch ein paar Stufen hinuntergetaumelt und schließlich seitlich von der Treppe, wo keine Schutzmauer ist, in das Chrysanthemenbeet gestürzt und verblutet. Ihr schwerer Wollrock hatte anfangs den Blutstrahl aufgesaugt, trotzdem haben wir, wie Sie wissen, Blutspuren auch auf dem Absatz und auf den Stufen festgestellt.«

Cocorullo setzte den Kneifer wieder auf.

»Ja, das wäre eine Rekonstruktion der Vorgänge. Natürlich könnte man, auch wenn sich die Geschehnisse so abgewickelt hätten, wie Sie sie jetzt rekonstruiert haben, nicht von einem einfachen Unglück reden. Es wäre immer ein omicidio colposo, eine fahrlässige Tötung, die Domenico verursacht hat, denn erst durch seine diebische Handlungsweise hat er die alte Dame zu einer Reaktion veranlaßt, deren Folgen zu der tödlichen Verletzung geführt haben.« Bevor Fusco ihn unterbrechen konnte, fuhr der Amtsrichter fort:

»Eine fahrlässige Tötung ist jedoch, wenn man sich die Persönlichkeit des Jungen vergegenwärtigt, wenig überzeugend. Fassen wir also die weiteren Möglichkeiten ins Auge...«

Cocorullo sprach in einem dozierenden Tonfall, als würde er vorlesen:

»Domenico bringt, wie er selbst zugibt, das verunglückte Tier seiner Herrin zurück und erwartet eine Belohnung, nämlich den Dolch, den er sich aber, ohne ihre Zustimmung und während ihrer Abwesenheit aneignet. Lady Penrose bemerkt den Diebstahl und ist natürlich zu Recht empört. Sie fordert ihn auf, den gestohlenen Gegenstand zurückzuerstatten, doch der Junge will damit ausreißen. Trotz ihres hohen Alters verfolgt sie ihn resolut über die Terrasse, und es gelingt ihr, ihm den Dolch zu entziehen; nur die Scheide bleibt in der Hand des Jungen zurück. Außer sich vor Wut, versetzt er daraufhin der alten Dame einen Fußtritt...« Der Amtsrichter verzog den Mund zu einem Lächeln. »Paßt Ihnen Tritt nicht? Schön, er kann sie auch gestoßen oder geschubst haben, jedenfalls hat er sie aus dem Gleichgewicht gebracht, sie ist gegen die Treppenmauer geschlagen und hat sich die Klinge in das Bein gejagt. Mit einem Schmerzensschrei hat sie den Dolch herausgezogen und unterhalb der Treppe auf das leere Beet fallen lassen. Diesen Augenblick hat sich Domenico zunutze gemacht. Ohne sich um die greise Dame, die tödlich verletzt, seitlich von der Treppe in das Chrysanthemenbeet gestürzt ist, zu kümmern, hat er den Dolch aufgehoben und sich aus dem Staube gemacht. In dieser Konfiguration der Geschehnisse sind alle Elemente eines omicidio preterintenzionale, das heißt: der Junge hatte nicht die Absicht, Lady Penrose umzubringen, hat aber trotzdem durch seine angreifende Handlungsweise – Tritt, Stoß, Hieb oder dergleichen – ihren Tod in direkter Weise verursacht, eine nicht beabsichtigte Tötung also.«

»Giudice, Sie glauben doch nicht...« Fusco beugte sich vor, als wolle er aufspringen.

»Un momento, commissario, ich bin noch nicht fertig«, unterbrach ihn Cocorullo kühl. »Vergegenwärtigen wir uns jetzt die dritte Möglichkeit des Verlaufs.«

Fusco bereute seine Unbeherrschtheit. So kam er mit dem Amtsrichter nicht weiter, er mußte ihn ausreden lassen. Mit erzwungener Gelassenheit lehnte er sich gegen die Akanthusblätter.

Cocorullo legte die Fingerspitzen der beiden Hände gegeneinander und stützte die Ellbogen auf die Schreibtischfläche. Seine knöchernen Hände glänzten gelblichweiß unter der Schreibtischlampe.

»Wir haben eben zwei Möglichkeiten, den omicidio colposo und den omicidio preterintenzionale rekonstruiert, die fahrlässige und die nicht beabsichtigte Tötung. Die nächste Auslegung der Geschehnisse vom 26. Oktober in der Villa Maja, die den Tod von Lady Penrose verursacht haben, ist, wie Sie wohl wissen, der omicidio volontario, ganz einfach Mord, den man, in Anbetracht der Indizien, a priori keinesfalls ausschließen kann, trotz des jugendlichen Alters des Verdächtigten.

Betrachten wir also die Elemente in Domenicos Aussage unter diesem Blickwinkel. Wie aus dem handschriftlich von Lady Penrose hinterlassenen Beweis hervorgeht, hatte ihm die alte Dame nach ihrem Tod den Dolch zugedacht, und er hat gestanden, daß er das wußte und ihm die Waffe bekannt war. Nehmen wir nun an, dieser zutiefst asozial veranlagte Knabe will sich den erwünschten Gegenstand um jeden Preis aneignen und womöglich noch andere Wertsachen dazu, die er in dem Schreibtisch von Lady Penrose vermutet. Mag sein, daß er da von seiner Mutter einiges aufgeschnappt hat, die ja in dem Haus genau Bescheid wissen mußte. Um sich nun einen erlaubten Zugang zur Villa Maja zu verschaffen, denkt sich der Junge eine Finte aus. Er lockt den Hund weg, versteckt ihn in der leeren Zisterne und erstattet ihn nach zwei Tagen der Besitzerin zurück, als habe er ihn zufällig gefunden und gerettet. Während sich Lady Penrose im Flur mit dem verwundeten Tier beschäftigt, nimmt er den Dolch an sich und macht sich mit diebischen Absichten an dem Schreibtisch zu schaffen. Lady Penrose ertappt ihn dabei, er stürzt

sich auf sie, doch sie sucht über die Terrasse eine Ausflucht...
Auf dem Treppenabsatz holt er sie ein und ersticht sie. Die kleine Gestalt des Angreifers mag auch erklären, warum der tödliche Stich so tief erfolgte. Beim Herausziehen des Dolches hat er dann mit dem Griffende gegen die Absatzmauer geschlagen, was die beschädigte Mauerstelle und die Glassplitter beweisen...«

Fusco lachte laut auf.

»Guidice, alle Achtung! Sie kombinieren und schildern auf ungemein spannende Weise!«

Der Amtsrichter lächelte, als sei er tatsächlich geschmeichelt. Jetzt, dachte Fusco, jetzt! Es kam ihm vor, als stünde er auf einem Sprungbrett und müsse einen Kopfsprung ins Wasser machen, ohne zu wissen, wie tief der Grund war.

»Sehr treffend«, fuhr er hastig fort, bevor ihm Cocorullo wieder ins Wort fallen konnte, »omicidio colposo, preterintenzionale, volontario...« Er wiederholte: »Fahrlässige Tötung, nicht beabsichtigte Tötung und... Mord, man kann den Tod von Lady Penrose beliebig variieren, doch bleiben wir jetzt bei der Wirklichkeit, bei Domenico Strena. In seinem Fall ist auch die erste Möglichkeit, die fahrlässige Tötung, kaum in Betracht zu ziehen. Aber lassen wir sie gelten, wenn Sie meinen. Nun ist für unser Gesetz ein Mensch bis zu vierzehn Jahren unzurechnungsfähig und kann also nicht für ein Verbrechen bestraft werden. Der Richter kann höchstens, im schlimmsten Fall, wenn es sich einwandfrei um Mord handelt, veranlassen, daß der Jugendliche drei bis sechs Jahre auf eine gerichtliche Erziehungsanstalt geschickt wird, besonders wenn dieser Jugendliche in einer Umgebung lebt, die eine weitere kriminelle Entwicklung befürchten läßt: Paragraph 224 unseres Strafgesetzes.

Domenico, der unwissentlich eine Reihe unglücklicher Zufälle ausgelöst hat, die zu dem Tod von Lady Penrose geführt haben, ist ein normales Kind, lebt in einer rechtschaffenen Familie und in gesunden Verhältnissen ...« Fusco stockte. Es kam ihm vor, als habe er inzwischen den Kopfsprung gewagt, sause aber noch immer durch die Luft, ohne zu wissen, ob das vielleicht unzureichend tiefe Wasser ihm nicht den Kopf kosten würde.
Der Amtsrichter benützte die Pause, um einzuwerfen:
»Alles sehr richtig, commissario, es ist mir nur nicht klar, wo sie hinauswollen.«
»Ecco, das ist schnell gesagt«, brachte Fusco überstürzt hervor. »Schließen wir die Untersuchungen zum Tod von Lady Penrose ab: sie hat sich eigenhändig und zufällig tödlich verletzt. Der Gegenstand, der ihren Tod verursacht hat, dieser seit über dreißig Jahren als Brieföffner benutzte kleine Dolch, ist von mir im Garten der Villa Maja gefunden worden.«
Cocorullo blickte ihn über seinen Kneifer hinweg einige Sekunden lang schweigend an.
»Commissario, wenn ich recht verstanden habe, wären Sie zu einer falschen Aussage bereit, um den wahren Verantwortlichen vor den gesetzlichen Folgen seiner Tat zu verschonen, und dazu wünschen Sie mein Gutachten?« sagte er langsam. »Ich muß annehmen, Sie haben sich nicht besonders glücklich ausgedrückt.«
Der Kopfsprung war zu Ende und war schiefgegangen. Ja, ich habe mich nicht besonders glücklich ausgedrückt, wollte Fusco sagen, das kann man bei Ihnen nur in Paragraphen. Waren Sie nie ein kleiner Junge? Stimmt, dumme Frage, Sie sind ja bereits als kleiner Amtsrichter auf die Welt gekommen! Er schwieg und dachte an Domenico, Annina, Carmine

und auch an Musdeci. Die Justiz würde jetzt ihren Lauf nehmen, la giustizia farà il suo corso, wie es hieß.

Sein Schweigen schien Cocorullo zu beruhigen. Er legte den Dolch und den gefalteten Zettel in sein Schreibtischfach.

»Ich werde morgen den Bericht für das Tribunal in Neapel abfassen, caro Fusco...« Zum erstenmal nannte er ihn bei seinem Namen. »Seien Sie beruhigt, niemand will einen Schuldlosen anklagen, anderseits aber, das werden Sie einsehen, sind wir auch nicht da, um kleine Verbrecher heranzuzüchten. Das Tribunal allein kann den wahren Sachverhalt eruieren. Man wird den Jungen verhören, seine Eltern und alle verfügbaren Zeugen – natürlich werden Sie als Kronzeuge dabei sein – und dann wird sich herausstellen, ob und inwiefern er an dem Tod von Lady Penrose beteiligt war. Auch ich schließe mich der Hoffnung an, daß sich Ihre Rekonstruktion der Vorgänge bestätigt. In dem Fall wird er mit einer Verwarnung an die Eltern, die besser auf ihn achtgeben sollten, unbeschadet nach Capri zurückgeschickt. Sollte er jedoch den Tod von Lady Penrose absichtlich herbeigeführt haben, so werden Sie selbst einsehen, daß einige Jahre auf der gerichtlichen Erziehungsanstalt unerläßlich sind, um seine kriminellen Instinkte auszumerzen und ihm später vielleicht das lebenslängliche Zuchthaus zu ersparen – das wollen wir jedenfalls hoffen.«

Fusco hatte sich inzwischen eine Zigarette angezündet, obwohl er wußte, wie streng sich der Amtsrichter die »Nikotinisierung der Atmosphäre« verbat und in seiner Amtsstube auch für Besucher alle Aschenbecher abgeschafft hatte. Dieses Mal verzichtete Cocorullo darauf, zu protestieren und ob ihn die Zigarette ärgerte, ließ er jedenfalls nicht durchblicken. Er war ganz kollegial freundschaftlich.

»Ja, ich weiß, es ist nicht immer leicht, caro Fusco, wenn man, wie wir, gezwungen ist, über die Zukunft der anderen zu verfügen, aber man muß seinem Gewissen gehorchen...« Er sah auf die Uhr und zog die Schachtel mit den Pillen aus der Tasche.

»Ist das die Pille vor oder nach der Mahlzeit?« erkundigte sich Fusco höflich.

»Die nach der Mahlzeit, commissario, ich habe vor genau einer Stunde mein Abendbrot verzehrt. Abends esse ich immer zeitig, das ist viel besser für die Verdauung. Wir Italiener haben die schlechte Angewohnheit, immer so spät zu speisen und dann mit dem Essen auf dem Magen ins Bett zu gehen. In Spanien ist es noch schlimmer, da essen sie um Mitternacht!«

Fusco erhob sich. »Ich werde jetzt gehen...«

Auch Cocorullo stand auf und ging ihm voran auf die Türe zu.

»Ich will Ihnen das Licht auf der Treppe anschalten.«

Fusco folgte ihm langsam, und als er im Vorbeigehen die Justitia aus Gips erreichte, blieb er einen Augenblick stehen. Die Schreibtischlampe beleuchtete sie von unten nach oben und brachte ihre Rundungen plastisch zum Vorschein. Bevor er weiterging, drückte er seine Zigarette auf ihrem Busen aus und warf ihr das Ende in den Ausschnitt.

Cocorullo hielt eine Hand auf der Türklinke und wandte sich ihm zu. »Übrigens, commissario, ich habe Ihnen ja noch gar nicht gratuliert! Alle Achtung, Sie haben eine vortreffliche Arbeit geleistet. Es sah wirklich nicht so aus, als ob der Fall Penrose bald geklärt würde, und ich muß Ihnen gestehen, daß mich der Verlauf der Untersuchungen ziemlich skeptisch stimmte. Aber jetzt kann ich Ihnen meine unbe-

dingte Anerkennung aussprechen!« Mit leutseligem Lächeln fügte er hinzu:
»Und diese Anerkennung werde ich natürlich auch bei Ihren Vorgesetzten in Neapel zum Ausdruck bringen.«
Fusco deutete eine Verbeugung an; zu sagen hatte er nichts. Dafür war der Amtsrichter um so mitteilungsbedürftiger. Als wolle er ihn sich nicht entgehen lassen, behielt er noch immer die Hand auf der Türklinke und hüstelte.
»Bei dieser Gelegenheit möchte ich Ihnen auch mitteilen – aber bitte, betrachten Sie das Gesagte vorläufig als streng konfidentiell...« Ein neuer Hustenreiz unterbrach seine Rede, »... möchte ich Ihnen mitteilen, daß ich meine Pensionierung beantragt habe, zwei Jahre vor dem Termin, auf Grund meines anfälligen Gesundheitszustandes. Ich erwarte die Zusage zum Ende dieses Amtsjahres. Deshalb werden Sie auch verstehen, caro Fusco, daß für mich dieser positive Abschluß des Falles Penrose eine besondere Genugtuung ist. Am Ende einer fast vierzigjährigen Karriere läßt man nicht gern lose Fäden hängen, man will glatt abschließen.«
»Ja«, sagte Fusco. »Ich werde morgen auf einige Tage nach Neapel fahren, bis Freitagmorgen wahrscheinlich. Der Fall Penrose ist, was die Zuständigkeit des Kommissariats anbelangt, erledigt, und sonst gibt es nichts Dringendes vorläufig.«
»Certo, certo, zerstreuen Sie sich ein paar Tage«, stimmte Cocorullo wohlwollend zu. »Die Hälfte der kommenden Woche besteht ohnehin aus Feiertagen, morgen Allerheiligen, übermorgen Gedenktag der Toten, am vierten November feiern wir L'Anniversario della Vittoria, den Jahrestag des siegreich beendeten Ersten Weltkriegs. Dio mio, wenn ich daran zurückdenke...« Er seufzte gerührt, »... ich war

einer der jüngsten Freiwilligen Italiens in den letzten Tagen jenes glorreichen Krieges ...« Er ließ die Türklinke los, und Fusco benutzte die Gelegenheit, um sie herunterzudrücken.
»Gute Nacht, giudice!«
»Buona notte, und sehen Sie sich auf den Stufen vor, die Beleuchtung ist weiter unten etwas schwach ...«

Ausklang

Fusco stand allein auf dem Deck, als der Dampfer abfuhr. Der Morgen war grau und das Meer noch genauso stürmisch wie gestern, doch der Acht-Uhr-Dampfer war größer und seefester als das Nachmittagsschiff. Die wenigen Passagiere hatten sich alle in die Bar verzogen.
Fusco sah zur Insel hinüber, während sich der Dampfer stampfend vorwärts kämpfte. Capri ragte unter dem wolkenverhangenen Himmel unnahbar und farblos aus dem Meer. Der Anblick der Insel erinnerte ihn nicht an Jean Paul und nicht an Gregorovius, von denen er nie gehört hatte. Was er an Capriliteratur kannte, war von der leichteren Sorte, die Capri als »Perle des Mittelmeeres«, »Blaue Insel der Träume« oder »L'Isola dell' Amore« bezeichnete, superlative Beschreibungen, die seiner eigenen Ansicht über die Insel keineswegs entsprachen.
Der Fall Penrose war geklärt worden. Er hatte ihn geklärt,

das würde der Amtsrichter lobend bei seinen Vorgesetzten hervorheben und sich selbst dabei nicht vergessen, natürlich.
Der Dampfer versank in einer Wogengrube und schlingerte wieder hoch. Vielleicht würde man ihm jetzt eine Versetzung anbieten, doch die war ihm nunmehr ziemlich gleichgültig, wenigstens vorläufig. Zu oft ist, was man lange angestrebt hat, gar nicht mehr so wünschenswert, wenn man es endlich haben kann, sagte er sich.
Er dachte an Domenico. Bald würde man ihn und seine Eltern nach Neapel holen und verhören, eine herrliche Gelegenheit für alle Capresen zu endlosem Gerede. Er versuchte ihn sich in den mittelalterlichen, staubigen Sälen des Tribunals vorzustellen, verwirrt und bestürzt über die Tränen, Angst und Beschämung der Eltern und die drohende Fremdheit der Umgebung. Doch dann würde er sich anpassen. Kinder passen sich erschreckend leicht an. Er würde es bald lernen, auf die verfänglichen Fragen des Richters ausweichend zu antworten, Unwissenheit vorzutäuschen, Verdacht mit Lügen zu entgelten und sich mit List gegen die Autorität des anderen zu wehren. Was der Richter auch schließlich entscheiden mochte, Domenico war bereits verurteilt worden, in die widerspruchsvolle Welt der Großen hineinzuwachsen.
Fusco schlug fröstelnd den Mantelkragen hoch und beschloß, in der Bar einen espresso zu trinken.

Die weißen Romane
Preiswerte Sonderausgaben
im Verlag Vierunddreißig

Eine Auswahl:

Taylor Caldwell
Alle Macht dieser Welt

Claretta Cerio
Chrysanthemen auf Capri

Francis Clifford
Der feige Held

Catherine Cookson
Ein Freund fürs Leben

Victoria Holt
Das Zimmer des roten Traums

Heinz G. Konsalik
Aus dem Nichts ein neues Leben

Arthur-Heinz Lehmann
Hengst Maestoso Austria
Die Stute Deflorata
(in einem Band)

Stephen Longstreet
Die Bank

Felix Lützkendorf
Die schöne Gräfin Wedel

Herbert Plate
Vom Leben treuer Hunde

Pogge van Ranken
Träume auf Sylt

Frank G. Slaughter
Das Pestschiff

Norbert Wölfl
Geliebter Kosak